AF185468

LARA ADRIAN
Hunter Legacy
Verlangen der Dunkelheit

LARA ADRIAN

HUNTER LEGACY
VERLANGEN DER DUNKELHEIT

Roman

Ins Deutsche übertragen
von Firouzeh Akhavan-Zandjani

LYX in der Bastei Lübbe AG
Dieser Titel ist auch als E-Book erschienen.

Die Bastei Lübbe AG verfolgt eine nachhaltige
Buchproduktion. Wir verwenden Papiere aus
nachhaltiger Forstwirtschaft und verzichten darauf,
Bücher einzeln in Folie zu verpacken. Wir stellen
unsere Bücher in Deutschland und Europa (EU) her
und arbeiten mit den Druckereien kontinuierlich an
einer positiven Ökobilanz.

Die Originalausgabe erschien 2019 unter dem Titel
»Edge of Darkness«.
Copyright © 2019 by Lara Adrian, LLC

Für die deutschsprachige Ausgabe:
Copyright © 2020 by Bastei Lübbe AG, Köln
Textredaktion: Nicola Härms
Satz: Greiner & Reichel, Köln
Gesetzt aus der New Caledonia
Druck und Verarbeitung: GGP Media GmbH, Pößneck
Printed in Germany
ISBN 978-3-7363-1274-6

3   5   7   6   4   2

Sie finden uns im Internet unter lyx-verlag.de
Bitte beachten Sie auch: luebbe.de und lesejury.de

1

Das Glöckchen über der Eingangstür klingelte hell, als ein später Gast aus dem draußen tobenden Schneesturm in den Diner trat. Ein Schwall eisiger Luft strömte mit dem Neuankömmling herein. Winzige Eiskristalle legten sich auf Leni Calhouns Nacken, als sie Richtung Küche eilte. In der Hand hielt sie das Geschirr des Gastes, der, wie sie angenommen hatte, heute Abend der letzte sein würde.

»Sie können sich selbst einen Platz suchen«, sagte sie, ohne langsamer zu werden oder sich umzuschauen.

Dass man sich in ihrem kleinen Imbiss am Rande der North Maine Woods, einer riesigen, aus Wäldern, Flüssen und Seen bestehenden Naturlandschaft, selbst seinen Platz suchte, brauchte sie ihren Stammgästen nicht zu sagen.

Das nächtliche Unwetter bedeutete, dass heute zwar weniger los war als sonst, aber doch ständig Leute hereinkamen. Es waren überwiegend Holzfäller und Jäger auf der privaten, größtenteils unbefestigten, zweispurigen Straße unterwegs, welche sich auf etwas über neunzig Meilen von Millinocket nahe der Interstate Richtung Westen bis zur kanadischen Grenze schlängelte, und diese Männer wussten, dass es im Diner mittwochs immer Schmorbraten gab. Und die meisten ließen sich nicht einmal bei dem für den Februar typischen scharfen Nordostwind einen Teller mit langsam gegartem Rindfleisch und Gemüse in sämiger Bratensauce entgehen.

Leni nahm an, dass sie jetzt wohl die letzte Portion des Gerichts nach einem von ihrer Großmutter geerbten Familienrezept an den Nachzügler ausgeben würde, der gerade hereingekommen war. Sie griff nach der Kaffeekanne, die auf der Warmhalteplatte stand, und nahm, ehe sie zurück in den Gastraum ging, einen der schweren, weißen Keramikbecher, der immer noch warm war, weil er frisch aus dem Geschirrspüler kam.

Ein paar Männer, die aus der näheren Umgebung kamen, rutschten von den Hockern am Tresen und wünschten ihr noch einen schönen Abend, während sie Richtung Tür schlurften. Es gab mehrere freie Plätze am langen Bartresen, doch der Neuankömmling war an allen Stühlen vorbeigegangen, um sich in einer Nische hinzusetzen, die am weitesten von den anderen Gästen entfernt war.

Leni kannte ihn nicht. Er saß mit dem Gesicht zum Ausgang, sein Kopf war leicht gesenkt und das Gesicht unter der großen Kapuze seines mit Schnee bedeckten schwarzen Parkas verborgen. Unter dem von Kunstpelz umrahmten Stoff waren nur ein kantiger, leicht bärtiger Kiefer und ein schmaler Mund zu sehen, den kein Lächeln verzog.

Der Mann war ein Hüne. Obwohl er saß, konnte Leni erkennen, dass er groß und kräftig war. Unter der schweren Winterjacke verbargen sich Schultern, die breiter und muskulöser waren als die eines Verteidigers im American Football. Wahrscheinlich war er neu im Geschäft und wollte sein Glück versuchen, indem er noch vor Ende der Woche eine Ladung Holz zu einem der Sägewerke schaffte. Nur erfahrene einheimische Fahrer und ahnungslose Neueinsteiger, die sich in der Gegend nicht auskannten, würden es überhaupt in Erwägung ziehen, sich bei so einem Wetter wie heute auf eine der Schotterpisten zu wagen.

»Sieht mal wieder nach einem Jahrhundertsturm da draußen aus«, meinte Leni im Plauderton, als sie den Becher auf den Tisch stellte und den starken schwarzen Kaffee einzuschenken begann. »Andererseits erleben wir das fast jedes Jahr, deshalb kann man wohl – «

»Kein Kaffee.« Die schroffen Worte kamen mit einer tiefen, tonlosen Stimme heraus, doch das dunkle Timbre ging ihr durch und durch.

»Okay, kein Problem.« Sie hörte auf einzugießen und nahm die Kanne wieder hoch. »Was kann ich Ihnen ansonsten zu trinken bringen? Normalerweise nehmen alle Kaffee, aber ich hab auch Wasser mit oder ohne Kohlensäure. Wenn Sie einen Tee möchten, dauert es ein paar Minuten, weil ich frisches Wasser aufsetzen müsste.«

Er schüttelte den Kopf, und ein paar der geschmolzenen Schneeflocken liefen wie Regentropfen von seiner Kapuze herunter. »Ich möchte nichts trinken. Danke.«

Die Stimme klang heiser, wie eingerostet, doch was er sagte, war erfrischend ehrlich. Mit seiner großen Hand, die in einem schwarzen Lederhandschuh steckte, schob er sich die Kapuze seines Parkas vom Kopf. Leni brachte eigentlich nichts so leicht aus der Fassung, aber bei dem Anblick, der sich ihr nun bot, fiel es sogar ihr schwer, den Mann nicht mit offenem Mund anzustarren. Das Gesicht, das jetzt zu ihr aufschaute, war aber auch wirklich atemberaubend.

Unter einem vollen Schopf brauner Haare, die ein paar Nuancen heller waren als ihre, sah er sie mit durchdringendem Blick aus blaugrauen Augen an. Der kantige Kiefer, auf dem ein Bartschatten lag, sah im fahlgelben Licht der Lampe über dem Tisch noch kräftiger aus. Durch die hohen, spitzen Wangenknochen hätte sein Gesicht eigentlich streng wirken müssen, doch stattdessen bildeten die schroffen Ecken und Kanten einen reizvollen Gegensatz zu einem regelrecht sündhaft wirkenden Mund, dessen Anblick ihr Herz ein bisschen schneller schlagen ließ.

Dass sein stürmischer Blick sie nicht losließ, war dabei auch nicht sonderlich hilfreich.

Obwohl Leni mit ihrem braunen Haar und den sommersprossigen Wangen nie so hübsch gewesen war wie ihre blonde, blauäugige ältere Schwester Shannon, warfen ihr sowohl die Einheimischen als auch die Männer auf der Durchreise gern einen zweiten Blick zu. Doch dieser Mann musterte sie mit einer Intensität, die weit über eine ungeschickte Anmache oder Feld-Wald-und-Wiesen-Flirterei hinausging.

Er schaute sie an, als könnte er direkt in sie hineinsehen. Sein Blick glitt langsam über jede Facette ihres Gesichts und ließ dabei weder ihre haselnussbraunen Augen noch die leicht nach oben ragende Nase oder ihren Mund aus, der plötzlich völlig ausgetrocknet war. Dann ging sein Blick weiter nach unten und richtete sich auf ihre Kehle, was ihren ohnehin schon hämmernden Puls zum Rasen brachte.

Die finstere Kraft und die unausgesprochene, doch deutlich spürbare Dominanz, die er ausstrahlte, hätten sie eigentlich verunsichern müssen. Und in der Tat war sie ein bisschen durcheinander, denn es war definitiv nicht ihre Art, so zu reagieren, wenn ein gut aussehender Mann in ihren Diner kam. Was, um ehrlich zu sein, nicht sonderlich häufig passierte. Eigentlich nie. Und dieser Mann war wirklich überirdisch gut aussehend.

Himmel, was war nur los mit ihr?

Leni nahm den zur Hälfte gefüllten Becher, den er sowieso nicht anrühren würde, und rief sich zur Räson. »Na gut. Kein Getränk also. Was kann ich ansonsten für Sie tun? Ich habe noch eine Portion Schmorbraten, nach dem Rezept meiner Großmutter, und ich garantiere Ihnen, dass Sie noch nie etwas so Gutes gegessen haben.«

Seine dunklen Augenbrauen reckten sich ein wenig nach oben, sodass Leni seinem beunruhigend durchdringenden

Blick noch stärker ausgesetzt war, während ein leichtes Zucken der Erheiterung um seine Mundwinkel spielte. »Den Schmorbraten möchte ich auch nicht.«

»Sicher? Wenn Sie zu einem der Sägewerke bei Jackman oder St. Zacharie an der Grenze von Quebec wollen, brauchen Sie ein bisschen was auf den Rippen. Sie haben da eine brenzlige Fahrt von über hundert Meilen vor sich.« Leni deutete mit dem Kinn auf das Unwetter, das gegen die Scheiben schlug. »Wofür man bei gutem Wetter über vier Stunden braucht, wird in einer Nacht wie dieser doppelt oder dreifach so lange dauern. Wenn man es überhaupt schafft.«

»Ich werde das in der Abteilung für gute Ratschläge ablegen«, brummte er.

Sie legte den Kopf auf die Seite, als sie ihn jetzt genauer in Augenschein nahm. Er wollte gar nicht zu einem dieser Orte. Überhaupt hatte sie mittlerweile den Eindruck, dass er gar kein Holzfäller oder Lastwagenfahrer war.

Sie war jetzt siebenundzwanzig Jahre alt und arbeitete mittlerweile ihr halbes Leben in diesem Diner – erst an der Seite ihrer Mutter und ihrer Großmutter und später allein, nachdem beide gestorben waren. Im Laufe dieser Zeit hatte Leni einen sechsten Sinn für die Fremden entwickelt, die auf ihrem Weg egal wohin durch Parrish Falls kamen. Doch bei diesem Mann war ihr erster Eindruck völlig verkehrt gewesen.

So einem wie ihm war sie noch nie begegnet, und das hing nicht nur mit seinem durchdringenden Blick und dem unglaublich schönen Gesicht zusammen.

Er hatte etwas an sich, das eine Vielzahl von Schaltern bei ihr umgelegt hatte, und dazu gehörten auch ein paar, die sie eigentlich nicht wahrhaben wollte. Als er seine Handschuhe auszog und ihr Blick auf die ungewöhnlichen Hautmuster auf dem Rücken seiner starken Hände fiel, begriff sie, warum.

Allmächtiger. Er war ein Stammesvampir.

Die ineinander verwobenen Schnörkel und Windungen, die ein oder zwei Nuancen dunkler als seine golden schimmernde Haut waren, gab es bei Menschen nicht. Es waren außerirdische Hautmuster. Dermaglyphen, die nur bei den bluttrinkenden Mitbewohnern dieses Planeten vorkamen, welche bis vor ungefähr zwanzig Jahren unerkannt unter den Menschen gelebt hatten.

Leni war noch nie einem Abkömmling dieser Art leibhaftig begegnet, doch sie wusste von den Stammesvampiren. Und angesichts seiner hünenhaften Gestalt und der Dichte und Verschlungenheit der Glyphen, die seine großen Hände und Handgelenke bedeckten, war ihr klar, dass bestimmt auch sein restlicher Körper davon überzogen war.

Das bedeutete, dass sie es mit einem besonders reinblütigen Stammesvampir zu tun hatte – einem der mächtigsten und gefährlichsten seiner Art.

Er zog ein Bündel Banknoten aus der Innentasche seines Parkas und entnahm ihm eine Zwanzig-Dollar-Note. »Ich bleibe nicht lange«, sagte er und schob den Schein an den Rand des beschichteten und mit einem Metallband eingefassten Tisches. »Ich wollte nur einen Moment lang aus der Kälte raus.«

Leni blickte erstaunt in die stürmisch flackernden blauen Augen. Und das nicht nur, weil sie sich in ihrem Restaurant mit einem Vampir unterhielt, sondern weil er sich eigentlich von den Menschen alles nehmen konnte – ihr Leben eingeschlossen –, aber jetzt tatsächlich hier saß und für ein paar Minuten freundlicher Aufmerksamkeit bezahlen wollte.

»Behalten Sie Ihr Geld. Bleiben Sie, so lange Sie mögen.«

Während sie sprach, hörte man das laute Brummen eines Dieselmotors, der zu einem schweren Laster gehörte, welcher sich dem Restaurant näherte. Das schwarze Ungetüm war heute mit einem riesigen Schneepflug versehen, die Scheinwerfer funkelten grell. Die beiden Lichter schnitten durch die dichte Wand dicker Schneeflocken und blendeten Leni förmlich, als der Fahrer auf den Parkplatz fuhr und direkt vor einem der Fenster hielt.

Verdammt. Das konnte sie jetzt gar nicht brauchen.

Sie runzelte die Stirn und unterdrückte ein Stöhnen. Den ganzen Tag hatte sie die beiden Männer, die aus dem schweren Fahrzeug stiegen, nicht gesehen. Wenn sie den Rest ihres Lebens nichts mehr mit Dwight Parrish und dem Rest seiner Sippe zu tun hätte, wäre das für ihren Geschmack immer noch zu viel.

Die Parrish-Familie verwaltete die nicht eingemeindeten Wälder im Norden des Landes schon seit Generationen – sogar länger als der Bundesstaat zu den Vereinigten Staaten gehörte. Im Laufe der Zeit war die Familie im gleichen Maße kleiner geworden, wie das Vermögen schrumpfte, das die ersten Parrishs mit Holz und Pelzen gemacht hatten. Doch der Name besaß hier und in den umliegenden Siedlungen immer noch Gewicht, und es gab nur wenige – wenn überhaupt –, die es wagten, mit dem alten Enoch Parrish oder seinen Söhnen Dwight, Jeb und Travis aneinanderzugeraten.

Leider war Leni eine von diesen wenigen, aber dagegen ließ sich eben nichts machen.

Die Tür wurde weit aufgestoßen, als Dwight und ein anderer aus dem Ort, Frank Garland, hereinkamen und erst dann stampfend den Schnee von ihren derben Stiefeln lösten. Arschlöcher.

Die Verärgerung musste Leni wohl anzusehen gewesen sein, denn als sie sich wieder zu dem Stammesvampir umdrehte, bedachte dieser sie mit einem forschenden Blick. »Alles in Ordnung?«

»Nur das Übliche.« Sie zwang sich zu einem freundlichen Lächeln. »Wie ich schon sagte … keine Eile. Lassen Sie es mich wissen, wenn Sie etwas brauchen, ja?«

Er nickte leicht, doch sein durchdringender Blick heftete sich auf die beiden Männer, die an den Tresen traten, um sich mit den paar Männern zu unterhalten, die dort saßen.

Dwight Parrish schlug mit der flachen Hand auf den Tresen, ehe er mit seiner vom ständigen Rauchen rauen Stimme laut lospolterte. »Was zum Teufel muss man tun, um in diesem Laden einen Kaffee zu bekommen?«

2

Knox war eher unfreiwillig in diesem abgeschiedenen Dörf-
chen gelandet. So erging es wahrscheinlich den meisten. Er
war nur ein paar Minuten in diesem Ort gewesen, und das hatte schon gereicht, um das Gefühl zu bekommen, dass man hier
nicht häufig Fremde sah – am allerwenigsten welche mit Fängen und Glyphen wie ihn.

Wären der tobende Schneesturm und ein Fernfahrer mit
einer schwachen Blase nicht gewesen, würde Knox wohl immer noch in der warmen Fahrerkabine eines Sattelschleppers
sitzen, der auf der I-95 Richtung Norden fuhr. Doch dann hatte der Fahrer, der ihn in New Hampshire mitgenommen hatte,
ihn nach mehreren Stunden Fahrt mitten in Maine, an einer
Bushaltestelle in Medway, abgesetzt, und Knox hatte zwei
Möglichkeiten gehabt: sich am Tage irgendwo zu verkriechen,
bis das Unwetter vorüber war, oder in Bewegung zu bleiben.
Seitdem er vor fünf Monaten den Ort in Florida verlassen hatte, der für ihn einem Zuhause am nächsten gekommen war,
und er sich abgesehen von Gelegenheitsjobs hatte treiben lassen, bekam Knox der Stillstand nicht mehr.

Das ging schon eine ganze Weile so.

Seit acht Jahren, und ein Ende war nicht abzusehen.

Seit Abbie, um genau zu sein.

Damals hatte er, wenn es um sie ging, sich selbst Schwäche
erlaubt, aber jetzt nicht mehr. Nie wieder. Jetzt führte er ein
einfaches Leben ohne emotionale Verwicklungen jedweder Art.

Mit nichts und niemandem ging er Verpflichtungen ein.

Solange er in Bewegung blieb, solange sein Leben in den Bahnen der selbst auferlegten Disziplin und der Ausbildung verlief, die ihn zum Jäger, zum Hunter, gemacht hatte – einem der gefährlichsten Abkömmlinge seiner Art –, ergab sich keine Gelegenheit, darüber nachzudenken, was er verloren hatte. Dann gab es keinen Raum für Kummer und Schmerz … oder Schuldgefühle.

Als er also vor die Wahl gestellt worden war, sich ein paar Stunden in der Nähe der Interstate die Beine in den Bauch zu stehen oder auf eigene Faust die zweispurige Straße entlang aus der Stadt heraus Richtung Norden zu marschieren, hatte er sich für Letzteres entschieden.

Nach etwa dreißig beschwerlichen Meilen durch eine malerische Landschaft waren immer weniger menschliche Behausungen zu sehen gewesen. Nur hin und wieder begegneten ihm auf seinem Weg alte Farmhäuser oder Wohnmobile. Er schätzte, dass er ungefähr noch einmal eine ähnlich lange Strecke gegangen war, ehe er den Lichtschein eines Diners erspähte, etwa hundert Meter hinter einem verwitterten Holzschild, welches verkündete, dass dieser Ort Parrish Falls hieß.

Er würde wohl entlang derselben unbefestigten Straße weiterlaufen, wenn er das Schnellrestaurant wieder verließ, um dann wahrscheinlich die Grenze nach Kanada zu überschreiten und zu schauen, wohin ihn sein Weg führen würde.

Die hübsche braunhaarige Frau, die ihm Kaffee und eine heiße Mahlzeit angeboten hatte, ehe sie merkte, was er war, hatte erwähnt, dass die Grenze – die die Rückkehr in die Zivilisation verhieß – in ungefähr hundert Meilen Entfernung läge und er mit einem Wagen bei diesen Wetterverhältnissen mindestens acht Stunden unterwegs wäre. Als Stammesvampir würde er die Strecke dagegen zu Fuß viel schneller bewältigen; insbesondere bei einem Wetter wie heute Nacht.

Er musste allerdings zugeben, dass es eine verführerische Vorstellung war, sich ein warmes Bett und einen willigen Blutwirt zu suchen, um etwas gegen den Appetit in seinen Fängen und anderen, ähnlich fordernden Körperteilen zu tun, nachdem er sich bei dem Schneesturm alles Mögliche abgefroren hatte.

Diese beiden miteinander im Wettstreit liegenden Gelüste lenkten seinen Blick auf die langen, in Jeans gehüllten Beine, die sich gerade wieder von der Nische, in der er Platz genommen hatte, entfernten. Außer dem hübschesten und ehrlichsten Gesicht, das er in den letzten Wochen gesehen hatte, hatte die Frau auch ein direktes, selbstbewusstes Auftreten und eine weiche, leicht heisere Stimme, die seine Sinne wie Samt berührte. Doch da hörten ihre Vorzüge noch nicht auf. Sie war groß und wohlgeformt mit fraulichen Hüften und einer schmalen Taille, die noch nicht einmal das weite Flanellhemd, das sie anhatte, verbergen konnte. Das volle, dunkle Haar, das bestimmt bis zur Mitte ihres Rückens reichte, wie Knox schätzte, hatte sie zu einem lockeren Knoten hochgesteckt.

Nur mühsam war es ihm gelungen, seine Fänge im Zaum zu halten, als er ihren schlanken Hals anstarrte, während sie am Tisch mit ihm sprach. Es waren einige Tage zu viel vergangen, seit er Nahrung zu sich genommen hatte, doch nicht der Gedanke an ihr frisches rotes Blut auf seiner Zunge ließ seine Adern enger werden, als er sie jetzt weiter beobachtete.

Mit dem von ihm abgelehnten Becher in der einen und der Kaffeekanne in der anderen Hand ging sie zum Tresen zurück, wo die beiden Männer, die mit dem Schneepflug gekommen waren, auf leeren Hockern in der Nähe der altmodischen Registrierkasse Platz genommen hatten.

Sie war über ihr Erscheinen nicht froh gewesen. Man merkte ihr den Unmut immer noch deutlich an, als sie an ihnen vorbei durch die Schwingtür in die Küche verschwand. Sie kam mit zwei frischen Bechern zurück und schenkte beiden Kaffee ein.

»Sonst noch was?«

Sie richtete die Frage an den Größeren der beiden. Der massige Mann mit breiten Schultern unter einer dick gefütterten Winterjacke trug eine graue Strickmütze und hatte ein rotes Gesicht, das von einem rotbraunen Holzfällerbart bedeckt war.

Er nahm einen Schluck seines heißen Kaffees und musterte die Frau über den Rand des Bechers hinweg. »Willst du mich nicht nach Travis fragen, Lenora?«

»Nein. Warum sollte ich?«

Er zuckte höhnisch mit seinen fleischigen Schultern. »Er kommt dieses Wochenende nach Hause.«

»Dessen bin ich mir bewusst.« An ihrer tonlosen Stimme erkannte man, dass es für sie keine gute Nachricht war.

»Er wird den Jungen sehen wollen, Leni.«

Sie trat einen Schritt zurück, als brauchte sie den Abstand nicht nur zu dieser Ankündigung, sondern auch zu dem Mann, der sie überbrachte. Sie verschränkte die Arme vor der Brust und schüttelte den Kopf. »Riley kennt ihn noch nicht einmal. Er weiß überhaupt noch gar nichts. Und er ist zu jung, um zu verstehen.«

»Darüber hat mein Bruder zu entscheiden … nicht du.«

»Er? Den Teufel wird er tun«, gab sie schroff zurück. Ein ärgerlicher Ausdruck lag auf ihrem Gesicht. »Ich werde Travis noch nicht einmal in die Nähe des Kindes lassen. Das kannst du ihm gern ausrichten.«

Der grobschlächtige Mann setzte seinen Becher ab. »Du kannst uns nicht von dem Jungen fernhalten … nicht mehr. Das wird Travis nicht dulden, wenn er erst einmal zu Hause ist. Vielleicht kommt er ja vorbei, um Hallo zu sagen, wenn er wieder da ist. Oder vielleicht stattet er nächste Woche der Grundschule einen Besuch ab und überrascht seinen Sohn mit einem kleinen Familientreffen.«

Ein älteres Ehepaar, das ein paar Plätze von der Auseinandersetzung entfernt saß, hatte offensichtlich das Gefühl, dass es an der Zeit wäre zu gehen. Sie ließen ein paar Dollar Trinkgeld neben ihren halb leeren Tellern liegen und trotteten aus dem Diner. Das fröhliche Läuten des Türglöckchens begleitete ihren Abgang.

Jetzt hockten nur noch zwei Trucker und ein Mann mittleren Alters mit lichter werdendem Haar und einer tarnfarbenen Jagdjacke am Tresen. Die Trucker schaufelten stur ihr Schmorfleisch in sich hinein, ohne aufzuschauen. Der Mann mit der tarnfarbenen Jacke hatte vor ein paar Minuten den letzten Krümel von seinem Apfelkuchen verputzt und schien entschlossen, das Drama, das sich ein paar Stühle neben ihm abspielte, ignorieren zu wollen.

Und dann war da noch Knox in der hintersten Nische, der die Hände unter der Tischplatte abwechselnd öffnete und zu Fäusten ballte. Sein Kampfgeist war geweckt und drängte ihn immer stärker zum Handeln, während er den anmaßenden Mistkerl anstarrte, der anscheinend nur hereingekommen war, um Unruhe zu stiften.

Lenora – oder Leni, wie der Mann sie genannt hatte – atmete zischend aus, während sie die Hände auf den Tresen legte und vor dem arroganten Riesen nicht klein beigab.

»Verdammt noch mal, Dwight. Hat deine Familie meiner nicht schon genug Schaden zugefügt?« Sie wurde nicht laut, sondern schlug einen leisen, gefassten Ton an, doch Knox mit seinem scharfen Gehör fing jede Silbe und das Ausmaß ihrer unterdrückten Wut auf. »Lass Riley aus der Sache raus. Er ist nicht der Besitz von irgendjemandem.«

»Das stimmt, Lenora. Er ist Fleisch und Blut ... unser Blut.«

Sie hob das Kinn. »Ach ja? Den Beweis bist du mir noch schuldig.«

»Nur weil du dich geweigert hast, den Test machen zu lassen«, erwiderte er höhnisch.

Sie zuckte noch nicht einmal zusammen. »Das macht zwei fünfzig für die beiden Kaffee.«

»Könnte ich meinen in einem Becher zum Mitnehmen haben, Leni?« Es war das erste Mal, dass der Begleiter des Mistkerls etwas sagte, seitdem sie hereingekommen waren. Er griff in die Jackentasche, um sein Portemonnaie herauszuholen, erstarrte jedoch mitten in der Bewegung, als sein Kumpan ihm einen scharfen Blick zuwarf.

»Wir wollen auch was essen«, sagte der große Mann – Dwight. »Ich nehme eine Portion von dem Schmorfleisch.«

Leni schnalzte bedauernd. »Ihr seid zu spät. Das Schmorfleisch ist leider schon aus.«

Dwight zog bei der Lüge die Augenbrauen zusammen. »Dann nehme ich stattdessen die Fleischklöße mit viel Sauce.«

Sie zuckte mit den Achseln und schüttelte den Kopf. »Die Küche ist schon zu. Wegen des Wetters.«

»Blödsinn.« Er gab einen drohenden Laut von sich, der fast wie ein Knurren klang, und stand auf. »Dann geh mir aus dem Weg, Lenora. Ich komme jetzt nach hinten und hol mir das verdammte Essen selbst.«

Das würde Knox nicht dulden. »He, Rübezahl. Hast du nicht gehört, was die Lady gesagt hat, die Küche ist geschlossen.«

Alle Köpfe im Raum drehten sich in seine Richtung. Auch Lenis. Ihre hübschen haselnussbraunen Augen wurden vor Überraschung – und Unsicherheit – ganz groß, als sich ihre Blicke quer durch den ganzen Diner begegneten.

Der große Mann und Unruhestifter zog die buschigen Brauen zusammen. »Wer zum Henker bist du denn?«

Knox sah ihn von seinem Platz in der Nische unverwandt an und ignorierte die Frage. »Ihr legt jetzt jeder eure zwei fünfzig auf den Tresen und geht.«

Schnaubend drehte Dwight den Kopf zu seinem nervös aussehenden Kumpel. »Was will denn der Kerl?« Er bewegte sich auf die Nische zu. »Der Einzige, der hier gleich geht, ist ...«

Knox kam aus der Nische und richtete sich auf. Seine Größe war im Sitzen nicht ganz so offensichtlich gewesen. Doch jetzt waren seine zwei Meter und die hundertzwanzig Kilo Muskeln und Sehnen unverkennbar ... genau wie die Bereitschaft, seinen Worten mit Gewalt Nachdruck zu verleihen.

Lenis Quälgeist blieb ein halbes Dutzend Schritte von Knox entfernt stehen. Der Mann mit der Jagdjacke, der am Tresen saß, ließ plötzlich mit einem Ruck die vorgetäuschte Attitüde, nichts von der angespannten Situation mitbekommen zu haben, fahren. Er rutschte von seinem Hocker und stellte sich zwischen Knox und den anderen, während die beiden Trucker, die am Tresen gegessen hatten, bezahlten und hastig das Restaurant verließen.

»So, jetzt aber alle mal mit der Ruhe.« Der Mann sah Knox an, als hätte der den Streit vom Zaun gebrochen. Seine tarnfarbene Jacke war nicht geschlossen, aber jetzt ließ er sie noch weiter aufklaffen, sodass die Pistole, die er am Gürtel trug, sowie die Sheriff-Marke an seiner Brust sichtbar wurden. »Ich glaube, ich habe Sie hier noch nie gesehen, Mr ...«

Knox reagierte nicht auf die unausgesprochene Aufforderung, seinen Namen zu nennen. Sein Blick war immer noch auf Dwight gerichtet, der sichtlich erleichtert wirkte, dass das Gesetz zu seiner Rettung herbeigeeilt war. Rückgratlose Memme.

Dass der Sheriff, der offensichtlich nicht im Dienst war, es nicht für nötig befunden hatte einzuschreiten, als Leni verbal belästigt worden war, ärgerte Knox mehr, als es eigentlich sollte. Sie ging ihn nichts an. Genauso wenig wie die offensichtliche Voreingenommenheit, mit der der Dorfpolizist sich schützend vor den arroganten Mistkerl stellte. Dennoch war sein Misstrauen geweckt.

Der Beamte räusperte sich und versuchte es jetzt auf andere Weise. »'N höllisches Wetter da draußen. Was führt Sie nach Parrish Falls?«

»Bin nur auf der Durchreise.«

Die ausweichende Antwort trug ihm einen Blick aus schmalen Augen ein. »Wo kommen Sie her, mein Sohn?«

»Von hier und da.«

Knox amüsierte es fast ein bisschen, dass der Mann, der um die fünfzig sein musste, immer noch nicht erkannt hatte, dass ein Stammesvampir vor ihm stand. Und genauso wenig schien ihm klar zu sein, dass Knox sogar noch gefährlicher als das war.

Er hatte seine ganze Kindheit – von seiner Geburt bis in die Teenagerjahre – im Labor eines Wahnsinnigen verbracht, wo er genau wie die anderen aus dem Hunter-Programm darauf gedrillt worden war, ohne die geringste Emotion zu töten. Diese höllischen Anfänge waren die Vorbereitung auf die Jahre gewesen, die er im Würgegriff des Halsrings verbracht hatte, den ihm der besagte Verrückte angelegt hatte, damit Knox als einer der vielen im Labor aufgewachsenen Killer seine mörderischen Befehle ausführte.

Es war jetzt mehr als zwanzig Jahre her, dass Knox und einige andere glückliche Hunter aus ihrer Gefangenschaft befreit worden waren. Doch das bedeutete nicht, dass er irgendetwas von dem vergessen hatte, was er gelernt hatte.

Weit gefehlt.

Er war immer noch der geborene Killer und wohl die gefährlichste Kreatur, die sich in diesem abgelegenen Winkel der North Maine Woods herumtrieb. Irgendwie hoffte er, dass ihm der Feigling, der sich hinter dem Sheriff versteckte, den Vorwand lieferte, das zu beweisen.

»Habe Sie gar nicht mit einem Wagen kommen sehen«, meinte der Mann mit der Marke und der Pistole. »Hat jemand Sie abgesetzt?«

»Ich bin gelaufen.«

Der Mann sah ihn zweifelnd an. »Wo wollten Sie denn bei so einem Wetter hin?«

Knox zuckte mit den Achseln. »Hatte mich noch nicht entschieden.«

»Sie reden eindeutig nicht viel, hm?«

»Ist das in Parrish Falls verboten?«

Der Sheriff gab nur ein Brummen von sich. Der hinter ihm stehende Dwight nahm das bisschen Mut zusammen, das er besaß, und schnaubte höhnisch, während er an dem kleineren, älteren Mann vorbeischaute, der ihn von Knox trennte.

»Respektloses Verhalten bringt dich vielleicht nicht hinter Gitter, aber Herumlungern könnte schon dafür sorgen. Oder auch wenn man ein öffentliches Ärgernis darstellt.«

»Er lungert nicht herum«, sagte Leni. Sie begegnete Knox' Blick und sah ihm lange in die Augen. »Ich habe ihm gesagt, er könne so lange hier in meinem Diner bleiben, wie er möchte. Ich habe noch nie jemanden abgewiesen und werde auch nicht damit anfangen. Es gibt heute Abend nur ein öffentliches Ärgernis hier drin, und das ist nicht er.«

Dwight grinste spöttisch. »Sheriff Barstow, warum verhaften Sie diesen Herumtreiber nicht wegen Landstreicherei? Vielleicht möchte er ja gern in einer Zelle abwarten, bis das Unwetter vorbei ist.«

»Du glaubst also, eine Zelle könnte mich aufhalten?« Knox richtete das Wort an dem Polizisten vorbei direkt an Dwight. Zur Sicherheit – um auch wirklich nicht missverstanden zu werden – ließ er kurz seine Fänge aufblitzen.

»Allmächtiger!«

Für einen so massigen Mann war es schon erstaunlich, wie schnell er einen Satz nach hinten machte. Auch der Sheriff wich einen Schritt zurück. Er hob eine Hand, die – das musste man ihm lassen – nur leicht zitterte.

»Okay, jetzt mal langsam. Entspannen wir uns alle wieder.« Er sprach langsam und ganz ruhig, wie er es wohl tun würde, hätte er es plötzlich mit einer Geiselnahme zu tun ... oder einer Bombendrohung. »Keiner wird verhaftet. Und es will hier auch keiner Ärger heute Abend.«

»Den gibt's auch nicht«, erwiderte Knox. »Wenn er sich entschuldigt.«

Der Sheriff warf einen auffordernden Blick über die Schulter.

»Sorry«, ertönte brummig die nicht ernst gemeinte Antwort vom anderen Ende des Diners.

»Nicht bei mir.« Knox sah den Mann unverwandt an und nickte dann in Lenis Richtung. »Entschuldige dich bei ihr.«

»Wofür denn zum Teufel?«

Der Sheriff schnaubte ungeduldig. »Um Himmels willen, Dwight, tu's einfach.«

»Na, schön. Es tut mir leid. Okay?«

Knox durchbohrte ihn mit einem kalten Blick. »Jetzt bezahl den Kaffee, und dann mach, dass du wegkommst.«

Dwight verzog erbost das Gesicht, griff aber in die Tasche seiner Jeans und holte eine Handvoll zerknüllter Scheine und Münzen hervor. Sein Freund beeilte sich, es ihm nachzutun.

»Zwei fünfzig für jeden«, erinnerte Leni sie.

»Plus Trinkgeld«, fügte Knox hinzu.

Die Männer zahlten und gingen, wobei Dwight wie ein wütender Bär durch die Tür nach draußen stürmte. Der Sheriff folgte ihnen und unterhielt sich noch mit den Männern neben dem Laster mit dem Schneepflug.

»Danke, dass Sie das für mich getan haben.« Als Knox den Kopf zu Leni drehte, sah er, dass ein leichtes Lächeln um ihren ausdrucksvollen Mund spielte. »Ich glaube, bis heute hat ihm noch nie jemand die Stirn geboten.«

»Sie meinen, außer Ihnen?«

Sie zog eine Schulter hoch. »Dwight Parrish jagt mir keine Angst ein.«

Knox verzog das Gesicht, als er den Namen hörte. Parrish. Kein Wunder, dass der arrogante Mistkerl sich aufführte, als gehörte ihm die Stadt. »Was ist mit seinem Bruder? Travis. Jagt der Ihnen Angst ein?«

Sie sah ihn einen Moment lang an, ehe sie den Blick senkte und den Kopf schüttelte. »Nichts, womit ich nicht fertigwerden könnte.«

»Sicher?«

Sie nickte. Als sie den Kopf wieder hob, lag ein sehr entschlossener Ausdruck auf ihrem Gesicht. »Ja, ich bin mir sicher.«

Er hatte da so seine Zweifel. Er wollte ihr gern noch mehr Fragen stellen. Fragen, über die er sich eigentlich keine Gedanken machen sollte, geschweige denn sie in Worte fassen. Je länger er mit ihr allein in dem leeren Diner stand, desto schwerer fiel es ihm, den schnellen Schlag ihres Pulses am Ansatz ihrer zarten Kehle zu ignorieren … oder das Verlangen, seinen Mund auf noch ganz andere Stellen ihres Körpers zu drücken.

Verdammt. Der erste Punkt auf seiner Tagesordnung, den

er erledigen musste, wenn er zurück in der Zivilisation war, wäre, Nahrung zu sich zu nehmen und sich eine Frau zu besorgen. Denn das Verlangen, das ihn nach dieser faszinierenden, viel zu verführerischen Frau durchströmte, raste wie ein Buschbrand durch seinen Körper.

»Ich sollte jetzt gehen.«

»Okay. Und danke noch mal.«

Er neigte kurz den Kopf. »Machen Sie's gut.«

Ihr warmes Lächeln schoss direkt in seine Brust. »Sie auch … äh, ich weiß noch nicht einmal, wie Sie heißen.«

»Knox.«

»Hat mich gefreut, Sie kennenzulernen, Knox. Ich bin Lenora Calhoun. Die meisten nennen mich Leni.«

Sie reichte ihm die Hand. Er griff zögernd danach und wappnete sich gegen die Verbindung.

Nicht nur wegen des Verlangens, das bereits durch seinen Körper schoss, sondern auch weil er, wenn er sie berührte, Dinge über sie erfahren würde, die er nicht wissen sollte.

Er würde von all ihren Sünden erfahren, weil seine einzigartige übersinnliche Fähigkeit sie ihm zuraunen würde.

Doch es ging kein Ruck des Widerwillens oder der Abscheu durch ihn. Da war nichts Widerwärtiges, das ihn wie schwarzes, fauliges Öl überschwemmte.

Sondern nur Lenis warmes, ehrliches Lächeln, als sie ihn anschaute.

Nur die Freundlichkeit ihrer intelligenten haselnussbraunen Augen.

»Passen Sie da draußen auf sich auf, Knox.«

Er lächelte belustigt angesichts ihrer Sorge.

Von draußen hörte man das Aufheulen des Lasters, als Dwight Parrish aufs Gaspedal trat und auf die schneebedeckte Straße einbog.

Knox ließ Lenis Hand los und zog sich die Kapuze seines Parkas über den Kopf.

Dann trat er in die eisige Dunkelheit und ging dabei am Sheriff vorbei, als dieser in den Diner zurückkam.

Hundert Meilen – mehr oder weniger – lagen zwischen Knox und der kanadischen Grenze.

Vielleicht würde er etwas langsamer gehen.

Mehrere Stunden durch den Schneesturm zu stapfen, wäre vielleicht die einzige Möglichkeit, das unerwünschte Feuer, das in seinem Blut loderte, abzukühlen.

3

Leni stand hinter dem Tresen und starrte in das Schneegestöber und die Dunkelheit, die Knox verschluckten, als Sheriff Barstow wieder hereinkam.

Sie konnte den Blick nicht abwenden, und auf ihrer Brust lag ein solcher Druck, dass sie noch nicht einmal Luft holen konnte, bis schließlich nichts mehr von ihm zu sehen war.

Und selbst nachdem er fort war, erfüllte sie der seltsame Drang, ihm hinterherzulaufen und ihn zu bitten zu bleiben.

Oder ihn anzuflehen, sie mitzunehmen, egal, wohin sein Weg ihn führte.

Es schockierte sie, dass sie so etwas auch nur dachte.

Himmel, stand es wirklich so schlimm um sie, war sie so einsam, dass ein paar Minuten mit einem gut aussehenden Herumtreiber ausreichten, um sie in ein zitterndes Etwas zu verwandeln?

Die Antwort darauf wollte sie wahrscheinlich nicht hören. Und sie brauchte auch nicht nachzurechnen, wie lange es her war, dass sie mit einem Mann im Bett gelegen hatte ... oder einem, den sie mochte, so nahe gekommen war, dass es zum Kuss hätte kommen können.

Sie brauchte nur den sechs Jahre alten Riley anzuschauen, um sich an die Dauer ihrer selbst auferlegten Abstinenz zu erinnern. Das hieß allerdings nicht, dass sie viele Erfahrungen gesammelt hätte, bevor der süße, kleine Knirps in ihr Leben geschneit war und sich seitdem für sie alles um ihn drehte.

Leni hatte ihn zwar nicht selbst zur Welt gebracht, doch Riley gehörte trotzdem ganz und gar zu ihr. Er war das Einzige, was sie an Familie noch hatte, nachdem ihre ältere, immer schon schwierige Halbschwester nur wenige Monate nach der Geburt ihres Sohnes die Stadt Knall auf Fall verlassen hatte.

Leni bedauerte nicht eine Sekunde lang die Gegenwart des ihr so kostbaren Neffen oder grämte sich wegen der Verantwortung, ihm ein behütetes, glückliches und sicheres Leben bieten zu wollen. Nie würde sie ihn fortwünschen, aber manchmal sehnte sie sich doch nach mehr.

War sie schlecht, weil sie sich hin und wieder weiblich und verführerisch fühlen wollte? Lebendig … so wie unter dem beunruhigenden, durchdringenden Blick aus Knox' strahlend blauen Augen.

Doch das würde nicht passieren. Nicht in einer Million Jahre. Das Einzige, was noch schlimmer war als zu meinen, sie könnte ihr Herz – oder ihren Körper – einem Mann in Parrish Falls oder aus einem Umkreis von hundert Meilen anvertrauen, war, sich mit einem Mann einzulassen, der nur auf der Durchreise war. Insbesondere, wenn es sich bei diesem ausgerechnet um einen Stammesvampir handelte.

Knox war die gefährlichste Sorte Mann, nach der sie sich sehnen konnte, und das nicht nur wegen der Bedrohlichkeit, die er ausstrahlte. Er brauchte sie nur einmal nackt zu sehen, um sofort zu erkennen, dass auch sie keine Normalsterbliche war.

Aber wahrscheinlich brauchte es noch nicht einmal so weit zu kommen. Denn obwohl das kleine Mal aus Träne und Halbmond, das sie auf dem Bauch trug, heute unter ihrem Flanellhemd und der Thermounterwäsche verborgen war, gab es andere Dinge, die sie bei einem wie Knox schnell verraten würden.

Da waren auch der ganz eigene Geruch ihres Blutes und ihre einzigartige Gabe als Stammesgefährtin, nach der ihr Verletzungen jeglicher Art nichts anhaben konnten.

Deshalb war es gut, dass er fort war.

Der Himmel wusste, dass sie auch so schon genug Probleme hatte.

Sheriff Barstow nahm seine Schlüssel und die Handschuhe vom Tresen, wo er sie vor dem Streit zwischen Dwight Parrish und Knox liegen gelassen hatte. Der behäbige Mann sah sie mit einem bedauernden Blick an, als er sich der Kasse näherte.

»Weißt du, das Beste für dich und den Jungen wäre, wenn du eine Möglichkeit fändest, mit den Parrishs deinen Frieden zu machen, Lenora.«

»Frieden machen?« Sie schnaubte kurz, als sie nach einem Tuch und einer Flasche mit Sprühreiniger griff und anfing, den Tresen abzuwischen. »Wie du dich bestimmt erinnerst, war ich nicht diejenige, die mit dem Krieg angefangen hat.«

»Mag sein. Aber willst du diejenige sein, die die Situation eskalieren lässt?«

Barstow strich sich mit einer Hand über die langen grauen Haare, die quer über seinem Kopf lagen, aber kaum mehr die kahle Stelle zu verdecken mochten. »Mir ist klar, dass du über Travis' Heimkehr am Samstag nicht froh bist.«

»Das ist milde ausgedrückt«, brummte sie und schrubbte weiter verbissen die Kunststoffoberfläche. »Soll ich etwa froh sein, dass der Mann, der vor sieben Jahren wegen Körperverletzung an meiner Schwester ins Gefängnis gegangen ist, jetzt vorzeitig wegen guter Führung wieder herauskommt?«

»Er hat seine Strafe abgesessen, Lenora. Er fühlt sich schrecklich wegen der Sache mit Shannon, aber er sagte, dass ihre On-Off-Beziehung die ganze Zeit über explosiv war. Bei allem Respekt, aber deine Schwester war auch kein Engel. Sie war ein rebellisches Mädchen, das ständig in Schwierigkeiten steckte.«

»Erst nachdem sie sich mit Travis eingelassen hatte.«

»Sie hat in dem Jahr ständig Entziehungskuren gemacht, Leni.«

»Willst du tatsächlich rechtfertigen, was Travis getan hat, indem du Shannon die Schuld gibst? Auch wenn es keine Rolle mehr spielt, weiß ich, dass sie schon Monate, bevor er sie verprügelt hat, trocken war.«

Sheriff Barstow hob beide Hände. »Wie dem auch sei, aber laut Travis' Zeugenaussage hatte Shannon ihn zuerst geschlagen. Er hatte Prellungen und Hautabschürfungen, die das bewiesen.«

»Ach ja? Prellungen und Hautabschürfungen. Dass ich nicht lache, Amos«, schnaubte Leni höhnisch. »Shannons Schädel wies an drei Stellen Frakturen auf. Er hatte sie so schlimm geschlagen, dass sie beinahe ihre Vorderzähne verloren hätte.«

Trotz alledem hatte ihre Schwester nicht Anzeige erstatten wollen. Und sie hätte es wahrscheinlich auch nicht getan, wäre bei der Untersuchung in der Notaufnahme, die wegen ihrer Schädelverletzungen veranlasst worden war, nicht herausgekommen, dass sie im zweiten Monat schwanger war. Das hatte Shannon dazu bewogen, ihre Angst vor Vergeltung durch Travis oder seine Familie zu überwinden, denn nun war es ihr nur noch um die Sicherheit ihres ungeborenen Kindes gegangen.

Jetzt lastete diese Verantwortung auf Leni.

»Ich bin Rileys gesetzlicher Vormund«, rief sie dem Sheriff in Erinnerung. »Solange meine Schwester nicht da ist, entscheide ich, was das Beste für ihren Sohn ist. Ich kann wohl nicht damit rechnen, dass du dafür sorgst, dass der Mann nicht in die Nähe von Riley kommt.«

Der verlegene Ausdruck auf dem Gesicht des Sheriffs war Antwort genug. »Travis Parrish kommt als freier Mann nach Hause, Leni. Solange er auf der richtigen Seite des Gesetzes bleibt, kann ich ihn nicht daran hindern zu gehen, wohin er will.«

»Du meinst wohl eher, du wirst ihn nicht daran hindern.«

Es war gemeinhin bekannt, dass Amos Barstows Loyalität gegenüber den Parrishs schon weit in die Vergangenheit zurückreichte. Sein Vater war bis zu seinem Tod vor zehn Jahren einer der engsten Freunde des alten Enoch Parrish gewesen. Deshalb war Amos auch heutzutage immer noch bereit, häufig ein Auge zuzudrücken, wenn es um den alten Mann und seine drei Söhne ging.

Sein Blick wurde sanfter, als er sie jetzt ansah. »Es tut mir leid, was mit deiner Schwester passiert ist, Lenora. Wirklich. Es tut mir leid, was sie dir aufgebürdet hat, als sie ihr Kind im Stich ließ und auf Nimmerwiedersehen verschwand. Es hätte nicht an dir hängen bleiben dürfen, sich um den ganzen Schlamassel zu kümmern.«

»Schlamassel?« Lenis Stimme wurde im gleichen Maß lauter, wie ihre Wut zunahm. »Riley ist kein Schlamassel, um den ich mich kümmere. Er ist keine Bürde. Und was meine Schwester angeht – sie hat ihr Kind nicht im Stich gelassen. So etwas würde sie nie tun. Ich weiß nicht, wo sie ist oder was sie dazu gebracht hat zu gehen … aber es war nicht ihre eigene Entscheidung. Eines Tages wird sie zurückkommen. Ich weiß, dass sie das tun wird.«

Der mitfühlende Blick des erfahrenen Polizisten sprach Bände. Es war nicht das erste Mal, dass Angehörige zur Ehrenrettung eines Familienmitglieds, das sich einfach so davongemacht hatte, in die Bresche sprangen. Sie konnte seinen Zweifel sehen. Er brauchte gar nicht auszusprechen, dass er überzeugt war, Shannon wäre für immer fortgegangen – oder vielleicht gar nicht mehr am Leben. Sein langes Schweigen machte das deutlich genug.

Leni hielt es nicht eine Sekunde länger aus.

»Drehst du bitte das Schild an der Tür um, wenn du gehst, Amos? Ich werde jetzt schließen.«

Davon abgesehen wartete Riley darauf, dass sie ihn bei ihrer besten Freundin abholte. Leni und er wohnten zwar in dem Haus hinter dem Diner, wo Shannon und sie aufgewachsen waren, aber unter der Woche nahm ihre Freundin Carla Hansen Riley mit zu sich nach Hause, wenn sie an der Grundschule, die Riley besuchte, mit Unterrichten fertig war.

Nach dem Streit mit Dwight Parrish und der Tatsache, dass Travis morgen nach Hause zurückkehren würde, musste sie jetzt einfach das liebe Gesicht ihres kleinen Neffen sehen und dafür sorgen, dass er gesund und munter dort untergebracht war, wo er hingehörte.

Sheriff Barstow zog den Reißverschluss seiner Jacke hoch und streifte die Handschuhe über. »Pass auf dich auf, wenn du heute Abend noch rausgehst, ja?«

Leni nickte kurz. »Gute Nacht, Sheriff.«

Sie putzte weiter und beobachtete, wie er ging. Er bog mit seinem SUV vom Parkplatz des Diners nach links ab, um in den Nachbarort zu fahren, in dem er lebte.

Ein paar Minuten später schloss Leni ab, schlüpfte in ihren schweren Caban aus Schurwolle, ohne ihn zuzuknöpfen, und stapfte dann zu ihrem alten roten Bronco. Sie befreite den Wagen von acht Stunden Schnee, der sich während ihrer Schicht darauf gesammelt hatte, dann stieg sie ein und stellte sowohl die Heizung als auch die Scheibenwischer auf die höchste Stufe. Während der Wagen warmlief, tippte sie Carlas Nummer in ihr Handy ein. »Ich habe gerade zugemacht und fahre gleich zu dir«, sagte sie, nachdem sie ihre Freundin begrüßt hatte. »Wie war er heute?«

»Ganz wunderbar … wie immer«, erwiderte Carla mit einem

Lächeln in der Stimme. »Nach der Schule haben wir im Vorder-
garten Schneeengel gemacht und dann ein paar Stunden lang
den Schneesturm online auf Wetterkarten beobachtet. Dabei
haben wir eine Menge über die größten Schneestürme erfahren. Wusstest du, dass 1921 ein Rekordschneefall innerhalb von
vierundzwanzig Stunden in Colorado gemessen wurde?«

Leni lachte. »Äh. Nee, kann nicht behaupten, dass ich das
gewusst hätte.«

»Es waren genau einen Meter und zweiundneunzig Zentimeter, falls es dich interessieren sollte. Riley konnte nicht glauben, dass zwei Kinder seiner Größe aufeinandergestellt darunter begraben sein würden. Deshalb hab ich ein Maßband
rausgeholt und es ihm gezeigt. Ich glaube, mittlerweile hat er
alles in meinem Haus vermessen.«

»Kein Wunder, dass du seine Lieblingslehrerin bist«, sagte
Leni und bog nach rechts auf die zweispurige Straße ab, die
nach Nordwesten führte und über die sie nach ungefähr zwölf
Meilen bei ihrer Freundin ankäme, die in der Nähe der Schule
wohnte. »Es tut mir leid, dass ich nicht schneller wegkonnte,
um ihn abzuholen.«

»Mach dir deswegen keine Gedanken. Er schläft. Morgen ist
keine Schule, und er kann gern über Nacht bleiben, wenn du
möchtest. Es schneit immer noch heftig. Du solltest bei diesem
Wetter nicht nach draußen gehen.«

»Ich bin schon unterwegs. Und das Fahren macht mir
nichts.« Leni stellte das Gespräch auf Lautsprecher um, um zu
versuchen, das rhythmische Pochen der Scheibenwischer zu
übertönen. »Ich will … ich muss Riley einfach heute Nacht in
meiner Nähe haben, wo ich ihn sehen kann.«

»Was ist passiert?« Carla kannte Leni viel zu gut, als dass
ihr der leichte Anflug von Nervosität, der sich in ihrer Stimme
bemerkbar machte, entgangen wäre. »Du klingst verunsichert,

und dabei verlierst du doch eigentlich nie die Fassung. Bist du wegen morgen nervös?«

»Eigentlich hatte ich gedacht, es würde mich nicht nervös machen, aber dann tauchte Dwight Parrish heute Abend im Diner auf.«

»Oje. Man hätte sich wohl denken können, dass er nicht widerstehen würde, wegen der vorzeitigen Haftentlassung seines Bruders zu triumphieren.«

»Dwight hat mehr als deutlich gemacht, dass ich mich auf einen Kampf gefasst machen müsste, wenn ich versuchen sollte, Riley von Travis fernzuhalten. Ich hab wirklich Angst, dass sie erwägen, ihn mir wegzunehmen.«

»Dann gehst du vor Gericht. Ich kenne eine großartige Anwältin in Bangor, die kostenlose Beratung in Familienangelegenheit macht, insbesondere, wenn es um das Kindeswohl geht. Ich bin mir sicher, sie wird bereit sein, dir zu helfen, wenn du sie brauchst.«

Leni stieß einen Seufzer aus. »Danke, Carla. Aber wir wissen beide, dass die Parrishs keine Leute sind, gegen die man vor Gericht zieht.«

»Shannon hat es getan. Ihre Zeugenaussage hat Travis die letzten sieben Jahre hinter Gitter gebracht.«

»Und schau, was mit ihr passiert ist.«

Leni konnte es zwar nicht beweisen, aber ihr Bauchgefühl sagte ihr, dass ihre Schwester nicht einfach allem und jedem den Rücken gekehrt hatte. Der Prozess hatte gerade erst angefangen, als Shannon ohne Vorankündigung und ohne eine Spur zu hinterlassen verschwunden war. Angesichts ihrer persönlichen Probleme und weil sie als Teenager häufiger weggelaufen war, hatte die Vermisstenanzeige bei der Polizei nichts gebracht, weil der Sache nicht ernsthaft genug nachgegangen worden war.

Leni mochte nicht darüber nachdenken, was Shannon davon abgehalten hatte, bei ihrem Kind zu bleiben oder dem Prozess gegen ihren Peiniger bis zum Schluss beizuwohnen. Nach all den Jahren war Leni immer noch nicht bereit zu akzeptieren, was alle anderen Einwohner von Parrish Falls über ihre Schwester zu denken schienen – dass sie, was immer auch passiert sein mochte, nie wieder zurückkommen würde.

Leni weigerte sich einfach, das zu glauben.

Wieder musste sie um Fassung ringen, und ihre Augen fingen an zu brennen, sodass sie bei dem heftigen Schneetreiben noch weniger sah. Die gelben Scheinwerfer des Bronco drangen kaum durch den dichten Schneefall, als sie mit Tempo 30 über die Kreuzung und an der ausgestorbenen Tankstelle vorbeifuhr.

»Ich sollte auflegen«, sagte sie, als ihre Reifen auf dem Schnee rutschten, der sich, nachdem der Schneepflug durchgefahren war, wieder auf die Straße gelegt hatte. »Bei diesem Wetter werde ich bestimmt noch fünfzehn oder zwanzig Minuten brauchen. Du brauchst Riley noch nicht zu wecken. Ich werde ihn ins Auto tragen und dann zu Hause gleich ins Bett legen.«

»In Ordnung. Fahr vorsichtig. Wir sehen uns.«

Leni beendete das Gespräch und umklammerte das Lenkrad mit beiden Händen, während sie starr nach vorn schaute. Da vom Mond wegen des Unwetters nichts zu sehen war, gestaltete sich die Fahrt auf der dunklen, unbefestigten Straße immer tückischer.

Durch das Schneetreiben bildeten sich am Straßenrand Schneeverwehungen, sodass von den zwei Spuren bald nur noch anderthalb befahrbar waren.

Nirgends waren mehr Hinweise auf Zivilisation zu erkennen, die den Weg beleuchtet hätten. Zu beiden Seiten der

Straße gab es keine Häuser. Da waren nur dichter Wald und eine steil abfallende Schlucht, die dem zugefrorenen, parallel zur gewundenen Straße verlaufenden Fluss folgte.

Sie war ein paar Meilen gefahren, als in der Dunkelheit vor ihr Scheinwerfer auftauchten. Das Fahrzeug bewegte sich schnell und kam direkt auf sie zu. Es handelte sich um einen großen Laster, den sie sofort erkannte.

Der große Pflug, der vorne angebracht war, schob mächtige Haufen Schnee auf ihre Seite der Straße. Statt langsamer zu werden, beschleunigte Dwight Parrishs Lkw sogar noch, als würde er sie nicht sehen ... oder als suchte er absichtlich die Provokation.

Allmächtiger.

Leni wich aus, als die hellen Scheinwerfer ihre Windschutzscheibe komplett ausfüllten. Es gab keinen Randstreifen, sondern nur weichen Schnee an der Kante der Schlucht.

Und null Bodenhaftung.

Die äußeren Räder gerieten mit solcher Wucht auf den unbefestigten Randstreifen, dass sie nicht mehr lenken konnte. Der schwere Wagen fuhr einfach weiter und geriet außer Kontrolle. Sie trat immer wieder auf die Bremse, doch auf dem Schnee war kein Halt, sodass es nichts brachte. Die Reifen bekamen keinen Griff.

Oh Gott.

Auf der Beifahrerseite schlingerte der Wagen den steilen Abgrund entlang.

Dann kippte er nach vorn und ließ sie über den Felsvorsprung stürzen.

Steil nach unten und weiter und weiter.

Über ihr auf der Straße donnerte Dwight Parrishs Laster einfach weiter, ohne anzuhalten.

4

Im kleinen Laden der Tankstelle legte Knox für ein Paket Handwärmepads, die er nicht wirklich brauchte, ein paar Dollar auf den Tresen.

»Danke, dass Sie mir die aus dem Lager geholt haben«, sagte er zu dem Angestellten hinter der Kasse.

Der dürre, tätowierte Zwanzigjährige mit den roten Dreadlocks wippte mit dem Kopf. Im stumpfen Blick flackerte noch nicht einmal der Hauch eines Interesses. »Gern geschehen.«

Es würde ein paar Minuten dauern, bis der junge Mann wieder ganz da war, nachdem Knox im Lagerraum gerade von seinem Blut getrunken hatte. Hinterher hatte er dessen Erinnerung gelöscht, sodass der junge Mann sich noch nicht einmal daran erinnern würde, dass Knox überhaupt da gewesen war.

Diese Vorsichtsmaßnahme erfolgte eher aus Gewohnheit denn aus wirklicher Notwendigkeit. Im Allgemeinen kümmerte er sich nicht um die Gesetze, die für Stammesvampire galten, was Ausgangssperren und Regelungen zur Nahrungsaufnahme betraf, doch seine Ausbildung zum Jäger hatte sein Verhalten darauf konditioniert, am Rande der Gesellschaft zu leben. Da er sich schnell und unbemerkt bewegen wollte, achtete er sorgfältig darauf, keine Spuren zu hinterlassen.

Knox schob seinen Einkauf in eine Jackentasche und ging nach draußen. Der Schneesturm wütete immer noch genauso heftig wie vor ein paar Minuten, als er seine Fänge ins Handgelenk des Jungen geschlagen hatte. Aber man hatte wohl auch nicht davon ausgehen können, dass sich eine Wetterbesserung einstellte.

Der Umweg, den er gemacht hatte, war eher dafür gedacht gewesen, ihm den Hunger auf das Blut eines ganz anderen Wirtes zu nehmen.

Er hatte an Lenis seidige Kehle und ihre zarte Haut gedacht, als er das Handgelenk des Angestellten der Tankstelle an seinen Mund hob. Ein hundsmiserabler Ersatz. Das Blut war dünn und von der Schärfe kürzlich eingenommener Drogen verunreinigt, doch die hatten keine Wirkung auf Knox. Der Jugendliche barg zusätzlich einen ganzen Haufen Sünden in sich. Von kleineren Diebstählen bis hin zu einigen gewalttätigen Übergriffen war alles dabei. Seine Schuld an diesen Verbrechen schmeckte so bitter wie seine Drogenabhängigkeit.

Doch zumindest die roten Blutkörperchen erfüllten ihren Zweck. Und dennoch – er dachte nach wie vor an die Frau, obwohl er gesättigt und ganz begierig darauf war, die kanadische Grenze zu erreichen. Er fragte sich immer noch, ob sie ihn wohl in ihrem Bett willkommen geheißen hätte, wäre er dazu geneigt gewesen, den Rest der Nacht in Parrish Falls zu verbringen.

Aber das hatte er nicht gewollt.

Denn über Nacht zu bleiben, hätte bedeutet, dass er den nächsten Sonnenuntergang abwarten müsste, ehe er wieder nach draußen hätte gehen können, ohne Schaden zu nehmen. Er hoffte, bis dahin längst in Quebec zu sein.

… und meilenweit entfernt von der niedlichen, sommersprossigen Nase und den klugen, ehrlichen Augen der Frau, die er wohl nie wieder vergessen würde.

Verfluchter Mist! Wahrscheinlich musste seine Erinnerung gelöscht werden. Dumm nur, dass er das nicht bei sich selbst machen konnte.

Irgendwo im Dunkel war das Tuckern eines sich nähernden Dieselmotors zu hören. Die Sohlen von Knox' Stiefeln vibrierten bei dem leisen Geräusch und dem metallischen Knirschen des Schneepflugs, der über die schmale, zweispurige Straße kratzte.

Dwight Parrishs schwerer Laster polterte an der Tankstelle vorbei und wirbelte dabei Schneeklumpen und Eisstücke auf. Dwight saß allein im Führerhäuschen, hatte also offensichtlich seinen Kumpel aus dem Diner irgendwo abgesetzt.

Knox sah ihm unter der weit ins Gesicht ragenden Kapuze seiner Jacke hinterher und beobachtete, wie der Laster über die Straße donnerte. Die Versuchung, ihm zu folgen, war groß. So einem Arschloch eine Abreibung zu verpassen, würde ihn mit Befriedigung erfüllen, und das nicht nur, da es so schien, dass mehr als nur einer der Parrish-Brüder eine Lektion in Sachen Demut brauchen könnte … ganz zu schweigen von einem Hinweis auf ihre eigene Sterblichkeit.

Aber die Leute gingen ihn nichts an.

Parrish Falls war nicht der einzige Ort, über den ein Clan selbstgefälliger Mistkerle herrschte, der nach Gutdünken über jeden herfiel. Es würde auch nicht der letzte sein.

Und Lenora Calhoun war auch nicht die einzige schöne Frau, nach der Knox während seiner rastlosen Reise durchs Land den Kopf umgedreht hatte. Warum sie aber schon nach nur ein paar Minuten bereits etwas in ihm geweckt hatte, wollte er nicht wissen.

Er brauchte sich über sie nicht den Kopf zu zerbrechen.

Das sollte er zumindest nicht, verdammt noch mal.

Er senkte den Kopf gegen die eisigen Böen, setzte sich in der entgegengesetzten Richtung des Diners in Bewegung und marschierte an einem Wald mit hohen alten Kiefern und Fichten vorbei, die den Weg zu beiden Seiten der abschüssigen, verschneiten Straße säumten. Das Gefälle wurde zu seiner Rechten immer ausgeprägter und mündete in einer tiefen Schlucht, die dem gewundenen Lauf des zugefrorenen Flusses folgte.

Und weiter vorne, am Grund derselben Schlucht, in ungefähr einer Meile Entfernung, sah er ein schwaches orangefarbenes Leuchten. Die Rücklichter eines Wagens.

Im selben Moment fing er mit seinem scharfen Gehör auch schon den gedämpften Klang eines laufenden Motors auf. Er nahm den Gestank der dunkelgrauen Abgaswolken wahr, die der kalte Nachtwind zu ihm trug. Das laute Knarren eines Scharniers, als jemand die Tür auf der Fahrerseite aufdrückte, drang an sein Ohr. Er hörte, wie jemand durchs Gestrüpp stolperte und rutschte.

Eine Frau.

Verdammter Mist! Das war sie.

Knox lief nicht, er raste mit der den Stammesvampiren eigenen übernatürlichen Schnelligkeit förmlich in die Schlucht hinunter.

In diesem Moment stürmten mit der Geschwindigkeit eines Schnellfeuergewehrs die Erinnerungen an einen anderen Unfall auf ihn ein. Ein Unglück, das sich vor acht Jahren in den Everglades zugetragen hatte – und das er nicht hatte verhindern können. Ein Tod, der ihn immer noch mit der Schmerzhaftigkeit von zuschlagenden Krallen durchfuhr.

Die Erinnerung bohrte sich qualvoller in ihn als die dornigen Büsche, durch die er jetzt brach.

In weniger als einer Sekunde war er bei dem alten roten Bronco, der fast am Grund der Schlucht von Bäumen aufgefangen worden war, und der Frau, die mühsam daraus hervorkam.

Leni griff nach dem abgebrochenen Stamm einer jungen Kiefer, als er schlidderd neben ihr zum Stehen kam. Überrascht kam ihr Kopf hoch. »Kn… Knox?«

Ihre Stimme war ganz leise und zitterte. Das dunkle Haar war völlig zerzaust und verbarg ihr Gesicht. Aber sie konnte sprechen. Sie konnte sich bewegen.

Dem Himmel sei Dank. Sie schien sich nichts getan zu haben.

Er schüttelte die quälenden Erinnerungen ab, die sich ihm wieder aufgedrängt hatten, und konzentrierte sich auf das Hier und Jetzt. Auf Leni.

»Geht's dir gut?« Unwillkürlich streckte er die Hand aus, um ihr das wirre Haar aus dem Gesicht zu streichen und sie prüfend anzusehen. Sie hatte keine Prellungen auf Wangen oder Stirn … keine Schnitte oder Hautabschürfungen.

Wunderbarerweise schien sie sich überhaupt nichts getan zu haben. Es war noch nicht einmal ein Kratzer zu sehen. Sie war völlig unversehrt. Da waren nur diese seidige Haut und die schönen Augen mit den langen Wimpern, die ihn verwirrt und unter Schock anstarrten.

»W… was machst du hier? Ich dachte, du hättest die Stadt verlassen. Wie hast du mich überhaupt gefunden?«

»Das spielt keine Rolle«, erwiderte er mit rauer Stimme, während er mit den Augen eine schnelle Bestandsaufnahme ihres Zustands machte. »Hast du dich verletzt?«

Sie reagierte mit einem schwachen Kopfschütteln. »Es geht mir gut. Ich, äh, ich war angeschnallt.«

Er stieß einen unterdrückten Fluch aus. »Angeschnallt zu sein, hätte dir gar nichts genützt, wenn der Wagen in den Fluss gestürzt wäre. Himmel, du hättest umkommen können.«

»Es geht mir gut.« Die Hand, mit der sie sich am Baum festgehalten hatte, legte sich auf seinen Unterarm. »Wirklich. Es ist alles gut. Mir ist nichts passiert.«

Trotz der vielen Lagen Stoff spürte er die Hitze, die von ihrer Hand auf seinem Arm ausging. Ihr Blick, der auf ihm ruhte, fühlte sich sogar noch wärmer an, während der Schneesturm in der Dunkelheit um sie herum tobte. In dem Moment wurde der Reiz, den sie schon im Diner auf ihn ausgeübt hatte, zu mehr. Ja, da war Verlangen, aber auch Sorge. Und dass Leni gesund und offensichtlich unversehrt vor ihm stand, erleichterte ihn mehr, als es ihm zugestanden hätte.

Er wandte als Erster den Blick ab. Mit einem mentalen Befehl stellte er den laufenden Motor des Bronco ab. Dann schaute er den Abhang hoch zu der Stelle, wo ihr Wagen auf dem Seitenstreifen die Böschung durchbrochen hatte.

»Was ist passiert?«

»Ein Laster kam auf der Gegenfahrbahn auf mich zu. Ich konnte nicht ausweichen, und der andere Fahrer fuhr einfach weiter, ohne langsamer zu werden. Ich habe das Lenkrad wohl zu stark herumgerissen. Die Reifen rutschten über den Seitenstreifen, und im nächsten Moment stürzte ich schon den Abhang hinunter.«

»Dieser Laster, der nicht langsamer wurde«, sagte Knox mit finsterem Blick, als er sie wieder anschaute. »Das war Dwight Parrish, nicht wahr?«

Überrascht zog sie die Augenbrauen hoch. »Wie kann es sein, dass du …«

»Ich sah ihn mit seinem Schneepflug in die andere Richtung fahren.« Die Sache sah für ihn immer bedenklicher aus. »Wusste er, dass er dich von der Straße gedrängt hat? So ein Mistkerl. Hat er es etwa mit Absicht getan?«

Leni zuckte mit den Achseln, als wäre es keine großes Sache … als könnte so etwas jederzeit passieren. »Er belästigt mich einfach gern. Er meint, er könnte mich einschüchtern.«

»Du wirkst nicht eingeschüchtert. Vielleicht solltest du es sein.«

Ein entschlossener Ausdruck legte sich auf ihr Gesicht. »Dwight Parrish ist schon sein ganzes Leben lang ein Rüpel gewesen. Tief im Innern ist er aber ein Feigling. Alle Parrishs sind Feiglinge.«

Knox zog eine Augenbraue hoch. »Du bist ganz schön taff.«

»Das bin ich, wenn's sein muss.« Sie strich sich einen Teil des mit Schnee gesprenkelten Haars hinters Ohr und musterte bestürzt ihren Wagen. »Mist. Bei diesem Wetter werde ich nie im Leben einen Abschleppdienst bekommen. Ich muss telefonieren.«

»Du willst den Sheriff anrufen, um den Unfall zu melden?«

»Das hat keinen Sinn«, schnaubte sie. »Die Familie Parrish ist mit Sheriff Barstow gut befreundet. Dwight wird behaupten, von nichts zu wissen, und der Sheriff wird mir sagen, ich solle aufhören, wegen meiner Schwester Streit anzufangen.«

Knox dachte schweigend darüber nach. Er hatte heute Abend einen Eindruck von der laxen Haltung des Sheriffs gegenüber Lenis Peiniger bekommen. »Dann hat deine Schwester also auch Probleme mit dieser Familie?«

»Sie hatte«, sagte Leni. Es lag Trauer in ihrem Blick, als sie sprach – eine leise Ahnung des Verlusts, den sie erlitten hatte. Dieses Gefühl hätte Knox überall wiedererkannt. »Shannon ist der Grund, warum Travis Parrish die vergangenen sieben Jahre im Gefängnis gesessen hat. Er hat sie angegriffen und fast besinnungslos geschlagen. Sie hat dafür gesorgt, dass er für diese Tat eingesperrt worden ist; hauptsächlich um so ihr ungeborenes Kind zu beschützen.«

Knox biss die Zähne zusammen, als er von den widerlichen Einzelheiten hörte. Was er nach dem Vorfall im Diner sich bereits versuchsweise zusammengereimt hatte, ergab nun ein Bild. »Der Junge, den Parrish erwähnte – der, von dem er sagte, es sei der Sohn seines Bruders. Du bist nicht seine Mutter?«

»Nein. Riley ist mein Neffe. Ich kümmere mich um ihn, seitdem Shannon ein paar Monate nach seiner Geburt verschwand.«

»Verschwand.« Knox sah sie durchdringend an. »Was ist mit ihr passiert?«

»Das weiß eigentlich keiner.« Lenis gehetzter Blick zeigte aber, dass sie einen bestimmten Verdacht hatte. »Ich habe keine Zeit, jetzt auf diese Dinge näher einzugehen. Ich muss meine Freundin Carla anrufen und ihr Bescheid sagen, dass ich Riley heute Abend doch nicht abholen kann.«

»Der Junge ist jetzt bei deiner Freundin?«

»Ja. Er und ich wohnen im Haus hinter dem Diner, das schon immer meiner Familie gehört hat, aber Carla nimmt ihn unter der Woche mit zu sich nach Hause, damit ich arbeiten kann. Sie ist seine Grundschullehrerin. Ich war auf der Fahrt zu ihr, um ihn abzuholen, als das hier passiert ist«, sagte sie und deutete auf den steilen Abhang.

Knox holte tief Luft, und als er den Atem mit leicht geöffneten Lippen wieder ausstieß, bildete sich eine Wolke in der kalten Nachtluft.

Er konnte Leni nicht am Fuße eines Abhangs mit dornigem Gestrüpp im Schnee stehen lassen – so gern er sich auch einreden wollte, dass es für sie beide am besten wäre.

Er sah, dass sie in ihre Jackentasche griff, um ihr Handy hervorzuholen.

»Du brauchst deine Freundin nicht anzurufen.«

»Was redest du da? Ich muss …« Lenis hitzige Erwiderung löste sich in einem Keuchen auf, als Knox sie schwungvoll auf den Arm nahm. »Was zum Teufel fällt dir überhaupt ein?«

»Dass ich dich aus diesem Unwetter rausschaffe«, sagte er. »Dann werde ich deinen Wagen hochziehen, damit wir den Jungen abholen können.«

5

Als Knox gesagt hatte, er würde den Bronco hochziehen, war Leni nicht klar gewesen, dass er das mit bloßen Händen machen wollte.

Nachdem er sie nach oben auf die Straße gebracht hatte – die Aktion erinnerte irgendwie an Superman –, sollte es sie nicht überraschen, dass der Stammesvampir auch übermenschliche Kräfte besaß.

Es hätte sie wahrscheinlich auch nicht dermaßen in Begeisterung versetzen sollen, aber es war unmöglich, nicht von ihm beeindruckt und fast schon ein bisschen überwältigt zu sein. Knox hatte sie so sanft angefasst, aber dieselben starken Hände und muskulösen Arme waren in der Lage, zwei Tonnen Motor und Fahrwerk zu bewegen, als handelte es sich um ein Spielzeugauto.

Bergauf.

Mitten in einem Schneesturm.

All das hatte er getan, ohne dass sie ihn darum gebeten hätte und anscheinend auch ohne eine Gegenleistung zu erwarten.

Bisher zumindest.

Er saß mit grimmiger Miene hinterm Lenkrad, und Leni konnte nicht verhindern, dass ihr Blick immer wieder zu ihm ging, während er den Wagen über die Straße steuerte, welche voller Schneeverwehungen war. Er hatte darauf bestanden, sie zu begleiten, und hatte sich auch nicht dadurch umstimmen lassen, als sie erklärte, dass Carla weniger als zehn Meilen von der Stelle entfernt wohnte, wo sie von der Straße abgekommen war.

»Du musst das wirklich nicht tun. Der Bronco hat schon bessere Tage – beziehungsweise Nächte – gesehen, aber ich bin durchaus in der Lage, selbst zu fahren.«

Er antwortete nicht, sondern fuhr sie einfach weiter durch Schnee und Dunkelheit, wobei er die Richtung einschlug, die sie genannt hatte. Sie hatte das Gefühl, dass er nicht sonderlich begeistert davon war, sie bei dem Unwetter zu chauffieren, aber am Straßenrand hatte er sie auch nicht stehen lassen wollen.

Sie wäre problemlos allein zurechtgekommen. Der Unfall hatte schlimmer ausgesehen, als er war, und sie war dank ihrer geheimen Gabe ohne einen Kratzer davongekommen. Nicht einmal das Gestrüpp, welches ihr Flanellhemd an ein paar Stellen zerfetzt hatte, als sie aus dem Wagen gestolpert war, hatte Spuren auf ihrem Körper hinterlassen.

Knox war schon im Diner nicht besonders gesprächig gewesen. Doch jetzt umgab ihn eine Schroffheit – eine eisige Distanz –, die sie nicht ignorieren konnte. Dieses Verhalten hatte er im Prinzip unmittelbar, nachdem er ihr nach dem Unfall geholfen hatte, an den Tag gelegt … als wäre er im Geiste ganz woanders, als wäre er in Gedanken Tausende Meilen von Parrish Falls entfernt.

Leni fragte sich, ob diese geistige Abwesenheit mit dem Namen zusammenhing, den er gerufen hatte, als er in die Schlucht gestürmt kam.

Abbie.

War das der Name seiner Stammesgefährtin? Er wirkte nicht ausgeglichen genug, um eine ganze Nacht mit jemandem zu verbringen, geschweige denn eine ewige Blutsverbindung einzugehen. Tatsächlich war *ausgeglichen* sogar wohl das letzte Wort, mit dem Leni ihn beschreiben würde. Er war eher einzelgängerisch, rastlos, undurchschaubar, distanziert.

Doch als sie den regungslosen Ausdruck seines Profils in der schwachen Beleuchtung des Armaturenbretts musterte, ergänzte sie ihre Liste im Geiste um ein weiteres Wort. Leer.

Wegen Abbie ... wer immer das sein mochte?

Leni hatte nicht das Gefühl, dass es ihr zustünde zu fragen. Aber sie nahm auch nicht an, dass er es ihr sagen würde, wenn sie den Mut dazu aufbrachte.

Sein Blick war fest auf die glatte Straße gerichtet. Sein Mund ein schmaler Strich über einem kantigen Kinn, das aus Granit gehauen schien. Normalerweise hatte sie kein Problem damit, wenn mal nicht geredet wurde, aber an der heutigen Nacht war nichts normal.

»Wenn mir jemand erzählt hätte, dass ich mitten in einem Schneesturm mal bei einem Unfall von einem Stammesvampir gerettet werden würde, hätte ich denjenigen für verrückt erklärt. Ziehst du immer los und rettest Frauen in Not?«

Er warf ihr einen finsteren, ja düsteren Blick zu. »Nie.«

»Dann habe ich wohl Glück heute Nacht, hm?«

Gesprächig wie ein Terminator gab er nur ein Brummen von sich. Obwohl er den Blick schnell wieder auf die Straße richtete, war ihr der grimmige Ausdruck auf seinem Gesicht nicht entgangen.

»Du hast mir immer noch nicht gesagt, wie du mich überhaupt hattest finden können. Nachdem du weg warst, dachte ich, du hättest Parrish Falls längst verlassen.«

»Wollte ich auch. Aber ich musste vorher noch einen Zwischenstopp einlegen ... um Nahrung zu mir zu nehmen.«

Leni starrte ihn an. »Du meinst, du brauchtest Blut? Von einem quicklebendigen Menschen?«

Er nickte, und sofort hatte sie das Bild vor Augen, wie er seinen Mund auf den Hals von jemandem legte, um zu trinken.

Dabei handelte es sich nicht um irgendeinen Hals. Sondern um ihren. Warum sie sich so etwas vorstellte und warum allein bei dem Gedanken daran ihr Blut sofort heißer durch ihren Körper schoss, wollte sie nicht wissen.

Leni schluckte, um das beunruhigende Gefühl unter Kontrolle zu bekommen, was ihr aber nicht wirklich gelang.

»Plötzlich so still.« Er klang leicht erheitert, als er ihr einen Blick zuwarf. »Ich dachte, du wärst nicht so leicht einzuschüchtern.«

»Ich habe keine Angst.« Es war nichts, was dem nahekam. Angst hätte sie verstanden. Angst zu haben, wäre in diesem Moment nur allzu verständlich gewesen, angesichts der Tatsache, dass sie sich mit einem fremden, gefährlichen Mann mitten auf einer leeren, dunklen Straße befand. Zumal es noch dazu ein Mann war, der sie gerade unmissverständlich daran erinnert hatte, dass er eine der gefährlichsten Kreaturen überhaupt war.

Doch stattdessen merkte sie, dass ihre Neugier immer größer wurde. Und dabei ging es ihr nicht nur um Knox, den Stammesvampir – den ersten, dem sie je begegnet war –, sondern auch um den Mann, der er war.

»Du hast also … äh, Nahrung zu dir genommen?«

»Ja.«

»Von wem? Es gibt keine Häuser zwischen dem Diner und der Stelle, wo ich von der Straße abgekommen bin, und ganz bestimmt war bei dem Wetter auch kein Mensch unterwegs. Es bleibt also nur Milo Cobb von der Tankstelle übrig.«

»'N magerer Typ mit einem fragwürdigen Geschmack in Bezug auf seine Haarfarbe und einer Vorliebe für bewusstseinserweiternde Substanzen, die nicht unbedingt legal sind?«

»Das ist er.« Leni drehte sich auf ihrem Sitz zu ihm um. »Du konntest erkennen, dass er Drogen nimmt?«

»Unter anderem.«

»Was meinst du mit ›unter anderem‹? Woher weißt du das?«

»Alle tragen ihre Sünden im Herzen. Auch Milo.«

»Was zum Beispiel?«

»Er bestiehlt seit Jahren seine Großmutter. Am Anfang waren es die Schmerzmittel, die sie nach einer Krebsoperation brauchte. Jetzt sind es Bargeld und ihre Sozialversicherungsschecks.«

Leni stieß einen leisen Fluch aus. »Er lebt mit ihr zusammen. Sarah Cobb ist einer der nettesten Menschen, die es gibt. Sie kümmert sich um Milo, seit er ein Baby war.«

Knox' angelegentliches Schulterzucken sagte, dass er nur Fakten weitergab.

»Und das alles weißt du nur dadurch, dass du sein Blut getrunken hast?«

»Nein. Ich bin kein Blutleser. Diese Fähigkeit besitze ich nicht. Wenn ich jemanden berühre, sehe ich dessen Sünden. Ich rede nicht von den kleinen Dingen. Ich meine die, die ihre Spuren auf der Seele hinterlassen. Ich spüre die Scham, die niemals vergehen wird.«

Himmel, das klang nach einer schrecklichen Gabe. Was für eine Last musste es für Knox sein, dass er ständig mit dieser Art von Wissen leben musste? Oder sich bewusst zu sein, dass sich bei jeder Berührung vielleicht widerwärtige Dinge offenbarten, vor denen er sich nicht verschließen konnte?

»Ich glaube, wenn ich diese Fähigkeit hätte, würde ich niemanden mehr anfassen wollen.«

Er sagte nichts dazu. Und während er schwieg, musste sie unwillkürlich an den Moment im Diner denken, als er auch sie berührt hatte. Sie konnte immer noch die Vibrationen spüren, die die kurze Berührung in ihr ausgelöst hatte.

»Wir haben uns heute Abend die Hand gegeben. Hast du da auch all meine Sünden gespürt?«

Sie hatte fast Angst, diese Frage zu stellen. Vor allem, da sie verschwieg, dass sie auch eine ungewöhnliche, einzigartige Gabe besaß. Abgesehen von diesem Geheimnis und der Tatsache, dass sie eine Stammesgefährtin war, hatte Leni das Gefühl, bestimmt Hunderte von kleinen Sünden in den siebenundzwanzig Jahren begangen zu haben, die sie nun schon lebte.

Und dazu gehörten auch mehr als nur ein paar unmoralische, Knox betreffende Gedanken.

Er drehte den Kopf zu ihr und musterte sie. »Als ich deine Hand berührte, habe ich nur dich gespürt.«

Während sie erleichtert war, das zu hören, schien er darüber gar nicht glücklich zu sein. Im Halbdunkel des Wagens waren einzelne bernsteinfarbene Funken in seinen stahlblauen Augen zu sehen. Er fuhr weiter, ohne noch etwas zu sagen. Ein Muskel zuckte unter dem Bart, der seine Wangen bedeckte.

Er hielt das Steuer mit bloßen Händen umfasst. Die Handschuhe hatte er auf das Armaturenbrett gelegt. Die Dermaglyphen auf dem Rücken seiner starken Hände waren Leni im Diner als Erstes ins Auge gefallen. Jetzt zogen sie wieder ihren Blick auf sich. Sie wusste, dass die veränderlichen Hautmuster ein Hinweis auf den emotionalen Zustand des Trägers waren. Im Moment strömten sattere Farben in Knox' Glyphen, sodass der Eindruck entstand, die Schnörkel und Wirbel würden zum Leben erwachen.

So kalt und kontrolliert er auch wirken mochte, strahlte er, selbst wenn er schwieg, eine unterschwellige Intensität aus … wie eine Viper, die darauf wartet anzugreifen.

Sie erinnerte sich nicht, dass es je ein so gefährliches Wesen nach Parrish Falls verschlagen hatte, und trotzdem hatte er sich als ihr größter Verbündeter erwiesen. Auch wenn er mit jeder Minute, die verging, weniger glücklich darüber zu sein schien.

Sie dachte an die Unterhaltung, die er mit Sheriff Barstow geführt hatte … an all die zugeknöpften Erwiderungen, die keine Antwort darauf gaben, woher er kam und wohin er wollte. Zweifellos musste ein Mann wie Knox sich vor niemandem rechtfertigen. Trotzdem wunderte es sie.

Sie warf einen Blick auf seinen untadeligen Parka und die Stiefel, die ebenfalls neu aussahen und eher für einen gut ausgebauten Wanderweg geeignet schienen denn für einen Hundert-Meilen-Marsch quer durch unwegsames Gelände.

»Was machst du so hoch im Norden, Knox? Man sieht, dass du nicht aus der Gegend bist.«

»Sieht man das?«

»Ja, das sieht man.« Sie drehte sich auf dem Beifahrersitz, um ihn anzuschauen. »Also, woher kommst du?«

»Aus Medway über die Interstate.«

»Ich meine, wo du vorher warst.« Sie atmete tief durch und sah ihn dann herausfordernd mit auf die Seite gelegtem Kopf an. »Du hörst dich nicht so an, als kämest du aus Maine oder überhaupt aus Neu-England. Und du siehst auch nicht so aus.«

»Ah ja.« Zuerst dachte sie, das wäre seine Antwort, und eine ganze Weile sagte er tatsächlich nichts. Sein Schweigen gab nichts preis, während er den großen Wagen um eine Schneeverwehung auf der schmalen Straße fuhr. »Ich bin seit fünf Monaten unterwegs.«

»Das ist lange.«

Er zuckte abweisend mit den Schultern und sah weiter nach vorn auf die Straße. »Ich ziehe es vor, in Bewegung zu bleiben.«

Wenn sie ihn anschaute, fiel es ihr schwer sich vorzustellen, dass er irgendwo lange untätig verweilte. Seine hünenhafte Gestalt strahlte eine rastlose, fast schon unberechenbare Energie aus; wie eine Naturgewalt, etwas Wildes, Unaufhaltsames, etwas Ungezähmtes.

Das absolute Gegenteil von ihr.

Sie war immer der Fels in der Brandung gewesen … diejenige, die sich zuerst um andere kümmerte.

Um die, die blieben.

Sie musterte Knox' stoische Miene im Dunkel. »Ich bin noch nie woanders gewesen. Ich kann mir nicht vorstellen, so lange von zu Hause weg zu sein.«

Es war unmöglich, dabei nicht an ihre Schwester zu denken. Sie war jetzt seit fast fünfeinhalb Jahren fort. So lange, dass alle in der Stadt sie abgeschrieben hatten. Leni jedoch nicht. Sie ertrug die Vorstellung nicht, dass Shannon für immer gegangen sein könnte.

Und deshalb blieb sie.

Auch wenn sie tief im Innern wusste, dass sie Riley so weit wie möglich aus Parrish Falls wegbringen sollte, wenn sie ihn vor seinem gewalttätigen Vater und dem Rest des Parrish-Clans beschützen wollte.

Aber wo sollte sie hin?

Wie sollte Shannon sie je finden, wenn Leni und Riley nicht auf sie warteten?

Sie würde so lange bleiben, bis ihre Schwester wieder nach Hause käme. Und bis dahin würde sie alles tun, was für die Sicherheit des Kindes ihrer Schwester nötig war. Auch wenn sie es dafür mit Travis Parrish, seiner Familie und der ganzen verfluchten Stadt aufnehmen müsste.

Als ihre Gedanken eine allzu düstere Richtung einschlugen, atmete sie tief durch. »Wo ist denn nun dein Zuhause, Knox?«

»Wohin auch immer meine Füße mich tragen.«

Er sprach ganz sachlich und ohne jede Emotion. Doch sein Blick sagte etwas anderes. Gehetzt hing er an einem verschwommenen Punkt in der Ferne. Deshalb fragte sie sich unwillkürlich, ob sein Vorwärtsdrang nur der Gewohnheit entsprang, in Bewegung bleiben zu wollen, wie er behauptete, oder aber einem inneren Widerstand, sich mit dem zu beschäftigen, was hinter ihm lag.

Als sie schließlich versucht war, ihm genau diese Frage zu stellen, brach seine tiefe Stimme das Schweigen.

»Freiwillig bin ich am längsten in Florida gewesen.«

Sie sah ihn mit großen Augen an. »Im Sonnenscheinstaat? Das ist eine gefährliche Wahl für einen Stammesvampir, vor allem für einen mit Dermaglyphen, wie du sie hast. Du bist ein Gen-Eins-Vampir, nicht wahr?«

Er warf ihr einen schnellen Blick aus schmalen Augen zu. »Ich hätte nicht gedacht, dass du so viel über uns weißt.«

Sie zuckte mit den Achseln. »Nur weil du wahrscheinlich der erste Stammesvampir bist, der in letzter Zeit durch Parrish durchgekommen ist, bedeutet das nicht, dass wir kein Internet haben oder keine Nachrichten hören.«

Er gab ein leises Lachen von sich. Es klang zwar eingerostet, aber sie mochte es. Ihr gefiel das leichte Zucken seiner Mundwinkel, als der Anflug eines Lächelns über sein Gesicht huschte, ehe er sich wieder ganz auf die Straße konzentrierte.

Leni hatte ihre Gründe, weshalb sie sich für die Abkömmlinge seiner Art interessierte, doch Knox brauchte nicht von dem Stammesgefährtinnenmal zu erfahren, mit dem sie zur Welt gekommen war. Ihre Mutter hatte sie ihr ganzes Leben lang eindringlich ermahnt, dieses Geheimnis für sich zu behalten.

Abgesehen von ihrer Mutter und ihrer besten Freundin, Carla Hansen, waren Lenis Großmutter und ihre Schwester die Einzigen, die wussten, dass ihr Vater kein Mensch gewesen war; zwar kein Stammesvampir, aber nichtsdestotrotz ein Unsterblicher. Leni hatte ihn nie kennengelernt. Sie war mit dem Wissen groß geworden, dass sie anders war, dem Wissen, dass sie in zwei Welten gehörte, sich aber immer keiner richtig zugehörig gefühlt hatte.

Durch Knox hatte sie das erste Mal einen Blick in die andere Welt erhascht.

Im Diner war sie trotz der Aura von Lebensüberdruss und Erschöpfung, die ihn umgab, davon ausgegangen, dass er ungefähr in ihrem Alter war. Wenn er ein Stammesvampir der Ersten Generation war, konnte es durchaus möglich sein, dass er vor Hunderten von Jahren geboren worden war.

»Bist du richtig alt, Knox?«

Er stieß ein leises Schnauben aus. »Du redest wirklich gern. Und du stellst auch viele Fragen.«

»Tut mir leid.« Sie schüttelte den Kopf und lehnte sich wieder zurück. »Du brauchst nicht zu antworten. Ich bin einfach ... neugierig.«

»Ich bin nicht so alt wie die meisten Gen-Eins-Vampire«, sagte er nach einer Weile. »Ich wurde als Hunter geboren ... als Jäger.«

Leni schluckte. Sie kannte die schreckliche Bezeichnung ... und wusste in Grundzügen, was es damit auf sich hatte. »Du hast diesem geheimen Zuchtprogramm angehört?«

Er schnaubte höhnisch. »Zuchtprogramm. Nennt man es so in den Nachrichten und im Internet? Dragos' Laboratorien waren ein Gefängnis. Meine Brüder – die anderen Jäger – und ich waren Sklaven dieses Programms.«

»Es tut mir leid, Knox.«

Er hob eine Schulter. »Dazu besteht kein Grund.«

Doch sie konnte das Gefühl nicht abschütteln. Sie kannte zwar keine Einzelheiten, doch das, was sie wusste, jagte ihr einen Schauer über den Rücken: junge Stammesvampire, die in Laboren gezüchtet und aufgezogen worden waren, fern aller Fürsorge und Kontakte; die schon gezüchtigt worden waren, wenn sie nur das kleinste Gefühl zeigten. Halsbänder, die mit ultraviolettem Licht geladen waren und aus einer Laune ihres Herrn heraus oder auf dessen Befehl zur Explosion gebracht werden konnten, unterjochten sie und zwangen sie zu absolutem Gehorsam.

Die Jäger waren gezüchtet worden, um der stärkste und gnadenloseste Söldnertrupp aus Stammesvampiren zu sein, den es gab. Perfekt ausgebildete Killer. Die Privatarmee eines Wahnsinnigen.

Brutale, hoch qualifizierte Mörder.

Kein Wunder, dass Knox bei der Auseinandersetzung mit Dwight heute Abend noch nicht einmal gezuckt hatte. Kein Wunder, dass er allein durch seine Gegenwart eine kalte, unmissverständliche Bedrohung ausstrahlte. Sie konnte nur ahnen, was ein Mann wie Knox mit jemandem machte, der ihm tatsächlich in die Quere kam.

Er war mehr als gefährlich.

Er war der Tod in Person.

Warum sie bei dieser Vorstellung nicht von Entsetzen erfasst wurde, wollte sie lieber nicht wissen.

Und sie wollte auch nicht zugeben, dass ihr noch Hunderte von Fragen durch den Kopf gingen. Es waren Dinge, die sie nichts angingen; Dinge, nach denen sie auch nicht fragen konnte.

Schrecklich egoistische Wünsche, die sie nicht auszusprechen wagte.

Sie riss den Blick von Knox los und betrachtete durch das Seitenfenster die endlose Nacht, die sie umgab. Sie hatte noch nie Angst gehabt, sich der Dunkelheit zu stellen.

Und sie sagte sich, dass sie auch jetzt nicht damit anfangen würde.

Es war egal, was das Gesicht mit dem gehetzten Ausdruck in den Augen, das ihr in der Scheibe entgegensah, sagen zu wollen schien.

6

Wenn er nach einer Möglichkeit gesucht hatte, sie zum Schweigen zu bringen, damit ihre neugierigen Fragen ein Ende hätten, schien er sie gefunden zu haben. Leni gab keinen Piep mehr von sich, nachdem er ihr gesagt hatte, dass er ein Jäger war.

Im Diner hatte sie kaum mit der Wimper gezuckt, als ihr klar geworden war, dass sie es mit einem Stammesvampir zu tun hatte, doch die Info, dass er einer der Gefährlichsten und am meisten Verunglimpften seiner Art war, hatte zu einer fast körperlich greifbaren Stimmungsänderung geführt. Andererseits gab es nur wenige – sowohl Menschen als auch Stammesvampire –, die die Vorstellung reizvoll fänden, neben einem von Dragos' berüchtigten Jägern zu sitzen.

Und Knox war einer der besten und erfolgreichsten Auftragsmörder gewesen, der seinem Meister jederzeit zur Verfügung gestanden hatte.

Dieser Teil seines Lebens war jetzt Geschichte – lag aber noch nicht weit genug zurück, um in ihm nicht den starken Drang hervorzurufen, es Dwight Parrish heimzuzahlen, dass er Leni in ihrem Wagen von der Straße gedrängt hatte.

Dass sie es wie ein Wunder unversehrt überstanden hatte, war so ziemlich das Einzige, was seine Mordgelüste im Zaum hielt.

So gerade eben.

Knox warf ihr einen Blick zu. Sie sah aus dem Fenster auf der Beifahrerseite und wirkte zum ersten Mal, seit er sie kennengelernt hatte, verletzlich und einsam. Es stand außer Frage, dass sie auf sich selbst aufpassen konnte. Das hatte er im Diner gesehen. Sie war offensichtlich schlau und tüchtig, gepaart mit ordentlich Rückgrat und Sturheit.

Aber all das hatte nicht verhindern können, dass sie von der Fahrbahn abgekommen und in die Schlucht gestürzt war.

Was würde passieren, wenn Dwight Parrishs Bruder erst aus dem Gefängnis war? Ein Mann, der bereit gewesen war, ihre Schwester anzugreifen, würde wahrscheinlich nicht zögern, Leni etwas anzutun, wenn die Sache zwischen ihnen aus dem Ruder lief.

Verdammt. Knox wollte noch nicht einmal darüber nachdenken. Seine Hände legten sich fester um das Lenkrad, und innerlich brodelte er vor Wut.

Das war nicht gut. Leni und ihre Probleme gingen ihn nichts an.

Er hatte nicht gelogen, als er sagte, er hätte nicht die Angewohnheit, Frauen in Not zu retten. Himmel, eher das Gegenteil.

Abbie war der Beweis dafür. Er war nicht rechtzeitig da gewesen, um sie zu retten. Erinnerungen an jene Nacht schlummerten permanent dicht unter der Oberfläche. Der Tropensturm, die schlimmen Straßenverhältnisse – der Fahrer des riesigen Sattelschleppers, der die Kontrolle über sein Fahrzeug verloren hatte und in ihren Wagen gefahren war.

Er hatte zugelassen, dass ihm jemand etwas bedeutete, er hatte Gefühle zugelassen … und zwar nur ein einziges Mal in den zwei Jahrzehnten, die seit seiner Flucht aus dem Hunter-Zuchtprogramm vergangen waren. Bei Abbie hatte er seinen Schutzpanzer abgelegt, und das Schicksal hatte ihm einen grausamen Streich gespielt, indem es sie ihm entrissen hatte. Mit anderen Worten. Nein. Er hatte kein Interesse daran, in die Probleme von jemand anders hineingezogen zu werden. Er hatte nicht die Absicht, je wieder so schwach zu werden.

Das hieß, je eher er aus Parrish Falls wegkam, desto besser.

Knox manövrierte den Wagen über die spiegelglatte Straße. Der Motor des Bronco brummte, während die Scheibenwischer klapperten und vereiste Schneeflocken auf die Windschutzscheibe prasselten.

»Da vorne rechts ist das Haus meiner Freundin.«

Leni deutete auf ein kleines, altes Holzhaus mit grauen Schindeln im Cape-Cod-Stil. Es gab eine Handvoll Nachbarn mit jeweils ein paar Tausend Quadratmetern pinienbestandenen Grundstücken. Flutlichter beleuchteten die kurze Auffahrt mit der geschlossenen Schneedecke.

»Park neben dem Haus. Wenn Carla sieht, in welchem Zustand mein Wagen ist, muss ich Hunderte von Fragen beantworten, ehe sie mich gehen lässt. Aber jetzt will ich erst einmal Riley wohlbehalten nach Hause bringen und ins Bett stecken.«

Knox fuhr an die bezeichnete Stelle, und sie sprang aus dem Wagen, sobald er hielt. Sie lief im Dunkeln durch den fallenden Schnee und schlüpfte durch eine offensichtlich unverschlossene Tür ins Haus.

Knox verzog das Gesicht. In kleinen Orten nahm man es mit der Sicherheit nicht so genau, aber das bedeutete nicht, dass ihm das gefallen musste. Er ließ das Haus nicht aus den Augen und war die paar Minuten, bis Leni wieder an der Tür erschien, in höchster Alarmbereitschaft.

Sie hatte einen schlafenden, blonden kleinen Jungen auf dem Arm, der wohl fünf oder sechs Jahre alt sein musste. Das Kind hing in seiner Winterjacke, worunter es einen Pyjama anhatte, wie ein Sack Kartoffeln über ihrer Schulter, als sie schnellen Schritts zum Wagen zurückkam.

Knox blieb, weil sie ihn darum gebeten hatte, hinterm Lenkrad sitzen und beobachtete, wie sie den schlafenden Jungen auf dem Kindersitz hinter dem Beifahrersitz anschnallte. Der Junge rührte sich erst, als Leni seinen Kopf mit einem Teddybär als provisorischem Kissen abstützte. Seine Augenlider flatterten, doch der tiefe Kinderschlaf ließ ihn gar nicht richtig wach werden.

»Alles okay, Kumpel.« Leni beruhigte ihn mit einem zärtlichen Kuss auf die Stirn. »In einer Minute sind wir zu Hause.«

Beim Klang ihrer Stimme entspannte er sich sofort. Er stieß einen Seufzer aus und schlummerte wieder ein.

Knox war kein bisschen entspannt, als er beobachtete, wie zärtlich Leni sich um ihren Neffen kümmerte. Sie war geduldig und liebevoll. Ihre Freundlichkeit gegenüber dem Kind berührte Knox in einer Weise, die er nicht wahrhaben wollte.

»Alles bereit?«, fragte er brummig, wobei er genervter klang als beabsichtigt.

Leni nickte, schloss die hintere Tür und stieg vorne ein. Während der Rückfahrt schwiegen beide. Ihr Haus stand schräg hinter dem Diner. Es war ein schmuckes, altes, zweistöckiges Bauernhaus mit Walmdach und einer weißen Außenverkleidung aus Holz. Er parkte vor der frei stehenden Garage hinter dem Haus und folgte Leni zur Hintertür, um sich davon zu überzeugen, dass sie und Riley wohlbehalten hineinkamen.

Damit wäre es eigentlich erledigt gewesen.

Er hätte das Haus gleich wieder durch die Hintertür verlassen sollen, als Leni die Küche durchquerte und nach oben ging, um den Jungen zu Bett zu bringen. Stattdessen streifte er durchs Erdgeschoss, überprüfte alle Zugänge und runzelte die Stirn angesichts der nicht sonderlich sicheren Schlösser.

An den Türen waren keine Riegel angebracht, und die alten Fenster – offensichtlich die Originaleinbauten – waren so in die Jahre gekommen, dass man problemlos in das gemütliche Bauernhaus einbrechen konnte.

Es machte den Eindruck, als wäre es schon seit mehreren Generationen bewohnt, ohne dass man je groß etwas daran geändert hätte. Ein robustes, praktisches Haus mit schlichten Möbeln und Holzböden, auf denen Teppiche lagen, über die im Laufe der Jahrzehnte unzählige Menschen gelaufen waren.

Was Knox jedoch vor allem sah, war ein Haus, das nicht einmal dem örtlichen Hundefänger standhalten würde, geschweige denn einem verurteilten Verbrecher, der ein Hühnchen mit ihr zu rupfen hatte. Er ging weiter durchs Haus, wobei sein Blick von den vielen Fotografien angezogen wurde, die jeden Raum des Hauses schmückten.

Leni lebte offensichtlich allein mit ihrem kleinen Neffen, aber sie umgab sich mit Erinnerungen an eine liebevolle, glückliche Familie: Schnappschüsse mit lächelnden Gesichtern in verspielten Rahmen, die auf dem Kaminsims und zu mehreren gruppiert auf Beistelltischen und anderen Abstellflächen standen; von Kinderhand gefertigte Bastelarbeiten und kleine Skulpturen; weiche, selbst gestrickte Decken, die ordentlich zusammengelegt über der Rückenlehne des Sofas lagen; ein antiker Schaukelstuhl, der in einer Ecke des Wohnzimmers stand.

Knox stieß einen leisen Fluch aus. Er kam sich wie ein Eindringling vor, der Lenis Privatleben störte.

Er hatte dafür gesorgt, dass sie und der Junge wohlbehalten zu Hause angekommen waren. Das reichte. Er hätte schon längst wieder weg sein sollen.

Er drehte sich um und wollte in die Küche und von dort nach draußen gehen, bevor Leni wieder nach unten kam. Doch im selben Moment knackten die Dielenbretter der Treppe leise. Einen Moment lang erwog er, mit der einem Stammesvampir angeborenen Geschwindigkeit das Haus zu verlassen, doch es lag nicht in seinen Genen, vor einer Gefahr davonzulaufen.

Nicht einmal wenn diese in Gestalt einer wunderschönen Frau mit haselnussfarbenen Augen daherkam.

»Du bist noch da.« Sie kam die letzte Stufe herunter und trat zu ihm ins Wohnzimmer. »Ich dachte, du wärst vielleicht schon weg.«

»Ich wollte gerade gehen.«

»Okay.« Sie nickte kurz wie zum Abschied, aber an ihrer Miene erkannte er, dass sie noch etwas sagen wollte. »Wo gehst du hin?«

»Hab ich noch nicht entschieden. Wahrscheinlich Montreal.«

»Hast du dort Freunde? Jemanden, bei dem du wohnen wirst?«

»Nein.« Er wusste nicht recht, ob sie aus einem bestimmten Grund fragte oder ob es nur ihre offensichtlich endlose Neugier war, die sich jetzt wieder zu Wort meldete. »Ich hab dort keine Freunde. Falls du es noch nicht bemerkt haben solltest, aber ich bin nicht gerade der gesellige Typ.«

»Das habe ich bemerkt.« Sie sah zu Boden, und die Tatsache, dass ihr der sonst immer so forsche Blick abhandengekommen war, weckte Sorge in ihm.

Lenora Calhoun war unsicher und nervös. Mehr noch … sie hatte Angst. Da sie versuchte, sich mit ihm zu unterhalten, schloss ihre Angst ihn wohl gerade nicht ein, aber die Furcht, die sie ausstrahlte, war dennoch nicht zu übersehen.

»Knox, wenn ich aus irgendeinem Grund Kontakt zu dir aufnehmen wollte … könnte ich dich dann ausfindig machen?«

Er spürte, wie ein Muskel in seiner Wange anfing zu zucken. »Warum solltest du das wollen?«

»Ich meine, falls ich Hilfe brauchen sollte.«

Ihm gefiel nicht, was er da hörte. Das Zucken in seiner Wange verstärkte sich. »Hilfe.«

Angesichts seiner ausdruckslosen Wiederholung des Wortes hob sie den Blick, und ihre herbstfarbenen Augen richteten sich auf sein finsteres Gesicht. »Ich habe über das, was du im Wagen gesagt hast, nachgedacht ... darüber, was du bist.«

Er sagte nichts, sondern sah sie einfach nur weiter an und forderte sie fast heraus, die Worte zu sagen.

»Du hast gesagt, du seist ein ... Hunter, Knox.«

»Ich war einer. Vor zwanzig Jahren habe ich all das hinter mir gelassen.«

»Aber du hast immer noch diese ... Fähigkeiten?«

»Was genau willst du wissen, Lenora?«

Sie drehte sich von ihm weg, ohne zu antworten, und trat an ein Tischchen, das in der Ecke stand. Darauf befand sich eine ganze Reihe von Fotos, die ihren Neffen an seinen Geburtstagen zeigten. Leni und zwei ältere Frauen waren auf mehreren der frühen Bilder zu sehen. Auffällig abwesend bei den jährlichen Feiern des kleinen Jungen war die hübsche Blondine von einem Schnappschuss, auf dem sie mit ihm auf dem Arm im Krankenhaus am Tag seiner Geburt zu sehen war.

Knox hatte nicht vergessen können, was Leni ihm von ihrer Schwester erzählt hatte ... dass sie bewusstlos geprügelt worden war.

Er konnte sich nur allzu lebhaft vorstellen, dass Leni möglicherweise das Gleiche passierte.

Mit abwesender Miene berührte sie den Rahmen mit dem Foto ihrer Schwester mit dem schlafenden Säugling im Arm.

»Ich mache mir nicht meinetwegen Sorgen. Ehrlich nicht. Aber ich würde alles tun, um Riley zu beschützen.« Sie warf ihm einen Blick über die Schulter zu. »Ich kann nicht zulassen, dass der Mann, der Shannon angegriffen hat, jemals Zugriff auf dieses Kind hat. Das werde ich nicht zulassen, Knox. Und es ist mir egal, was es mich kostet.«

Er sah sie mit großen Augen an. »Bittest du mich gerade darum, Travis Parrish für dich zu töten?«

Sie zuckte zusammen. Ein kurzes Seufzen entwich ihren Lippen, als sie sofort den Blick senkte. »Ich weiß es nicht.«

»Du weißt es nicht.« Allmächtiger, sie konnte sich noch nicht einmal dazu überwinden, die Worte auszusprechen. Wie wollte sie überhaupt mit dem Gedanken leben, jemanden mit einem Mord beauftragt zu haben, wenn sie noch nicht einmal den Mumm hatte, es laut zu sagen?

Knox würde nicht auf ihre Bitte eingehen. Dabei spielte es auch keine Rolle, was für ein Vergnügen es für ihn sein mochte, einem Mann den Garaus zu machen, der offensichtlich keine Skrupel hatte, gegenüber einer unschuldigen Frau gewalttätig zu werden. Knox war sich vollkommen sicher, dass Leni und der Junge nur noch mehr Ärger bekommen würden, wenn er die Bedrohung, die von Travis Parrish ausging, eliminierte.

»Und du glaubst, die Parrishs würden es einfach so hinnehmen, wenn Travis tot wäre? Du glaubst, die würden nichts tun und dich und den Jungen in Ruhe lassen?« Er trat näher, damit sie ihm in die Augen sah und verstand – wirklich verstand –, worum sie ihn da bat. »Ich würde sie alle umbringen müssen, Leni. Und wahrscheinlich sogar all diejenigen, die ihnen treu ergeben sind. Das müsste getan werden. Nicht mehr und nicht weniger.«

»Oh Gott.« Sie schluckte und schüttelte bereits, noch während er sprach, den Kopf. »Nein, das ist es nicht, was ich will. Ich habe wohl meine Gründe, keinen von denen zu mögen, aber ich will nicht so schlecht sein wie die … oder schlechter.«

»Das weiß ich doch.« Knox machte noch einen Schritt auf sie zu. »Und ich werde nicht derjenige sein, der diese Sünde auf dein Gewissen lädt … auch wenn du mich darum bittest.«

Und das meinte er auch so. Während er es sagte, war da bereits etwas in ihm, das willens war, sie zu beschützen. Er war beileibe kein Held, aber war er etwa ein kaltblütiger Mistkerl, der eine unschuldige Frau und ein Kind sich selbst überließ? Er wollte sich einreden, dass er so einer war – und sei es auch nur für sein Seelenheil.

Aber dieses Seelenheil würde er nicht finden, wenn er Leni zurückließe, ohne sich darum zu kümmern, was mit ihr geschah.

Nachdem er bei der Berührung im Diner ihrer Güte gewahr geworden war und sie mit Riley gesehen hatte, wusste er nicht, wie er die Augen vor allem verschließen sollte. Und im Gegensatz zu dem, was er zu ihr gesagt hatte, bräuchte man den Killer in ihm nicht groß zu überzeugen, alle Parrishs umzubringen und dann noch alle anderen Bewohner der Stadt, sollte einer eine Bedrohung für sie darstellen.

Verfluchter Mist.

Ihr Krieg ging ihn nichts an. Ihre Probleme waren nicht seine – genauso wenig wie sie sein war. Das Schlaueste und Einfachste, was er jetzt für sich tun konnte, war, sich wieder auf den Weg zu machen, und zwar schnell.

Andererseits war er nicht der Einzige, der darüber nachdenken sollte, Parrish Falls zu verlassen.

»Wenn du wirklich nicht willst, dass die Parrishs den Jungen in die Finger bekommen, dann solltest du nicht hierbleiben. Geh woanders hin, Lenora, wo du neu anfangen kannst … und zwar, ehe Travis nach Hause kommt.«

Sie runzelte die Stirn. Ihm gefiel der Eigensinn nicht, der plötzlich in ihren Augen funkelte. »Ich werde nicht weggehen. Ich habe mein ganzes Leben lang in diesem Ort gelebt. Fünf Generationen meiner Familie haben in diesem Haus gewohnt. Meine Großeltern haben den Diner da draußen gebaut.«

»Das sind doch nur Häuser«, sagte Knox. »Parrish Falls ist nur eine Stadt wie jede andere auch.«

»Nein.« Sie hob das Kinn, und ihre Lippen wurden ganz schmal. »Ich werde nicht weggehen. Ich kann nicht.«

»Doch, du kannst. Du kannst jetzt sofort weggehen. Pack eine Tasche, setz den Jungen in deinen Wagen und geh.«

»Ich werde nicht weglaufen.«

»Selbst dann nicht, wenn du verletzt werden könntest – oder Schlimmeres –, wenn du bleibst?«

»Ich habe dir bereits gesagt, dass ich mir keine Sorgen mache, mir könnte irgendetwas passieren. Ich komme mit allem klar, was Travis oder seine Familie glauben, mir antun zu können.«

»Ach komm, Leni«, schnaubte Knox höhnisch. »Du bist doch nicht dumm. Heute Abend hast du da draußen auf der Straße Glück gehabt, aber du musst wissen, dass Stolz dich oder Riley auf lange Sicht nicht schützen wird.«

»Mit meinem Stolz hat das nichts zu tun«, fuhr sie ihn an, und in ihrer Stimme schwang Verzweiflung mit. »Ich kann nicht weggehen. Ich muss wegen meiner Schwester hierbleiben. Bis Shannon wieder zu Hause ist, werden Riley und ich hierbleiben, wo sie uns finden kann.«

Sie atmete jetzt schneller, und auch ihr Puls hatte sich beschleunigt. Knox war ihr so nah, dass er den schnellen Schlag ihres Herzens und das Blut hören konnte, das durch ihre Adern strömte. Ja, sie hatte Angst. Vielleicht nicht um sich selbst, wie sie beharrlich betonte, aber eindeutig um ihren kleinen Neffen.

Und jetzt erkannte er, wie groß auch ihre Angst um ihre Schwester war.

»Du wartest hier auf eine Schwester, von der du seit Jahren nichts gesehen oder gehört hast?«

»Ja, das tue ich.«

Knox stieß einen Fluch aus, aber ihre Loyalität musste er einfach bewundern, so aussichtslos diese auch sein mochte. »Du hast erzählt, sie wäre ein paar Monate nach der Geburt ihres Sohnes gegangen.«

»Shannon ist nicht gegangen. Sie ist verschwunden. Das ist ein Unterschied.«

»Das ist eine andere Art, es zu formulieren, aber das Ergebnis ist das Gleiche.« Er konnte die Kälte in der Direktheit seines Tonfalls nicht unterdrücken – genauso wenig wie die schmerzhafte Wahrheit, die sie anscheinend nicht akzeptieren wollte. »Sie ist fort, Leni. Und nach sechs Jahren würde ich sagen, dass sie wohl auch nicht mehr zurückkommen wird.«

Sie zuckte zusammen, als hätte er sie geschlagen. »Zur Hölle mit dir. Das weißt du doch gar nicht. Du weißt rein gar nichts über mich oder meine Familie.«

Nein, das tat er nicht. Aber der Soldat in ihm dachte logisch und ließ Gefühle außen vor.

Falls Leni beruhigende Worte hören wollte, würde sie die von ihm leider nicht bekommen. Er war nicht der Typ, der verhätschelte und tröstete. Er wusste gar nicht, wie das ging. Und er würde ihr auch keine falschen Hoffnungen machen. Insbesondere nicht, wenn ihre Angst vor Travis Parrishs Rückkehr so groß war, dass sie jemanden wie Knox um Hilfe bat.

»Ich sollte gehen.«

Sie sah ihn niedergeschlagen an. Verletzt. »Das ist wahrscheinlich eine gute Idee, Knox.«

Das war es. Das wusste er. Trotzdem blieb er wie festgenagelt stehen.

Verdammt noch mal! Warum war er heute Abend nicht einfach an ihrem Diner vorbeimarschiert? Dann wäre er jetzt längst in Kanada und stünde nicht hier allein mit Leni in ihrem geheizten, gemütlich beleuchteten Wohnzimmer, während ihr schönes Gesicht vor Zorn und wachsendem Bedauern ganz rot war.

Er brauchte Abstand, ehe er immer mehr die Kontrolle verlor, weil er sich zu ihr hingezogen fühlte. Das Beste für sie beide wäre, wenn er einfach ging.

Doch stattdessen rückte er noch näher an sie heran, bis sie nur noch wenige Zentimeter voneinander trennten.

Sie wich nicht zurück. Vielleicht hätte er ansonsten das Fitzelchen Disziplin – einen Anflug von Ehre – aufbringen können, um seine Hand davon abzuhalten, über ihre Wange zu streichen.

Ihre Haut war samtweich und so wunderbar warm.

Wegen seiner Gabe hatte er ab dem Zeitpunkt, da sie sich bei ihm als Kind manifestiert hatte, nur noch widerwillig andere berührt. Doch als seine Gabe nun schwieg, als er Leni anfasste, war das wie Balsam für seine Seele. Dieses Gefühl war so stark, dass es ihm jetzt fast unmöglich war, seine Hand wieder von ihr zu lösen.

Er konnte nicht die Erinnerung an den Moment abschütteln, als er sie aus dem in die Schlucht gestürzten Wagen hatte taumeln sehen. Wut auf den Mistkerl, der ihr das angetan hatte – eine Wut, die noch kein Ventil gefunden hatte –, strömte wie ätzende Säure durch seine Adern.

Knox war schon aufgrund weniger frevelhafter Taten als das, was Dwight Parrish heute Abend getan hatte, zum Mörder geworden. Leni hatte den Vorfall als etwas abgetan, das nicht anders zu erwarten gewesen war, doch er konnte den Drang nicht leugnen, den Mistkerl für das, was er ihr angetan hatte, mit Blut bezahlen zu lassen.

Und das war nur ein weiterer Beweis, dass es längst überfällig war, wieder aus ihrem Leben zu verschwinden.

Denn was er zu ihr gesagt hatte, stimmte. Wenn man es mit einem von solchen Männern aufnahm, hatte man hinterher gleich den ganzen Clan am Hals. Beides mochte für ihn mit einem Reiz behaftet sein, doch für Leni und ihren Neffen würde es die Probleme nur mehren. Vor allem, wenn sie so eigensinnig darauf beharrte, in Parrish Falls zu bleiben.

Und mit jeder Minute, die er sich weiter in der stoischen, unerschütterlichen Anmut von Lenis Blick verlor, erschien es ihm reizvoller, wieder zum Killer zu werden, egal, was da kommen möge.

Aber es war nicht seine Aufgabe, sie zu beschützen. Genauso wenig wie sich jetzt mit ihr zu vergnügen.

Mit einem leisen Knurren, das tief aus seiner Brust kam, nahm Knox seine Hand von ihrer Wange.

»Pass auf dich auf, Lenora Calhoun.«

Sie stieß einen leisen Seufzer aus, nickte und verschränkte die Arme vor der Brust. »Leb wohl, Knox.«

Er trat zurück, denn er brauchte den Abstand mehr, als er sich eingestehen wollte. Zum ersten Mal, seit er in den Raum gekommen war, wandte er den Blick von ihrem Gesicht ab und ließ ihn nach unten gleiten, wo er am zerfetzten Saum ihres karierten Hemds hängen blieb. Der Stoff wies mehrere lange Risse im Bereich des Bauches auf.

Vorher war ihm das gar nicht aufgefallen.

»Ist das beim Unfall passiert?« Als er wieder zu ihr aufschaute, wurde sie ganz bleich. »Du hattest mir gesagt, du wärst nicht verletzt.«

Sofort schüttelte sie den Kopf. »Bin ich auch nicht.«

Er wusste, dass das stimmte. Er würde ihr Blut riechen, wenn sie verwundet wäre. Doch ihr zerfetztes Hemd sagte etwas anderes. Es war von abgebrochenen Ästen aufgerissen worden, und ein paar Kiefernadeln hingen auch noch im Flanell.

Sie wollte sich von ihm abwenden.

»Leni.« Er griff nach ihrem Arm und drehte sie wieder zu sich herum. »Lass mich mal sehen.«

»Nein.« Sie entzog sich seinem lockeren Griff und verschränkte die Arme wie einen Schutzschild. »Ich habe dir doch gesagt, dass es mir gut geht.«

Bernsteinfarbene Funken blitzten bei ihrer Lüge in seinen Augen auf. »Ich weiß, was du mir gesagt hast. Ich will wissen, was du jetzt vor mir verbirgst.«

»Nichts.«

Er umfasste ihr Gesicht mit beiden Händen, damit sie seinem Blick nicht mehr ausweichen konnte. Dann hob er den zerfetzten Saum des Hemds an, und sein sengender Blick legte sich auf ihren flachen, seidig glatten Bauch. Verlangen stieg in ihm auf, als er mit den Fingern über ihre unversehrte Haut strich und nach einer Antwort auf die Frage suchte, die er eigentlich nicht stellen wollte.

Dann entdeckte er es.

Ein kleines rotes Mal und der einzige Fleck auf ihrer ansonsten makellosen Haut.

Es war keine Wunde. Das zumindest stimmte.

Und dieses Mal war weit davon entfernt, ein Zeichen von Unvollkommenheit zu sein.

Seine Fänge traten mit einem Ruck hervor, als er das kleine Zeichen betrachtete, das eine Träne und einen Halbmond darstellte.

»Allmächtiger.« Mit finsterem Blick sah er wieder zu ihr auf. »Du bist eine Stammesgefährtin.«

7

Leni war nicht in der Lage, sich zu rühren, auch wenn es wohl das Klügste gewesen wäre, was sie jetzt hätte tun können.

»Eine verdammte Stammesgefährtin.« Knox knurrte die Worte förmlich, während er sie anstarrte. In seiner Miene spiegelten sich Entsetzen, Verwirrung und grenzenlose Wut wider.

Er tauchte sie in seinen glühenden Blick. Sie hatte noch nie ein bernsteinfarbenes Feuer in den Augen von jemandem lodern sehen, und sie hatte auch noch nie erlebt, dass sich runde Pupillen, sonst dem menschlichen Auge ähnelnd, zu außerirdischen, vertikalen Schlitzen verengten. Aus Knox' leicht geöffnetem Mund ragten die Spitzen seiner schneeweiß funkelnden Fänge scharf wie Dolche hervor.

Keine Beschreibung und auch kein Bild hätte sie auf diesen Moment vorbereiten können, in dem ein leibhaftiger Stammesvampir vor ihr stand. Doch es war seine ungeheure Wut, die ihr mehr Angst einjagte als seine äußere Erscheinung – der leibhaftige Beweis dafür, was er in Wirklichkeit war.

»Allmächtiger, Leni. Hättest du mir irgendwann etwas davon erzählt?«

»Nein.«

Die Antwort ließ ihn wieder, dieses Mal noch deftiger, fluchen. Er hielt Leni immer noch fest. Eine Hand lag um ihren Arm, die andere umklammerte, jetzt zur Faust geballt, den zerfetzten Saum ihres Flanellhemds, während er mit flatternden Nasenflügeln tief einatmete.

Überall, wo er sie berührt hatte, fühlte sich Lenis Haut an, als wäre sie versengt worden, als wäre sie zu straff gespannt. Etwas in ihr begann aufzubegehren angesichts der Arroganz, mit der er die Finger über ihren nackten Bauch gleiten ließ, um nach dem Mal zu suchen, das sie dummerweise vor ihm zu verbergen versucht hatte.

Er hatte kein Recht dazu – weder sie anzufassen noch sie so vorwurfsvoll anzuschauen.

Und er hatte auch kein Recht dazu gehabt, zuvor seine Hand so zärtlich an ihr Gesicht zu legen. Doch die Hitze, die dabei durch ihren Körper geschossen war, hatte weniger mit Wut zu tun, als sie sich eigentlich eingestehen wollte.

Ihr waren die glühenden Funken in seinen Augen nicht entgangen, als er ihre Wange gestreichelt hatte. Hatte er sie küssen wollen? Sie war sich eigentlich sicher, dass es das gewesen war, was er gewollt hatte. Trotz seiner Wut spannte sich instinktiv ihr ganzer Körper in Erwartung eines Kusses an.

Wobei sie sich nicht ganz sicher war, wonach ihm mehr der Sinn stand – sie zu küssen oder sie doch lieber umzubringen.

Beide Möglichkeiten hätten ihr reichlich Grund gegeben sich zu fürchten.

Knox ließ sie mit einem Knurren los. Unter gesenkten Brauen sah er sie aus schmalen Augen mit sengendem Blick an. »Deshalb hast du also keinen einzigen Kratzer – wegen deiner Gabe. Du hast Selbstheilungskräfte, nicht wahr?«

»Es ist keine Heilkraft. Es ist etwas anderes.«

»Inwiefern anders?«

»Ich kann nicht verletzt werden.« Unsicher hob sie die Schultern, weil sie nicht wusste, wie sie die außergewöhnliche Eigenschaft, die sie schon ihr ganzes Leben lang begleitete, beschreiben sollte. »Immer wenn ich in körperlicher Gefahr bin, erzeugt mein Körper eine Art Schutzschild, den nichts durchdringen kann.«

»Kein Wunder, dass du vor nichts Angst hast«, schnaubte er spöttisch.

»Das stimmt nicht.« Sie schüttelte den Kopf. »Ich habe sehr wohl Angst, Knox, und zwar um Riley. Meine Fähigkeit nützt ihm nichts. Sie schützt nur mich selbst, sonst niemanden.«

»Verdammt.« Er trat einen Schritt zurück, und sie konnte seinen Unmut und seinen Frust spüren. »Was ist mit deiner Schwester? War sie auch eine Stammesgefährtin?«

»Shannon ist ein Mensch«, erwiderte Leni. Sie war nicht bereit, über ihre vermisste Schwester anders als im Präsenz zu sprechen. »Wir sind Halbschwestern. Ihr Vater war von hier. Meiner war … anders.«

»Hast du Kontakt zu ihm?«, brummte Knox.

»Nein. Ich habe meinen Vater nie kennengelernt.«

»Wo ist er jetzt?«

»Ich habe keine Ahnung. Meine Mutter war mit ein paar Freundinnen in Portland im Urlaub, als sie ihn kennenlernte. Er lebte damals auf einem großen Segelboot und bereiste die Welt. Anscheinend war er nicht der bodenständige Typ. Warum willst du das alles wissen?«

»Weil du und der Junge eine sichere Unterkunft braucht. Ihr müsst bei jemandem unterkommen, der euch beschützen kann.«

»Ich habe dir bereits gesagt, dass ich nirgends hingehen werde. Ich werde Parrish Falls nicht verlassen.«

Knox' Blick loderte noch heller, als er einen zischenden Fluch ausstieß. »Es ist dumm von dir, wenn du bleibst, Lenora. Nach dem, was ich heute Abend gesehen und gehört habe, wissen du und ich, dass das Kind oben büßen muss, wenn es zwischen dir und den Parrishs eskaliert.«

Bei Leni stellten sich die Nackenhaare auf, als er sprach. Aber im Grunde wusste sie, dass er recht hatte. Seit sechs Jahren war ihr klar, dass sie sich irgendwann würde entscheiden müssen, ob sie die Erinnerung an ihre Schwester am Leben erhalten oder ihren Neffen außer Reichweite des brutalen Mannes bringen wollte, der ihn gezeugt hatte.

Aber verdammt! Sie war noch nicht bereit, Shannon loszulassen.

Sie war noch nicht so weit, sich vorstellen zu wollen, dass ihre Schwester für immer fort war.

»Ich werde eine Möglichkeit finden, für Rileys Sicherheit zu sorgen.«

»Und was ist mit dir?«, wollte er wissen. »Nur weil man dir körperlich nichts anhaben kann, heißt das nicht, dass es nicht andere Möglichkeiten gibt, dir wehzutun. Wie wirst du dich fühlen, wenn man dir den Jungen wegnimmt? Denn du weißt, dass das passieren wird. Sonst hättest du mich nicht gebeten, Travis Parrish für dich umzubringen.«

Ach, sie hasste den Klang dieser Worte. Sie hasste den Gedanken, wie tief sie unter Umständen aus Liebe zu dem süßen kleinen Jungen, der oben unschuldig in seinem Bett schlief, zu sinken bereit wäre. Aber sie konnte es nicht leugnen. Sie konnte nicht so tun, als wäre sie nicht zu allem fähig, um für seine Sicherheit zu sorgen.

»Ich schaffe das allein. Das habe ich immer.« Sie verschränkte die Arme und nahm eine herausfordernde Haltung gegenüber dem Stammesvampir ein, der vor Wut schnaubend vor ihr stand. »Danke für den Ratschlag, aber wir sind nicht dein Problem, Knox.«

Er stieß ein höhnisches Schnauben aus. »Ja, genau. Das sage ich mir schon den ganzen Abend. Ich hätte einfach an dieser verdammten Stadt vorbeilaufen sollen. Mein erster Fehler heute Abend war, in dein Diner zu kommen. Und mein zweiter, dich aus der Schlucht rauszuziehen. Aber den größten Fehler des Abends hast du gemacht, Leni.«

Er machte einen Schritt auf sie zu und ragte riesig und wütend vor ihr auf. Es war eine gefährliche, animalische Wut, die ihn kochen ließ.

Tief aus seiner Brust kam ein finsteres Knurren; ein weiterer Hinweis, dass er weit davon entfernt war, ein Mensch zu sein. Vor allem jetzt, da es ihm durch seine aggressive Reaktion auf ihr Mal immer noch schwerfiel, seine Wut im Zaum zu halten.

»Du wusstest, was ich bin«, sagte er mit täuschend ruhiger Stimme, wo doch sein restlicher Körper vor unterdrückten Emotionen vibrierte. »Sobald du die Glyphen auf meiner Hand gesehen hattest, wusstest du, dass ich ein Stammesvampir bin. Du hättest dich fernhalten müssen, Leni. Du hättest mir sagen müssen, dass ich verschwinden soll, und mich nicht auch noch einladen zu bleiben. Ich hätte die Stadt verlassen, ohne auch nur noch einen Blick darauf zu verschwenden.«

Sie schluckte, als er den ohnehin geringen Abstand zwischen ihnen noch mehr verkürzte.

Offensichtlich war heute Abend nichts mehr von ihrem gesunden Menschenverstand übrig geblieben. Denn statt sich vor dem Raubtier, das in Knox zum Leben erwacht war, zu fürchten, hielt sie die Stellung und war nicht bereit klein beizugeben.

Himmel, es war sogar noch schlimmer, denn sie fragte sich unaufhörlich, wie es sich wohl anfühlen mochte, von seinen starken Armen umfangen und an seinen mächtigen Körper gepresst zu werden.

Jap, völlig verrückt. Und leichtsinnig und dumm allemal.

Er hatte recht. Sie hatte heute Abend einen schrecklichen Fehler begangen. Auch ohne diesen knurrenden, gefährlichen

Mann einzuladen näher zu kommen, hatte sie schon genug Probleme in ihrem Leben.

Er wollte es ja auch nicht.

Seine Wut hing fast schon greifbar heiß in der Luft.

Leni hob das Kinn. »Ich will, dass du jetzt gehst, Knox.«

Ein schiefes Grinsen spielte um seine Lippen, während er langsam den Kopf schüttelte. »Nein, das willst du nicht. Aber du solltest es wollen.«

Er machte noch einen Schritt, und dann war kein Raum mehr zwischen ihnen ... keine Möglichkeit wegzulaufen ... keine Möglichkeit, ihre schnellen Atemzüge oder das laute Pochen ihres Herzens zu verbergen.

Als sie schon dachte, er würde nach ihrem Gesicht greifen, blieb seine Hand doch unten und schob den zerfetzten Saum ihres Hemds zur Seite. Wieder betrachtete er ihr Mal, während sich eine Sehne auf seiner dunklen, bärtigen Wange anspannte.

Er hob den Kopf, und wieder traf sie sein sengender Blick aus lodernden Augen. Sie zogen sie in ihren Bann – außerirdisch und erschreckend und doch wunderschön. Genau wie der Mann selbst.

Nein, korrigierte sie sich, denn sie brauchte Abstand – sowohl zu seiner intensiven Nähe als auch zu der beunruhigenden Hitze, mit der sie auf ihn reagierte.

Die ungeladene Wärme kroch in ihre Glieder und hoch bis in ihren Nacken, während seine Gegenwart das gleiche Feuer in jede Faser ihres Körpers strömen ließ. Es hatte etwas Magisches, wie sich die Energie so schnell zwischen ihnen entzündete. Sie war nicht zu leugnen. Vielleicht konnte das noch nicht einmal Knox.

Während er sie anstarrte, kam ein leiser Fluch über seine leicht geöffneten Lippen. Dann trat er zurück und ließ Kälte in den Raum strömen, wo eben noch er gewesen war.

»Wir haben beide genug Fehler gemacht, die wir nicht mehr rückgängig machen können«, erklärte er mit angespannter Stimme. »Ich bin mir absolut sicher, dass ich die Liste durch keinen weiteren verlängern werde.«

Vielleicht dachte er, dass sie etwas sagen würde, aber das konnte sie nicht. So, wie ihr Herz raste, schaffte sie es gerade mal zu atmen.

Wieder stieß Knox einen Fluch aus und rieb mit seiner großen Hand über seine bärtige Wange. »Schließ deine Türen ab, Lenora, und rühr dich nicht von der Stelle.«

Nachdem er ihr kurz angebunden diesen Befehl gegeben hatte, machte er auf dem Absatz kehrt und ging durch die Küche zur Hintertür.

Verwirrt folgte sie ihm. »W… wohin gehst du? Knox, was hast du vor?«

Er gab keine Antwort.

Er machte sich noch nicht einmal die Mühe, sich noch einmal umzudrehen, ehe er das Haus verließ und in den tobenden Schneesturm trat.

Leni eilte ihm bis zur Tür hinterher, aber er war bereits draußen.

Im nächsten Moment war er verschwunden, und da waren nur noch Dunkelheit und wirbelnder Schnee.

8

Kalter Wind schlug ihm entgegen, als er sich zu Fuß durch den Sturm auf den Weg machte.

Er raste über die von Schneewehen bedeckte Fläche zwischen Lenis Haus hinter dem Diner und dem urwüchsigen Wald, der es umgab. Er brauchte die eisige Luft, die ihm fast den Atem nahm und ihn wieder zur Besinnung brachte. Umherfliegende Eiskristalle und kräftige Böen prasselten wie ein Sandstrahler auf sein Gesicht. Er genoss die feinen Nadelstiche, die jeden Schritt begleiteten.

Knox lechzte förmlich nach jedem bisschen Strafe, das der Schneesturm ihm bot.

Alles war ihm recht, was das unerwünschte Verlangen nach der Frau, die er verwirrt und aufgeregt zurückgelassen hatte, abkühlte.

Zweimal hätte er sie heute Abend beinahe geküsst, also musste er das nicht mit auf die Liste all der Fehler setzen, die er begangen hatte, wenn es um sie ging. Denn bei all seinen unterirdisch falschen Verhaltensweisen gehörte es an die oberste Stelle, wenn er sich körperlich auf Leni einließe. Vor allem jetzt.

Himmel, wenn er nun beschlossen hätte, ihre Halsschlagader anzuzapfen, statt sich seine Nahrung bei dem tätowierten Loser von der Tankstelle zu holen? Ein Schluck von Lenis Blut, und Knox wäre, solange sie beide atmeten, an sie gefesselt gewesen.

Eine Stammesgefährtin! Um Himmels willen!

Er knurrte bei der Vorstellung; wütend, weil sie versucht hatte, es vor ihm zu verheimlichen.

Im Moment wünschte er sich jedoch, sie hätte damit Erfolg gehabt, denn alles war anders geworden, seit er das Geburtsmal entdeckt hatte.

Er konnte nicht so tun, als gäbe es dieses Mal nicht. Er konnte nicht leugnen, dass Lenora Calhoun ihm schon von Anfang an, als er noch gedacht hatte, sie wäre ein Mensch, als etwas Seltenes und Besonderes erschienen war. Dass er das winzige Mal aus Träne und Halbmond auf ihrem Bauch entdeckt hatte, war der unumstößliche Beweis, dass sie noch außergewöhnlicher war, als er je hätte vermuten können. Sie war eine Frau, die man beschützte und wertschätzte, egal um welchen Preis.

Es brauchte schon einen Stammesvampir mit einem noch degenerierteren Sinn von Ehre als er, um so zu tun, als wäre es egal.

Er hatte bereits mit dem Gedanken gerungen wegzugehen, ehe er erkannt hatte, was sie war. Doch hinterher hatten alle Argumente, die dafür gesprochen hätten, kein Gewicht mehr.

Jetzt konnte er Leni nicht mehr den Rücken kehren. Mit nichts würde man ihn davon überzeugen können, dass sie und der Junge nicht irgendwo anders – überall anders – besser aufgehoben waren als in Parrish Falls. Offensichtlich würde es sich als eine Herausforderung erweisen, ihr das klarzumachen. Bedauerlich für ihn war nur, dass die Ehre als Stammesvampir gebot, alles in seiner Macht Stehende zu tun, um ihre Sicherheit zu gewährleisten, bis es ihm gelang, die eigensinnig loyale Frau dazu zu bringen, sich seiner Vernunft zu beugen.

Auch wenn dieser Kraftakt wirklich das Allerletzte war, was er wollte oder brauchte.

»Verdammter Mist.« Der Fluch kam mit einer Dampfwolke über seine Lippen, als er weiter in den unbewohnten Wald vordrang, wobei er immer ungefähr auf gleicher Höhe mit der Hauptstraße blieb, die durch Parrish Falls führte. Das Gelände war tückisch; dichter Wald, der von schroffen Felsvorsprüngen durchzogen war, die immer steiler wurden, je näher er der Schlucht mit dem Fluss kam.

Knox wurde kein einziges Mal langsamer. Er versuchte aber nicht nur das ungute Begehren loszuwerden, indem er sich so verausgabte, sondern er war auf der Jagd.

In der kalten Luft und dem umherwirbelnden Schnee vibrierte er vor Anspannung, als er in der Ferne das Brummen seiner Beute vernahm, auf die er es abgesehen hatte. Das Tuckern des Dieselmotors des Lasters wurde vom Wind zu ihm getragen. Es war über Meilen das einzige Zeichen von Leben inmitten des tobenden Schneesturms.

Knox folgte dem Geräusch und schlug die Richtung ein, aus der das monotone Brummen des Motors kam.

Er fand Dwight Parrish auf der frisch geräumten zweispurigen Straße, auf der er sich in gleichmäßigem Tempo von der Stadt entfernte. Mit der den Stammesvampiren gegebenen übernatürlichen Geschwindigkeit folgte Knox dem Laster in gleichbleibendem Abstand, wobei er ihn von dem erhöhten Kamm, der parallel zur Straße verlief, aus im Auge behielt.

Die Schneeschaufel war hochgeklappt und oben arretiert. Die hoch angebrachten Scheinwerfer schnitten durch die Dunkelheit und schwankten mit der Schaukelbewegung des Lasters hin und her. Aus dem Führerhäuschen drang laute Musik. Offensichtlich hatte Parrish seine nächtliche Arbeit beendet und war nun auf dem Weg nach Hause.

Zumindest dachte das der Mann, der Leni so zugesetzt hatte, wohl.

Knox erhöhte sein Tempo auf dem unebenen Kamm oberhalb der Straße. Seine Bewegungen waren so schnell, dass ein menschliches Auge ihn nicht hätte wahrnehmen können – zumal nicht bei dieser Dunkelheit. Er hielt ungefähr eine Meile vor Parrish an, sodass er ausreichend Zeit hatte, sich nach etwas umzusehen, womit er Parrish zwingen würde, einen Umweg zu machen.

Und da war es auch schon. Er grinste, als er den mächtigen Stamm einer halb umgekippten Kiefer betrachtete, die noch von einem anderen Baum gehalten wurde.

Knox wartete, bis die Scheinwerfer des Lasters sich unten näherten.

Dann stemmte er den schweren, mit Schnee bedeckten Stamm hoch und ließ ihn nach unten auf die Straße krachen, wo er dem Laster den Weg blockierte.

Parrish trat so heftig auf die Bremse, dass er ins Schleudern geriet und beinahe auf der anderen Seite der schmalen Straße in die Schlucht gestürzt wäre. Die Bremslichter leuchteten hellrot im Dunkel auf. Eine Schneefontäne spritzte hinter der hinteren Stoßstange auf, die blockierten Räder quietschten, als der Laster auf dem Eis zum Stehen kam.

Aus dem geschlossenen Führerhäuschen war Parrishs Schrei zu hören, der den donnernden Bass der Boxen übertönte.

Als der Laster nun stand, hob Parrish den Kopf, um durch die Windschutzscheibe zu dem mächtigen Hindernis zu schauen, in das er beinahe hineingerauscht wäre. Im gleichen Moment landete Knox mit einem gewaltigen Sprung vor dem Fahrzeug auf der Straße. Er versuchte, angesichts des Ausdrucks tumben Entsetzens auf dem bärtigen Gesicht des Menschen nicht zu lächeln.

Stattdessen senkte er den Kopf, als er sich zum Angriff bereit machte, und zeigte dem Mistkerl seine blitzenden Fänge.

Bei dem bedrohlichen Anblick wurden Parrishs Augen ganz groß. In seiner Panik ließ er den silbernen Flachmann fallen, den er in der rechten Hand gehalten hatte, und versuchte, nach dem Schalthebel zu greifen. »Allmächtiger!«

Viele Möglichkeiten zur Flucht gab es nicht. Entweder riskierte er den Verlust seines Fahrzeugvorbaus, wenn er versuchte, an dem Baumstamm, der die Straße blockierte, vorbeizukommen, oder aber den Sturz in die Schlucht, wenn er es von der anderen Seite probierte. Also entschied Parrish sich, den Rückwärtsgang einzulegen. Der Laster schlingerte nach hinten, wobei der Geruch von Dieseltreibstoff und Abgasen die klare Luft des Schneesturms verpestete.

Aber er kam nicht schnell genug voran.

Knox war bereits mit einem Satz hinter dem Laster gelandet. Er stemmte sich mit aller Kraft gegen die Stoßstange, sodass die Räder aufheulten und auf dem Eis durchdrehten.

Parrish gab auf und schaltete hektisch in den Vorwärtsgang, um das Gefährt wieder in Gang zu bringen.

Aber auch diese Möglichkeit zur Flucht ließ Knox nicht zu.

Er raste zur Fahrerseite und klopfte mit den Fingern an die Scheibe. Parrish zuckte zusammen und warf ihm einen schnellen Seitenblick zu.

»Na, wie fühlt sich das an, Arschloch?« Mit der Kraft seiner Gedanken verriegelte Knox die Türen und schaltete das Getriebe in den Leerlauf.

»Was zum Teufel willst du von mir?«, brüllte Parrish auf der anderen Seite der Scheibe.

Er war ein großer Mann, der es nicht gewohnt war, bei einer Auseinandersetzung zu unterliegen. Er hatte zwar Angst, war aber auch wütend. Seine zusammengepressten Lippen unter seinem dichten dunklen Bart verrieten deutlich seine Verachtung. Allerdings überlagerte jetzt gerade Furcht alle anderen Empfindungen.

Er warf sich im Führerhäuschen auf die andere Seite, als

meinte er durch die Beifahrertür entkommen zu können, doch das brachte nichts. Der Riegel hielt auch hier mit der Kraft von Knox' Geist stand – genau wie der Schaltknüppel, als Parrish versuchte, mit aller Kraft einen Gang einzulegen.

»Du Hurensohn! Was willst du eigentlich?«, brüllte Parrish. Er gestikulierte wütend, doch man sah die Sorge, die Angst in seinem Blick. »Willst du mich umbringen, Vampir? Dann tu es, verdammt noch mal!«

»Du wirst wissen, wenn ich komme, um dich zu töten«, erwiderte Knox völlig ruhig.

Er begann, den Laster auf die andere Seite der Straße zu schieben, wo es steil den Abhang hinunter in die Schlucht mit dem zugefrorenen Fluss ging.

»Was machst du da?«, wollte Parrish wissen, während er hektisch den Kopf drehte, um hinter Knox' Absicht zu kommen. »Oh, fuck. Du kannst doch nicht …«

»Doch, ich kann«, sagte Knox.

Er schob weiter und drehte das schwere Vorderteil des Lasters mit dem Pflug direkt auf die Kante zu. Und dann noch ein Stückchen weiter. Die vordere Stoßstange begann zu wippen, und das Fahrzeug war nur einen Hauch von einem Sturz kopfüber ins Gestrüpp entfernt.

»Ehe du überlegst, Lenora Calhoun weiter Probleme zu machen, denk daran, dass das ab jetzt Konsequenzen haben wird.«

Parrish schluckte ängstlich, völlig machtlos in seiner Wut. Sein glänzender neuer Laster hing knirschend an der Kante, als der Seitenstreifen begann nachzugeben.

Knox lächelte jetzt und zeigte dabei die Spitzen seiner Fänge. »Ich habe vor, eine Weile in der Stadt zu bleiben. Das bedeutet, dass ihr Parrishs mir Rede und Antwort stehen müsst, wenn Leni oder dem Jungen etwas zustößt. Haben wir uns verstanden?«

»Um sie geht es hier?«, fragte Parrish höhnisch grinsend. »Was zum Teufel hat die denn für eine Bedeutung für dich?«

Das war eine gute Frage, auf die Knox nicht vorbereitet war. Aber so ein Mistkerl wie Parrish wäre sowieso der Letzte, dem er eine Antwort darauf geben würde.

Für ihn war die Unterhaltung beendet, und er gab dem Laster einen letzten Schubs. Er kippte nach vorn und schlingerte, was Parrish ein dumpfes Stöhnen entlockte. Dann ergriff die Schwerkraft Besitz von dem Laster und dem Mann im Führerhäuschen. Das neu glänzende Fahrzeug krachte die Böschung hinunter, Zweige zerkratzten den Lack an den Seiten, Gestrüpp und Baumstümpfe knirschten unter den Rädern und am Unterboden, als der schwere Wagen den Abhang hinunterrollte und auf dem zugefrorenen Gewässer zum Stehen kam.

Knox löste die Türverriegelung erst, als er hörte, wie das Eis anfing zu knacken, dann nachgab und die Vorderräder begannen im Fluss zu versinken. Parrish kletterte sofort aus dem Führerhäuschen, als sich die Tür wieder öffnen ließ.

Knox beobachtete alles regungslos. Was er zu dem Menschen gesagt hatte, stimmte. Er war heute Abend nicht gekommen, um ihn umzubringen.

Ob er es in einer der folgenden Nächte tun würde, lag an den Parrishs.

Denn was er zu Leni in ihrem Haus gesagt hatte, war ernst gemeint gewesen – ein toter Parrish bedeutete Krieg mit allen anderen.

So weit würde Knox erst gehen, wenn man ihn dazu trieb. Jetzt hatte er ihnen erst einmal einen Schuss vor den Bug verpasst.

Wenn sie schlau waren, würden sie die Warnung ernst nehmen.

9

Die Sonne ging am nächsten Morgen für Leni viel zu früh auf.

Sie hatte kaum geschlafen, sondern sich die ganze Zeit hin und her gewälzt, bis sie schließlich kurz vor Tagesanbruch eingenickt war. Jedes Mal, wenn sie die Augen schloss, war sie von Albträumen heimgesucht worden, die sich alle um Travis Parrish drehten. Hellwach kehrten ihre Gedanken immer wieder zu dem Stammesvampir zurück, der letzte Nacht genauso unerwartet in ihr Leben getreten war, wie er es dann offensichtlich wieder verlassen hatte.

Es waren aber nicht nur ihre Gedanken, die von Knox beherrscht wurden. Er hatte auch die Kontrolle über all ihre Sinne übernommen. Ohne sich überhaupt anstrengen zu müssen, konnte sie immer noch die Wärme seiner Hand spüren, als er sie an ihre Wange gelegt hatte. Sie konnte immer noch den geschmolzenen Bernstein seiner transformierten Augen sehen, als er sie angeschaut – wütend angestarrt, angefunkelt – hatte.

Sie hatte immer noch den gequälten Ausdruck auf seinem schönen, außerirdischen Gesicht in jenen angespannten Sekunden vor Augen, als sie nicht wusste, ob er sie nun in die Arme nehmen oder so weit wie möglich von ihr weg wollte.

Jetzt hatte sie wohl ihre Antwort. Nachdem sie nach seinem wütenden Abgang mehrere Stunden verwirrt und unsicher auf seine Rückkehr gewartet hatte, hatte sie schließlich alle Lichter im Haus gelöscht und war zu Bett gegangen.

Knox war jetzt bestimmt längst in Kanada. Sie sagte sich, dass das so das Beste war.

Sie wand sich innerlich vor Scham angesichts dessen, um was sie ihn letzte Nacht gebeten hatte – oder zumindest versucht hatte zu bitten. Knox mochte zwar zum Töten gezüchtet und ausgebildet worden sein, doch das gab ihr nicht das Recht, ihn wie eine Waffe zu behandeln, die zu ihrer freien Verfügung stand. Es war richtig gewesen, dass er es abgelehnt hatte. Er hatte Nein gesagt, damit sie nicht mit der Schuld leben musste, doch es machte nicht ungeschehen, dass sie ihn darum gebeten hatte.

Und alles andere – die anderen unmöglichen Dinge, die sie von Knox wollte, Dinge, die er ihr zu ihrer Beschämung ebenfalls verweigert hatte – wollte sie einfach vergessen. Sie wollte ihre egoistischen Bedürfnisse und Wünsche vergessen, sie wollte Knox vergessen und einfach weitermachen wie bisher.

Himmel, was war nur in sie gefahren? Ihre erste Sorge – die einzige, die wirklich zählte – war der kleine Junge, der völlig abhängig von ihr war.

Sie setzte sich in dem zerwühlten Bett auf. Das dünne Schlafshirt aus Baumwolle war über ihren nackten Brüsten verrutscht. Sie strich es glatt und schwang die Beine über die Bettkante. Von unten drang durch ihre offen stehende Schlafzimmertür gedämpft Rileys Stimme. Es war nicht ungewöhnlich, dass er umherging und mit sich selbst redete oder besser gesagt mit seinen Lieblingsstofftieren und einer sich ständig ändernden Schar von Freunden, die nur in seiner Fantasie existierten. Leni hatte gelernt mitzuspielen, auch wenn es bedeutete, beim Essen ein zusätzliches Gedeck aufzulegen oder morgens, wenn er zur Schule musste, ein paar Minuten länger zu warten, weil einer von Rileys unsichtbaren Freunden ihn aufgehalten hatte.

Heute war ja schulfrei. Der Schneesturm hatte über Nacht zwar nachgelassen, aber wegen des Wetters waren alle öffentlichen Einrichtungen im Landkreis bis zum Ende der Woche geschlossen.

Sie rechnete auch nicht damit, dass sie heute viele Gäste im Diner haben würde. Da sie sich nicht daran erinnern konnte, wann sie sich das letzte Mal einen ganzen Tag freigenommen hatte, beschloss Leni, dass sie jetzt mehr als alles andere etwas ungestörte Zeit mit Riley brauchte.

Sie fasste ihr Haar zu einem nachlässigen Knoten zusammen, schlüpfte in eine locker sitzende Pyjamahose und flauschige Winterpantoffeln, um dann ins Badezimmer zu schlurfen, wo sie sich die Zähne putzte und sich mit einem nassen Waschlappen übers Gesicht fuhr. Sie stöhnte angesichts ihres verhärmten Spiegelbilds. Es bedurfte einer ganzen Menge mehr kalten Wassers, um die dunklen Ringe unter den Augen und den schläfrigen Ausdruck aus ihrem Gesicht zu vertreiben.

Vielleicht könnte sie Riley ja dazu überreden, den gemeinsamen Spaßtag mit einem schönen, langen Nickerchen zu beginnen. Tja, wohl eher unwahrscheinlich. Seine Energie war ungefähr genauso unermüdlich wie sein scharfer kleiner Verstand.

Mit einem resignierten Seufzer nahm sie ihren rosafarbenen Morgenmantel aus dickem Frottee vom Haken neben der Tür und zog ihn über, während sie nach unten ging, um für ihren Neffen das Frühstück zuzubereiten und sich selbst mit einem riesigen Becher starken Kaffees zu versorgen.

Ein kleines Rennauto und ein paar Action-Spielfiguren lagen auf dem Teppich am Fuß der Treppe verstreut, was von einem tragischen Verkehrsunfall und der unendlich kurzen Aufmerksamkeitsspanne eines Kindes zeugte.

Die Stimme ihres Neffen kam aus der Küche. Er redete, während er zwischendurch immer wieder schlürfte, geräuschvoll kaute und mit dem Löffel gegen eine Schale aus Hartplastik schlug. »Fred mag kein Müsli, weil ihm die Milch immer zu schnell warm wird. Manchmal erlaubt Tante Leni mir, dass ich Honig in meine Schüssel tue, wenn ich mit ihm teile. Dann isst er alles auf, denn Honig liebt er über alles.«

Fred war sein geliebter Plüschbär, der Riley – und damit auch Leni – kürzlich darüber in Kenntnis gesetzt hatte, dass er mittlerweile zu groß wäre, um länger Freddy Bär genannt zu werden. Leni bückte sich, um das Spielzeug am Fuße der Treppe aufzuheben, und musste unwillkürlich lächeln. Sie fragte sich, welcher seiner Fantasiefreunde beschlossen hatte, ihm heute beim Frühstück Gesellschaft zu leisten. Würde es Tyler, der unsichtbare T-Rex sein oder jemand Neues?

Mit dem aufgesammelten Spielzeug in den Händen ging sie in die Küche und versuchte, eine ernste Miene aufzusetzen.

»Riley, was hatte ich dir letztens über Spielsachen gesagt, über die jemand fallen …«

Sie blieb abrupt stehen und unterbrach sich mitten im Satz, als ihr Blick Knox' strahlend blaue Augen traf. Er stand in der Küche, als würde er da hingehören, lehnte lässig an der Spüle gegenüber von ihrem Neffen, der am kleinen Frühstückstisch über eine Müslischüssel gebeugt saß.

Riley sah kleinlaut zu ihr auf. »Tut mir leid, Tante Leni. Ich hab's vergessen.«

»Ist, äh, ist schon in Ordnung, mein Schatz.« Sie wandte den Blick von ihm ab, um fassungslos den Stammesvampir anzusehen. »Was machst du hier?«

»Das ist mein neuer Freund, Knox«, sagte Riley. Fragend legte er den Kopf auf die Seite. »Willst du damit sagen, dass du ihn auch sehen kannst, Tante Leni?«

»Ja, ich kann ihn sehen«, sagte sie und versuchte, Verwirrung – und Missbilligung – nicht in ihrer Stimme mitschwingen zu lassen. »Wie lange bist du schon im Haus? Und wie bist du überhaupt reingekommen? Ich hatte alle Türen und Fenster verriegelt, nachdem du gestern weg warst – genau wie du es mir aufgetragen hattest.«

Er reagierte nur mit einem Hochziehen einer dunklen Braue. Natürlich waren Türriegel bei ihm, bei allen Angehörigen seiner Art, völlig wirkungslos. Das hätte ihr eigentlich mehr zu denken geben müssen, als es tatsächlich der Fall war.

Im Moment war sie einfach nur überrascht … und irgendwie etwas ärgerlich darüber, mit welchem Interesse sie seine breiten Schultern, die mächtige Brust unter dem schwarzen T-Shirt und die kräftigen Arme betrachtete, die er vor der Brust verschränkt hatte.

Wenn Riley sich auch nur ein bisschen nervös oder ängstlich in seiner Gegenwart gezeigt hätte, hätte Leni Knox bereits die Tür gewiesen. Doch er wirkte vollkommen entspannt und verspeiste sein Müsli, als wären er und der riesige Stammesvampir schon ewig Freunde. Das war typisch für ihren Neffen. Der Junge besaß eine wirklich verblüffende Offenheit und eine vertrauensvolle Unschuld, die Leni unbedingt erhalten wollte.

Sie würde sich zwar besser fühlen, wenn sie Knox dafür abkanzelte, einfach ins Haus eingedrungen zu sein, aber Riley würde es traurig machen.

Sie warf Knox, während sie die Spielsachen auf den Tisch legte, einen vielsagenden Blick zu, der ihm hoffentlich klarmachte, was sie von seinem Verhalten hielt.

Eine offene Kiste mit Werkzeug und noch verpackten Teilen aus dem Baumarkt stand auch darauf. Alles war mit Staub überzogen und vom Alter blind. Leni erkannte die Kiste sofort, und die Brust wurde ihr eng.

»Was willst du mit den Sachen?«

Knox machte einen Schritt auf sie zu. »Ich habe sie letzte Nacht in der Garage gefunden.«

»Ich weiß, wo du sie gefunden hast. Ich habe gefragt, was du damit vorhast.«

»Ich werde sie für dich einbauen. Eine Kiste mit neuen Riegeln und verschließbaren Fenstergriffen bringt nichts, wenn man sie einfach wegpackt.«

Seine tiefe Stimme klang gleichmütig und ruhig, und wahrscheinlich schlug er wegen Riley diesen Tonfall an, aber sie hörte auch den Ernst, der darin mitschwang. Genauso wenig entging ihr der warnende Ausdruck in seinem Blick.

Irgendetwas war passiert, nachdem er sie letzte Nacht verlassen hatte.

Etwas, das mit den Parrishs zu tun hatte.

Ein Frösteln erfasste sie, während sie seinem ernsten Blick standhielt.

Riley schob seine leere Müslischale zur Seite und kniete sich auf den Stuhl, um einen Blick in die angestaubte Kiste zu werfen. »Was sind das für Sachen?«

»Nur ein paar Dinge aus dem Baumarkt«, erwiderte Leni.

Shannon hatte das Werkzeug und die neuen Riegel nur ein paar Tage, bevor sie verschwunden war, besorgt. Leni hatte die Sachen, die Shannon in der Garage versteckt hatte, erst hinterher entdeckt. Aber damals hatte sie keinen Sinn darin gesehen, die Teile einzubauen. Sie war nicht davon ausgegangen, dass die Parrishs sich von neuen Riegeln davon abhalten lassen würden, sich zu holen, was sie haben wollten.

Es gab nur einen Weg, das zu schaffen. Und wie Knox gestern Abend gesagt hatte – falls sie es mit einem Parrish aufnehmen wollte, sollte sie darauf gefasst sein, es mit allen aufnehmen zu müssen.

»Riley, wenn du fertig mit Frühstücken bist, dann geh dir bitte die Zähne putzen.«

»Ja, mach ich.« Er schlängelte sich mit Freddy Bär unter

dem Arm vom Stuhl herunter. Als er an Knox vorbeiging, warf er ihm einen hoffnungsvollen Blick zu. »Kann ich dir beim Einbau der Sachen helfen?«

»Das fragst du lieber deine Tante«, brummte der. »Nachdem du dir die Zähne geputzt hast.«

Riley nickte und rannte dann aus der Küche, um zu erledigen, was man ihm aufgetragen hatte.

»Er ist ein guter Junge«, sagte Knox.

»Der beste.«

Leni nahm die leere Müslischüssel und trug sie zur Spüle. Knox trat zur Seite, als sie die Milchreste und ein paar am Boden der Schüssel verbliebene aufgeweichte Getreideringe ausspülte. Sie wollte weder auf die Hitze reagieren, die sein großer Körper so dicht neben ihr ausstrahlte, noch auf die Energie, die man sogar dann wahrnahm, wenn er sich gar nicht rührte.

Sie wollte auch nicht darüber nachdenken, dass er eine hormonelle Überreaktion bei ihr auslöste, während sie aussah wie ein Hausmütterchen in mittleren Jahren mit Ringen unter den Augen und Haaren, die Ähnlichkeit mit einem Vogelnest hatten.

Reizend.

Aber im Grunde brauchte sie sich keine Gedanken darüber zu machen, für Knox gut auszusehen. Sie waren nicht zusammen, und dies war auch nicht der peinliche Morgen danach – auch wenn es sich so anfühlte.

Obwohl – wenn sie richtig darüber nachdachte, fühlte sich seine Gegenwart in ihrem Haus, nachdem sie einander erst gestern Abend kennengelernt hatten, deutlich weniger peinlich an, als es eigentlich sollte.

Sie musste sich tatsächlich in Erinnerung rufen, dass sie immer noch sauer war und auch verwirrt nach dem hitzigen Gespräch, ehe er vorige Nacht durch die Hintertür marschiert war und sich wie ein Geist in Luft aufgelöst hatte. Nur weil sie jetzt, als sie ihn wiedersah, nur noch halb so wütend war, bedeutete das nicht, dass er ihr keine Erklärung schuldete.

»Wo bist du letzte Nacht hin?«

Egal, wie sie die Frage stellte – sie würde sich immer wie die misstrauische Geliebte anhören, die ihre Grenzen überschritt. Vor allem, da sie empört in Pyjama und mindestens zehn Meter Frottee gehüllt neben ihm stand. Aber so war es nun einmal.

Als er nicht antwortete, sondern sie nur mit diesem unergründlichen Blick von der Seite ansah, gingen ihr mindestens zehn unterschiedliche Szenarien durch den Kopf. Sie drehte sich ganz zu ihm um und stemmte eine Faust in die Hüfte. Ihr entging nicht das leichte Zucken um seine Mundwinkel, als er sie ansah.

Sie räusperte sich. »Ich bin mir sicher, dass du nicht die halbe Nacht damit verbracht hast, auf der Suche nach Werkzeug in meiner Garage das Unterste zuoberst zu kehren.«

»Nö.« Die einsilbige Antwort kam ohne ein Lächeln daher.

»Wo bist du also hin? Hast du etwas getan … von dem ich wissen sollte?«

»Ich musste einfach nur ein bisschen Dampf ablassen, Leni.« Sein Blick ging zu ihren leicht geöffneten Lippen. »Ich glaube, es war wohl offensichtlich, dass wir letzte Nacht beide wieder etwas runterkommen mussten.«

Er hatte recht. Sie wäre bestimmt nicht in der Lage gewesen, auf die Bremse zu treten und allem, was auch passieren mochte, Einhalt zu gebieten, wenn er geblieben wäre. Sie war sich immer noch nicht im Klaren darüber, ob sie es jetzt schaffen würde. Ihn mit Riley zu sehen, hatte nicht gerade dazu beigetragen, ihre Neugier in Bezug auf Knox zu mindern – oder ihr Verlangen.

Sie sah ihn an und versuchte verzweifelt, das gefährliche

Raubtier in ihm zu sehen, das er unbestreitbar war. Mit den blaugrauen Augen, die an Gewitterwolken erinnerten, und den unergründlichen runden Pupillen sah er wie ein ganz normaler Mensch und nicht wie ein Stammesvampir aus. Als er Riley geduldig gelauscht hatte, während dieser von seinen Stofftieren sprach, als wären sie aus Fleisch und Blut, war Leni nicht in der Lage gewesen, Knox als den gut ausgebildeten Killer zu sehen, zu dem er gezüchtet und aufgezogen worden war.

Ein starker, zuverlässiger Mann voller Energie und sehr dominant – ein Mann, den sie gern besser kennenlernen wollte. Ein Mann, den sie begehrte, nachdem sie dieses Gefühl schon lange nicht mehr verspürt hatte.

Langsam ließ sie die Hände sinken. »So, wie du gestern das Haus verlassen hast, dachte ich, ich würde dich nie wiedersehen.«

Er runzelte die Stirn. »Es tut mir leid, wie ich mich aufgeführt habe. Es war nicht schön, wie ich dich angeblafft und dir Befehle erteilt habe. Dieses Verhalten von mir hattest du nicht verdient.«

»Schon gut«, sagte sie ruhig. »Es tut mir leid, dass ich dir nichts von meinem Mal gesagt habe. Es ist mir zur Gewohnheit geworden, es geheim zu halten. Keiner in Parrish Falls weiß davon, außer meiner Freundin Carla. Meine Mutter hatte mir schon, als ich noch ganz klein war, immer wieder eindringlich geraten, keinem zu verraten, dass ich anders bin, wenn ich ein normales Leben führen wollte. Vor allem hier in dieser Stadt. Hier gibt es nicht viel Raum für Andersartigkeit.«

»Eine Sache von vielen, die sich hier ändern muss«, brummte er.

»Warum bist du zurückgekommen?«

Es dauerte lange, ehe er antwortete. »Weil ich nicht gehen konnte. Hätte ich es getan und dir wäre etwas passiert …« Er sprach den Satz nicht zu Ende, während seine Miene immer finsterer wurde. »Ich werde nicht zulassen, dass das passiert, Leni. Ich kann nicht.«

Sie schluckte, und das Herz schlug ihr bis zum Hals. So stoisch und distanziert sie ihn gestern erlebt hatte, und so wütend, als er entdeckt hatte, dass sie eine Stammesgefährtin war, so gab es doch jetzt keinen Zweifel an seiner ehrlichen Sorge.

»Ich habe mich entschlossen, eine Weile in Parrish Falls zu bleiben.«

»Wie lange?«

Er zuckte unverbindlich mit den Achseln, aber ein Mangel an Entschlossenheit war in seiner Miene nicht zu erkennen. »So lange ich halt brauche, um sicher zu sein, dass dir nichts passieren wird. Ich muss Travis Parrish und dem Rest seiner Familie klarmachen, dass ihr beide – du und der Junge – unter meinem Schutz steht. Und wenn irgendeinem von euch was passiert, werden sie alle zahlen.«

Während er sprach, schlug ihr Herz immer schneller. Was er jetzt schwor, hatte sie nie gewollt oder gebraucht. Ihr Stolz bäumte sich bei der Vorstellung auf, und die ablehnenden Worte lagen ihr schon auf der Zunge. Doch sie schmolzen unter der Inbrunst dahin, die in Knox' ernster Miene zu erkennen war.

Sie konnte nicht glauben, dass er seine Pläne nur änderte, um auf sie aufzupassen.

So, wie er letzte Nacht auf den Anblick ihres Mals reagiert hatte, hatte sie gedacht, nicht nur sein Vertrauen eingebüßt zu haben, sondern auch den Anflug von Respekt, den er vielleicht vor ihr gehabt hatte.

Und jetzt dies.

Sie wusste nicht recht, was sie sagen sollte, wie sie das Geschenk annehmen sollte, das er ihr gerade anbot.

»Wo wirst du wohnen, Knox?«

»So nah wie möglich.« Er räusperte sich, und es bildete sich eine Falte zwischen seinen Augenbrauen. »Ich kann neue Riegel und Schlösser an allen Türen und Fenstern anbringen, trotzdem kann man sie aufbrechen. Aber an mir wird nichts und niemand vorbeikommen.«

Sie sah ihn mit großen Augen an. »Heißt das, du willst hierbleiben? In meinem Haus?«

»Es geht hier nicht darum, was ich will. Es geht darum, für deine Sicherheit zu sorgen.«

Ihr stockte der Atem angesichts der Heftigkeit, mit der er die Worte sprach. Sie war nie eine Frau gewesen, die sich von Schmeicheleien oder unerwarteter Freundlichkeit hatte betören lassen. Doch das hier war anders. Hier ging es um Leben und Tod, und bis vor ungefähr einem halben Tag war Knox ein Fremder gewesen, einer, der noch nicht einmal wusste, dass es sie gab.

Und jetzt bot er nicht nur ihr, sondern auch Riley seinen Schutz an.

»Warum?«, fragte sie leise. »Warum tust du das, Knox? Gestern Abend hast du noch gesagt, es wäre ein Fehler gewesen, in Parrish Falls anzuhalten. Du sagtest, es wäre ein Fehler gewesen, mir aus der Schlucht herauszuhelfen. Warum willst du mir also jetzt helfen? Was hat sich verändert?«

»Du«, knurrte er. »Du hast dich in dem Moment geändert, als ich das Mal auf deiner Haut sah.«

Lenis eben noch rasender Puls verlangsamte sich auf ein Schneckentempo. Das Blut strömte jetzt deutlich weniger schnell durch ihre Adern und kühlte sich wieder ab. »Das Mal auf meinem Bauch hat verändert, was du über mich denkst?«

»Es ändert alles, Lenora.« Er klang schroff, seine Stimme war leise und kontrolliert. »Du bist eine Stammesgefährtin.

Das ist für uns Stammesvampire so geheiligt wie Blut. Frauen mit diesem Mal – deinem Mal – sind das Kostbarste, was es für uns auf dieser Welt gibt. Du musst um jeden Preis beschützt werden.«

»Nicht ich persönlich«, sagte Leni, um es wirklich ganz klar zu machen. »Sondern alle Frauen wie ich. Alle Frauen, die als Stammesgefährtin geboren werden.«

»Das ist richtig.«

Sie wich vor ihm zurück und wandte den Blick ab. Sie schaute überall hin, nur nicht in seine durchdringenden Augen. Sie sah an ihrem flauschigen, rosafarbenen Bademantel hinunter, betrachtete die abgelaufenen Pantoffeln mit ihrem Rand aus Kunstpelz und war kaum in der Lage, ein höhnisches Schnauben zu unterdrücken.

Das Kostbarste auf der Welt für ihn und alle anderen Abkömmlinge seiner Art. Geheiligt. *Lächerlich.*

Genau so musste sie jetzt auf ihn wirken – nicht nur wegen ihrer Kleidung, sondern auch wegen der Verlegenheit, die ihre Wangen brennen ließ. Er machte sich gar nicht ihretwegen Gedanken, sondern würde die gleiche Sorge jeder anderen Frau wie ihr angedeihen lassen. Jeder Frau, die mit dem gleichen Mal geboren worden war.

Sie wollte seine Hilfe ablehnen.

Mehr als alles andere wollte sie ihn von seiner Verpflichtung befreien und verlangen, dass er es ihr überließ, sich um ihre Probleme zu kümmern. Er sollte sich davonscheren – er und sein fehlgeleitetes Ehrgefühl.

Hätte sie allein gelebt, hätte sie ihm all das gesagt – und noch mehr.

Aber was war mit Riley?

Er war es, der Knox' Hilfe am meisten brauchte. Sie konnte auf sich selbst aufpassen, aber wie sollte sie für die Sicherheit von Shannons Sohn sorgen, bis diese wieder zu Hause war und sich selbst um ihn kümmern konnte?

Sie konnte es nicht. Nicht allein.

So gern sie Knox' Angebot auch ablehnen wollte, musste sie es doch annehmen.

Doch eine Sache brauchte sie nicht zu tun – sie musste seine Beweggründe nicht akzeptieren oder in ihm mehr sehen als einen Untermieter, dessen Gegenwart sie wohl oder übel hinnahm.

»Na gut«, murmelte sie und zwang sich dazu, wieder zu ihm aufzuschauen. »Im Dachgeschoss ist eine Einzimmerwohnung mit eigenem Badezimmer.« Sie deutete auf die Treppe, zu der man durch die Küche gelangte. »Meine Mutter hat das Zimmer gelegentlich vermietet. Das kannst du jetzt haben.«

Er nickte kurz. »Das wird reichen. Danke.«

Sie entfernte sich noch einen Schritt weiter von ihm und zog die Enden des Bademantels fester um sich. »Und, Knox, während du hier bist … halt dich von Riley fern. Er ist ein süßer kleiner Junge, der glaubt, alle wären seine Freunde. Ich will nicht, dass du ihm Dinge versprichst, die du nicht vorhast zu halten.«

10

Knox zog die letzte Schraube am Fenster im Wohnzimmer fest und überprüfte die Stabilität des neuen Riegels. Bombenfest und damit so sicher, wie es eben ging. Genau wie die über zehn anderen, die er angebracht hatte, und die beiden Türriegel, die an der Vorder- und Hintertür von Lenis altem Haus schimmerten.

Er hatte fast den ganzen Tag damit verbracht, das Haus zu sichern. Den Vormittag über hatten tiefhängende graue Wolken den winterlichen Himmel verdeckt. Da keine Sonnenstrahlen durch diese hindurchdrangen, hatte er drinnen an den Riegeln arbeiten können. Die hohen Kiefern, die das alte Haus von allen Seiten umgaben, sorgten für ausreichend Schatten, als er am Nachmittag bei Tageslicht hatte nach draußen gehen müssen, um die Arbeit zu beenden.

Als Gen-Eins-Vampir konnte er seine Haut höchstens zehn Minuten ultravioletter Strahlung aussetzen, ehe sie anfing zu versengen und dann wegzubrennen. Er arbeitete zwar lieber nachts, doch er zog Verbrennungen durch UV-Licht nutzlos verbrachter Zeit vor.

Und nach der Unterhaltung mit Leni heute Morgen hatte er es wirklich dringend nötig, sich zu beschäftigen.

Sie verschlafen und verletzlich die Treppe herunterkommen zu sehen, hatte seine Sinne mehr in Aufruhr versetzt, als wenn sie nur spärlich bekleidet in Unterwäsche in die Küche geschwebt wäre. Nicht dass er sie sich so hätte vorstellen wollen.

Allein bei dem Gedanken lief ihm schon das Wasser im Mund zusammen. Untere Regionen seines Körpers reagierten ähnlich begeistert und drängten gegen den Reißverschluss seiner Jeans. Fast den ganzen Tag war er halb steif gewesen; denn sein Körper reagierte jedes Mal, wenn er Leni mit ihrem Neffen draußen im Garten sah oder sie durchs Haus ging, wobei sie ihr Bestes gab, so zu tun, als wüsste sie nicht, dass er da war, oder als wäre seine Anwesenheit ihr egal.

Er hatte sie heute Morgen während des Gesprächs verärgert.

Es war wahrscheinlich nicht sonderlich feinfühlig gewesen, sie, während er die Riegel anbrachte, darüber in Kenntnis zu setzen, dass er sich vorübergehend bei ihr einquartieren würde. Aber was wusste er schon von feinfühligem Vorgehen? Zum Killer geboren, ohne Emotionen aufgezogen und brutal diszipliniert beim geringsten Anflug von Menschlichkeit, waren er und seine Brüder so unbeleckt von Diplomatie, wie es nur denkbar war.

Trotzdem hatte er erwartet, dass sie zumindest ein bisschen dankbar sein würde für sein Angebot, sie und den Jungen zu beschützen – obwohl er es so unelegant vorgetragen hatte. Oder dass sie zumindest Erleichterung gezeigt hätte.

Stattdessen hatte sie ihn mit gerunzelter Stirn angeschaut, als er versucht hatte, ihr zu erklären, von welch großer Bedeutung ihr Wohlergehen für Stammesvampire war, und war dann vor ihm zurückgewichen, als hätte er sie beleidigt.

Frauen.

Knox schüttelte den Kopf und schnaubte kurz. Vielleicht war es ganz gut, dass Leni ihm den ganzen Tag aus dem Weg gegangen war. Wenn er – egal für wie lange – unter einem Dach mit ihr leben musste, war es besser, einander in der Zeit nicht ständig an die Gurgel zu gehen.

Das verringerte auch die Gefahr, dass er die eigensinnige Schönheit in seine Arme zog ... oder in sein Bett.

Shit. Den Fehler würde er sich nicht erlauben, sosehr seine Männlichkeit auch gegen den Entschluss aufbegehrte. Er hatte Leni schon gewollt, bevor er ihr Mal gesehen hatte. Wenn es in der Nacht ein bisschen anders gelaufen wäre, hätten sie sich am Ende nackt in den Armen gelegen – da war er sich ziemlich sicher.

Doch dann hatte er das Stammesgefährtinnenmal gesehen. Dem Himmel sei Dank!

Es hätte kaum etwas Abschreckenderes für ihn geben können als der Anblick des winzigen scharlachroten Mals auf ihrer seidig glatten Haut. Das Mal aus Träne und Halbmond stand für die Ewigkeit. Es bedeutete, dass sie mehr verdiente, als er ihr je geben könnte. Vor allem, da er nur so lange in der Stadt bleiben wollte, bis er entweder die Bedrohung, die von den Parrishs ausging, eliminiert oder Leni davon überzeugt hatte, die Stadt zu verlassen. Er würde die erstbeste Lösung, die sich bot, erfreut begrüßen.

Bis dahin war Lenora Calhoun tabu. Körperlich und emotional Abstand zu ihr zu halten, war die einzige Möglichkeit, bei klarem Verstand zu bleiben und sein Ziel nicht aus den Augen zu verlieren. Vom Kopf her wusste er, dass das die beste Vorgehensweise sein würde.

Jetzt musste er nur noch seinen Körper davon überzeugen, sich diesem Plan anzuschließen.

Knox räumte, nachdem er seine Arbeit beendet hatte, alles auf und sammelte das Werkzeug zusammen, ehe er das Haus Richtung Küche durchquerte, um alles wieder in die Garage zu bringen, wo er die Sachen herhatte. Der Duft von warmem Essen, Gewürzen und buttrigem Brot hing in der Luft, als er sich der Küche näherte.

Leni hatte vor ein paar Stunden mit dem Kochen angefangen. Jetzt saßen sie und Riley im Esszimmer, das von der Küche abging, und aßen von schneeweißem Porzellan gebratenes Huhn im Blätterteigmantel.

Es war eine gemütliche, entspannte Mahlzeit mit Servietten aus Stoff und Servierschalen für die einzelnen Bestandteile des Essens. Vor Rileys ausgestopftem Bär, der auf einem Stuhl mit gedrechselter Rückenlehne neben dem Jungen saß, stand ein Teller mit einem in Honig getunkten Brötchen.

Knox musste unwillkürlich das Leben bewundern, das Leni ihrem Neffen bot. Das beeindruckende Mahl, das sie für ihn bereitet hatte, war nur der Abschluss eines langen Tages, an dem sie sich die ganze Zeit mit Riley beschäftigt hatte; sie hatten erst einen Schneemann gebaut, dann gepuzzelt und schließlich bei verschiedenen Brettspielen gemeinsam heiße Schokolade getrunken, ehe sie auf der Treppe mit Rileys Spielfiguren eine Schlacht nachstellten.

Knox hatte gedacht, er könnte sich unbemerkt am Esszimmer vorbeischleichen, doch während Leni entschlossen auf ihren Teller starrte, warf Riley ihm ein strahlendes Lächeln zu.

»Hallo, Knox!«

Verdammt. So viel also zu seiner Fähigkeit, sich lautlos zu bewegen.

Der kleine Junge drehte sich auf seinem Stuhl um. »Wann bringen wir die Türriegen an?«

»Türriegel«, verbesserte Leni ihn leise, um dann über seinen blonden Kopf hinweg einen ausdruckslosen Blick in Knox' Richtung zu werfen. »Ich glaube, Knox hat das erledigt, während wir uns mit anderen Sachen beschäftigt haben.«

»Das stimmt.« Knox deutete auf das Werkzeug, das er in der Hand hielt. »Ich bin gerade fertig geworden. Alles ist jetzt abgesichert und bombenfest.«

Leni bedachte ihn mit einem mürrischen Blick. »Danke.«

»Kein Problem.«

Riley nahm Fred auf den Schoß und zeigte auf den jetzt leeren Stuhl neben sich. »Knox, komm, setz dich neben mich.«

Als er Leni ansah, zuckte die nur leicht mit den Schultern. Das kam einem Waffenstillstand näher als alles andere, was während des Tages gelaufen war. Riley klopfte mit der flachen Hand auf die Sitzfläche und sah Knox mit seinen hellblauen Augen flehend an, bis er bekam, was er wollte.

»Das hörte sich vorhin ja nach einem richtigen Kampf auf der Treppe an«, meinte Knox, während er die Spielzeugfiguren auf den Boden legte und sich hinsetzte. »Wer hat gewonnen – die Cowboys oder die Aliens?«

»Die Cowboys natürlich. Tante Leni war für die Aliens verantwortlich, und sie lässt mich immer gewinnen.«

»Wie bitte?« Leni legte ihre Gabel voll gespielter Entrüstung auf dem Teller ab. »Seit wann lasse ich dich gewinnen, kleiner Mann?«

»Seit immer.« Riley zuckte mit den Achseln, während er sich einen großen Löffel mit zerdrückten Kartoffeln und Sauce in den Mund schob. Als Leni die Hand ausstreckte und ihn unter dem Arm kitzelte, brach er in Gelächter aus. Nachdem er sich wieder beruhigt hatte, hob er den ausgestopften Bären an sein Ohr und nickte dann zustimmend. »Knox, Fred sagt, du könntest sein Brötchen essen. Es hat ganz viel Honig drauf.«

»Das sehe ich.«

»Magst du auch Honig?«

Knox lachte leise. »Nicht besonders. Wie wär's, wenn wir Fred sein Abendessen lassen?«

Riley zog die hellen Augenbrauen zusammen. »Hast du denn keinen Hunger?«

Knox musterte Leni kurz und sah, dass sie auf seine Antwort wartete. Es lag keine Wertung in ihrem Blick – nur Neugier und Besonnenheit. Sie überließ es ihm, was er dem Jungen sagte.

Knox entschied sich für die Wahrheit.

»Ich esse nicht das Gleiche wie du und Fred.« Er legte einen Arm auf den Tisch, sodass Riley die Glyphen sehen konnte, die sich auf seinem Unterarm und dem Handrücken wanden. »Weißt du, was das ist?«

»Nee.«

»Das sind sogenannte Dermaglyphen. Nur bestimmte Leute wie ich werden damit geboren.«

»Cool!« Rileys Augen wurden ganz groß, als er das komplizierte Gewirr aus Schnörkeln und Bögen betrachtete. »Darf ich sie anfassen?«

»Klar.«

Winzige Finger fuhren die Windungen nach, ehe sich der fragende Blick des Jungen wieder auf Knox richtete. »Was für Essen magst du denn?«

Puh, Allmächtiger. Er hatte gewusst, dass Riley ihm weiter Fragen stellen würde. Er hatte bereits am Morgen einen Vorgeschmack auf den scharfen Verstand und die Neugier des Jungen bekommen. Aber wie um Himmels willen sollte er ihm erklären, was er war, ohne ihn zu erschrecken oder zu verwirren?

Man sah Leni an, dass sie sich die gleiche Frage stellte. Sie musterte ihn abwartend und vertrauensvoll – vielleicht stellte sie ihn aber auch auf die Probe. Was immer ihr durch den Kopf gehen mochte, so blieb doch die Tatsache bestehen, dass sie ihn dem – nicht vorhandenen – Erbarmen eines Sechsjährigen auslieferte.

Knox räusperte sich. »Du weißt ja, dass dein Kumpel Fred

nur Honig mag, oder?« Riley nickte. »Nun, ich bin auch irgendwie so. Nur dass ich statt Honig lieber etwas anderes trinke.«

»Milch?«

Knox grinste. »Nein.«

»Bier?«

»Nein, das auch nicht.«

»Gut, denn das ist ja auch nicht gesund, nicht wahr, Tante Leni?«

Sie lächelte und nickte bestätigend. Ihre haselnussbraunen Augen funkelten im Licht der tiefhängenden Lampen des Esszimmers. Einen Moment lang kam es Knox so vor, als befände er sich plötzlich in einer anderen Wirklichkeit, wie er so mit den beiden dasaß. Eine angenehme Wirklichkeit, in der er Teil dieser kleinen Familie war und sich am Esstisch unterhielt, als wäre es die normalste Sache von der Welt.

Woher zum Teufel kam dieses Gefühl? Er wollte es nicht wissen und auch nicht zulassen, dass es blieb. Er entzog seinen Arm Rileys kitzelnder Erforschung seiner Glyphen.

»Ich bin nicht so wie du oder deine Tante«, brummte er. »Ich nehme nicht dieselbe Nahrung zu mir wie ihr. Ich muss Blut trinken, um zu überleben.«

»Blut? Iiiihhh.« Sein kleines Näschen kräuselte sich. »Das würde ich nicht mögen.«

Knox lachte leise. »Wahrscheinlich nicht, denn du bist ein Mensch – ich nicht.«

»Was bist du denn dann?«

»Ich bin ein Stammesvampir. Leute wie wir werden mit Dermaglyphen auf der Haut geboren, wie ich sie dir gezeigt habe. Manchmal verändert sich auch die Farbe unserer Augen, und unsere Zähne werden spitz.«

»Warum?«

»So sind wir einfach geboren worden«, sagte Knox und spürte keinerlei Furcht bei dem Jungen, sondern nur das Bemühen zu verstehen. »Wir sind stärker als andere und leben sehr lange. Es gibt nur eins, was stärker ist als wir: Sonnenlicht.«

Das war's. Das Grundlegende über Vampire in einer Form, von der er hoffte, dass Riley sie mit seinen sechs Jahren begriff. Knox zog es vor, die Details, wie er und die Angehörigen seiner Art an das lebenserhaltende Blut kamen, auszulassen. Schließlich wollte er nur, dass Riley in Grundzügen verstand, was Stammesvampire ausmachte. Er sollte keine Angst bekommen, dass seine Halsschlagader – oder die seiner Tante – in Gefahr war.

Knox wollte sich auch lieber nicht vorstellen, wie Lenis Kehle unter seinen Fängen nachgab.

Vor allem nicht vor dem Kind. Nachdem er sich den ganzen Tag zusammengerissen hatte, um das Animalische in sich in Schach zu halten, das viel zu abgelenkt war von der wunderschönen braunhaarigen Frau, die ihm gerade am Tisch gegenübersaß, wollte Knox Riley jetzt keinen Eindruck von einem Stammesvampir verschaffen, der ganz vom Drang erfüllt war, Nahrung zu sich zu nehmen.

Ganz zu schweigen von den anderen animalischen Gelüsten, die Leni in ihm weckte.

Sie brach das Schweigen, das sich schon etwas zu lang über den Raum gelegt hatte. »Es ist in Ordnung, anders zu sein, nicht wahr, Riley?«

»Klar.« Er unterstrich seine Zustimmung mit einem heftigen Nicken, um dann nach seinem Teddybär zu greifen und ihn auf seinem Schoß hüpfen zu lassen. »Dürfen ich und Fred jetzt aufstehen?«

»Fred und ich«, korrigierte Leni ihn sanft. »Und ja, ihr dürft.«

Mit dem Bären in der Hand rutschte er von seinem Stuhl und lief nach oben.

»Ich bin in ein paar Minuten oben, um dir ein Bad einzulassen und dir dann vor dem Schlafengehen eine Geschichte vorzulesen«, rief Leni ihm hinterher, aber er war längst fort. Sie sah Knox an und verdrehte die Augen. »Du siehst, wer hier im Haus das Kommando hat.«

Knox lächelte. »Du bist sehr lieb mit ihm.«

»Ich verwöhne ihn zu sehr.« Sie zuckte mit den Schultern, stand auf und begann, die Teller abzuräumen. »Ehrlich gesagt weiß ich überhaupt nicht, was ich tue. Ich versuche einfach nur, mein Bestes zu geben, um die Zeit zu überbrücken, bis seine richtige Mutter wieder da ist.«

Knox behielt seine Meinung, dass er das für unwahrscheinlich hielt, für sich, als er aufstand und nach zwei Servierschalen griff. Er dachte, sie würde seine Hilfe vielleicht ablehnen, doch sie sagte nichts, als sie das Geschirr in die Küche trug. Er folgte ihr und stellte die Schüsseln auf die Arbeitsfläche neben der Spüle.

Es waren nur ein paar Stunden vergangen, seit sie an derselben Stelle gestanden hatten und er gefährlich nah davor gewesen war, ihr zu zeigen – oder vielleicht auch erst einmal gegenüber sich selbst einzugestehen –, wie sehr er sich zu ihr hingezogen fühlte; kurz bevor er sie verärgert hatte und sie ihm für den Rest des Tages die kalte Schulter gezeigt hatte.

Sie war immer noch sehr angespannt in seiner Gegenwart, und die Energie, die sie ausstrahlte, hatte etwas Wachsames, fast schon Argwöhnisches an sich.

Nachdem sie zusammen den Tisch abgeräumt hatten und sie die Spüle mit heißem Seifenwasser füllte, ging er noch einmal ins Esszimmer und holte das Werkzeug sowie die Teile, die nach dem Einbau übrig geblieben waren.

»Ich stelle die Kiste mit den anderen Sachen zurück in die Garage.«

»Danke.« Sie schaute über die Schulter und lachte leise auf, als sie sah, dass er einen Hammer mit einem rosafarbenen Griff hochhielt. »Das ist Shannons Lieblingsfarbe. Sie war ein richtiges Mädchen, aber trotzdem handwerklich sehr geschickt. Sie war losgezogen und hatte den ganzen Kram besorgt, nachdem …«

»Nachdem Travis sie angegriffen hatte?«

Sie nickte und drehte sich dann wieder zur Spüle um. Die auf den Tellern klebenden Essensreste kratzte sie über dem Mülleimer ab, ehe sie das Geschirr ins Wasser tauchte.

»Erzähl mir von ihr, Leni, und von den Parrishs.«

Sie hob die Schultern. »Was soll ich sagen? Meine Schwester war das hübscheste Mädchen in der ganzen Stadt. Sie war zu allen freundlich und genauso klug wie Riley. Sie war immer so lebendig. Travis hat ihr all das genommen. Sie hätte jeden Mann – gute Männer – hier in Parrish Falls oder anderswo haben können. Aber sie wählte ihn.«

Knox trat neben Leni, denn er wusste, dass es ihr bestimmt nicht leichtfiel, von ihrer Schwester zu reden. »Ich weiß, dass er sie misshandelt hat, aber war da noch mehr?«

»Ja, da war noch was.« Sie schrubbte einen der Teller, ehe sie ihn wieder ins Wasser gleiten ließ. »Er brachte sie auf Droge, als sie mit der Highschool anfing. Sie verheimlichte es ungefähr ein Jahr lang vor uns. Ich war damals erst elf. Ich wusste nicht, was da vor sich ging. Meine Mutter und meine Großmutter versuchten, mich aus Shannons Problemen herauszuhalten. Schließlich wurde es so schlimm, dass es sich nicht mehr verbergen ließ.«

»Was ist passiert?«

»Sie kam in der Schule nicht mehr mit und ging dann ir-

gendwann gar nicht mehr hin. Es folgten ein paar Entziehungskuren im Bezirkskrankenhaus.«

»Und Travis?«

»Er ist ein Parrish«, sagte sie und warf ihm einen düsteren
Blick zu. »Die sind hier unantastbar. Enoch Parrish und seinen
Söhnen gehört der Holzhandel am Stadtrand. Das war mal eine
Goldgrube, doch es ist schwer geworden, sich mit dem Schlagen von Holz und dessen Transport den Lebensunterhalt zu
verdienen. Das muss sogar für die Parrishs hart gewesen sein,
wenn man das auch nicht genau weiß. Es kursieren Gerüchte,
dass die Familie allein schon wegen der fast zehntausend Hektar Land, das sie immer noch besitzt, millionenschwer sei. Und
Travis war der Prinz – zumindest bis Shannon dafür sorgte, dass
er ins Gefängnis kam.«

Knox neigte den Kopf, als er den Schmerz in Lenis Stimme hörte. »Männer wachen nicht eines Tages auf und beschlie-
ßen, eine Frau so schlimm zu verprügeln, dass sie im Krankenhaus landet. Hatte er deiner Schwester vor diesem letzten Mal
schon einmal etwas angetan?«

Natürlich hatte er das. Lenis Gesichtsausdruck sagte alles.
»Sie kam manchmal mit blauen Flecken nach Hause. Und anderen ... Schmerzen.«

»Warum hatte sie ihn nicht angezeigt, ehe es immer schlimmer wurde? Ich meine das nicht als Vorwurf. Es ist nur eine
Frage. Hatte er ihr gedroht, falls sie gegen ihn aussagen sollte?«

»Ich glaube nicht. Shannon dachte, sie würde ihn lieben.
Travis nutzte das aus. Sobald das Verfahren eröffnet war, ver-
breiteten sein Vater und seine Brüder Lügen über Shannon.
Sie sorgten dafür, dass alle im Umkreis glaubten, sie wäre
streitsüchtig und psychisch labil. Sie ließen es so klingen, als
hätte sie verdient, was er ihr angetan hatte.«

Knox stieß einen leisen Fluch aus. So befriedigend das Gefühl auch gewesen sein mochte, Dwight Parrish letzte Nacht in den Fluss zu schubsen, wünschte er sich jetzt, er hätte ihm das Blut abgezapft und die Knochen gebrochen ... ihn den letzten Atemzug tun lassen. Dieser Mistkerl. Aber natürlich trachtete sein mörderischer Sinn eigentlich nach dem Parrish-Bruder, der übermorgen nach Hause kommen würde.

Der Killer in Knox brauchte nicht mehr zu hören, um eine Rechtfertigung zu haben, den Hurensohn umzubringen – oder den ganzen elenden Parrish-Clan. Sollte er annehmen, dass Leni hinterher sorgenfrei weiterleben könnte in Parrish Falls, wäre Knox mehr als nur ein wenig versucht, seinen Job in der Minute zu erledigen, in der Travis einen Fuß in die Stadt setzte.

Seine erste Wahl jedoch – und seiner Meinung nach die beste – war immer noch, Leni und ihren Neffen aus der Schusslinie zu holen. Er hatte schon ein paar Ideen, wie er das umsetzen könnte. Es gab Leute – allerdings nicht unbedingt in der Nähe –, auf die er zählen konnte. Wenn Leni bereitwillig mitmachte, brauchte er nur ein paar Strippen zu ziehen.

Und wenn sie nicht bereitwillig mitmachte?

Knox schüttelte den Kopf, denn er wollte nicht an Methoden denken, die dazu führen würden, dass sie ihn hinterher hasste. Er war noch nicht bereit, diesen Weg zu beschreiten, aber falls er in den nächsten paar Tagen auch nur andeutungsweise das Gefühl bekäme, dass sie in Gefahr war, dann würde er eben mit Lenis Verachtung leben müssen.

»Ich kann verstehen, warum du das Kind deiner Schwester nicht in der Nähe seines Vaters oder von dessen Verwandten sehen willst«, sagte er und versuchte, das Thema aus einer anderen Richtung anzugehen. »Wäre sie hier, würde sie das bestimmt auch nicht wollen.«

Leni nickte. »Das war eine ihrer größten Sorgen während der Schwangerschaft und während des Verfahrens. Sie bat mich, ehe sie verschwand, unzählige Male, ihr zu versprechen, dass ich auf Riley aufpassen würde. Ich werde sie nicht enttäuschen.«

Leni musste wohl gespürt haben, in welche Richtung Knox' Gedanken gingen, denn sie drehte sich zu ihm um, trocknete sich die Hände an einem Handtuch ab und sah ihn direkt an.

»Ehe du mir wieder sagst, dass ich weglaufen oder versuchen sollte, Riley weit weg von Parrish Falls zu verstecken, wiederhole ich es noch einmal: Ich werde mich von den Parrishs nicht in die Flucht schlagen lassen. Du hast Riley kennengelernt. Der kleine Junge ist unschuldig und vereint alles, was gut ist, in sich. Er hat ein so tapferes Herz, und ich werde ihm keinen Grund geben, sich zu fürchten oder zu denken, dass ich auch nur eine Minute lang glaube, seine Mutter würde tatsächlich niemals zurückkommen.«

Aber an Leni nagten Zweifel.

Und jetzt gab sie zum ersten Mal ihre widerspenstige Haltung auf.

»Mir ist klar, dass du meinst, ich wäre eigensinnig, weil ich darauf beharre hierzubleiben. Letzte Nacht hast du sogar gesagt, es wäre dumm.«

Er runzelte die Stirn und wusste nichts zu erwidern. »Ich will doch nur, dass du vorsichtig bist, Leni.«

Ja, weil sie eine Stammesgefährtin war. Aber auch weil er in der kurzen Zeit, die er sie jetzt kannte, die gleichen Dinge in ihr gesehen hatte, die sie in ihrem kleinen Neffen sah.

Lenora Calhoun war freundlich und gut, ja fast schon unschuldig. Sie war tapfer. Und er wollte verflucht sein, wenn er einfach zuschaute, wie die Parrishs ihr noch mehr Grund gaben, Angst zu haben.

»Was hat dich dazu gebracht, Florida zu verlassen, Knox?«

Die Frage traf ihn unvorbereitet und sorgte dafür, dass seine Gedanken nicht weiter in eine gefährliche Richtung gingen. Er erinnerte sich kaum noch, etwas über sein Leben abseits des Hunter-Zuchtprogramms erzählt zu haben, doch dann fiel ihm wieder ein, worüber sie sich in ihrem Wagen unterhalten hatten. Er wollte eigentlich vergessen, dass er sich ihr gegenüber geöffnet und über seine Vergangenheit gesprochen hatte, doch sie schien nicht geneigt, das Thema fallen zu lassen.

»Warum willst du das wissen?«

»Ich versuche einfach nur zu verstehen, wie jemand so leicht seine Zelte abbrechen kann und dann fünf Monate am Stück unterwegs ist.«

»Ich habe die letzten acht Jahre schon viel länger als diese fünf Monate für mich allein gelebt.«

»Aber Florida war doch das einzige Zuhause, das du gekannt hast, nachdem du aus dem Labor flüchten konntest, in dem du aufgezogen worden warst. Zumindest hast du das gesagt. Warum ist es also so leicht für dich wegzugehen? Hast du keine Familie?«

»Halbbrüder habe ich«, sagte er und rieb sich mit der Hand den angespannten Kiefer. »Keiner weiß, wie viele von uns das Programm überlebt haben, aber ich habe zusammen mit vier von uns in den Everglades einen Dunklen Hafen errichtet.«

»Haben die überhaupt eine Ahnung, wo du bist?«

Er schüttelte den Kopf.

»Warum bist du weggegangen?«

Er stieß einen Fluch aus. »Eine lange Geschichte und eine alte noch dazu. Es spielt keine Rolle.«

»Na, wer versucht jetzt wegzulaufen?«

Er spürte, wie es in seinen Augen blitzte, als sie ihn so provozierte. Er war es nicht gewohnt, dass man sich ihm entgegenstellte – nicht einmal mit Worten. Doch Leni war bereit, sich mit ihm anzulegen; vor allem, wenn er versuchte, seine Autorität spielen zu lassen oder eine Situation nach seinem Willen – so wie er es als Soldat nun mal gelernt hatte – zu regeln.

»Wir reden hier nicht über mich, Leni. Bei unserem Gespräch ging es um dich – darum, dass du nicht bereit bist, die Tatsachen zu akzeptieren.«

»Stimmt das?«

»Ja. Wie zum Beispiel, dass du nicht in der Lage bist, es alleine mit Männern wie den Parrishs aufzunehmen. Oder die Tatsache, dass, solange du auch hier in dieser gottverlassenen Ecke der North Maine Woods ausharren magst, dir das Shannon nicht zurückbringen wird.«

»Vielleicht tut es das nicht.« Sie sah ihn aus schmalen Augen wütend an. Wäre sie ein Stammesvampir wie er, würden ihre Augen jetzt bestimmt bernsteinfarbene Funken sprühen. Er wusste, dass sie ihn am liebsten angeschrien hätte, doch sie zügelte sich, und ihre Stimme blieb leise und ruhig, sodass Riley oben nichts von der Unterhaltung mitbekam. »Du meinst also, ich sollte meine Sachen zusammenpacken und mich wie ein Feigling davonmachen? Wie klappt das bei dir, Knox?«

»Wovon zum Teufel redest du überhaupt?«

»Abbie.«

Der Name traf ihn mit der Wucht einer scharfen Klinge. Er konnte seine Verwirrung nicht verbergen. Sein Mund wurde beim Klang von Abbies Namen aus Lenis Mund ganz trocken. Es war irritierend, und das war ein Gefühl, das er ganz und gar nicht mochte. »Was weißt du über sie?«

»Nur, dass du ihren Namen gerufen hast, als du mir in der Schlucht zu Hilfe geeilt bist.« Leni zog die Augenbrauen zusammen. »Hast du es nicht bemerkt?«

Verfluchter Mist. Nein, er hatte es nicht bemerkt. Er war

völlig außer sich gewesen beim Anblick von Lenis verunglück-tem Wagen. Er hatte befürchtet, sie verletzt – oder gar tot – am Fuße des steilen Abhangs vorzufinden.

Aber dabei Abbies Namen zu rufen?

Allmächtiger, er wünschte sich, der Boden würde sich unter ihm auftun und ihn verschlingen. Alles war ihm lieber als dieser plötzlich verständnisvolle Ausdruck in Lenis Augen.

»Was ist mit ihr passiert, Knox?«

»Sie ist gestorben.« Er sagte die Worte ohne jede Emotion. Er redete sich ein, dass er den Schmerz, der in seiner Brust wütete, nicht spürte, und auch nicht die Schuldgefühle, weil er Abbie im Stich gelassen hatte. »Es gab ein schlimmes Unwetter in den Everglades. Sie war gerade unterwegs, als sie eine Panne hatte. Ein schwerer Lastzug stieß mit ihr zusammen. Sie war tot, ehe ich bei ihr sein konnte.«

Nackte Fakten, die mit monotoner Stimme vorgetragen wurden. Da war noch mehr, worüber er nicht sprach. Einzel-heiten, die er nicht preisgeben würde, sodass Leni nicht tiefer gehen konnte.

War er vor dem Schmerz, Abbie verloren zu haben, davon-gelaufen? Himmel, ja.

Machte ihn das zu einem Feigling? Wahrscheinlich. In Le-nis mutigen, zu viel sehenden Augen bestimmt.

Knox wollte sich von ihr abwenden, aber sie hielt ihn auf, streckte die Hand aus und legte sie an seine Wange.

»Dein Verlust tut mir leid, Knox.«

Er gab sich ihrer Zärtlichkeit nur für einen kurzen Moment hin, ehe er sich der sanften Berührung entzog. »Ich brauche kein Mitleid.«

»Glaubst du, das ist es, was ich für dich empfinde?«

Himmel, er war sich nicht sicher, ob er die Antwort hören wollte. Wenn es Mitleid auch nur nahekam, wäre er nicht in der Lage, ihr je wieder in die Augen zu schauen. Wenn es etwas anderes war, etwas wie die unerschrockene Zuneigung, die er meinte, in ihren haselnussbraunen Augen schimmern zu sehen, wäre das die Flamme, die das Verlangen entzündete, das er vom ersten Augenblick an, als er sie sah, nicht hatte auflodern lassen wollen.

Sie schenkte ihm ein sanftes, unsicheres Lächeln. »Ist dir denn noch nie jemand mit Freundlichkeit begegnet?«

»Doch.« Er zwang sich dazu, das Wort hervorzustoßen, und es kam schroff über seine Lippen. »Und jetzt ist sie tot.«

Langsam ließ Leni die Hand wieder sinken. »Ich bin nicht Abbie. Ich zerbreche nicht. Ich brauche deinen Schutz nicht, Knox. Und ich will auch nicht die Empfängerin deines stoischen Sinns von Ehre sein, auch wenn du meinst, dass mein Mal dich dazu verpflichtet.«

Ein tiefes Knurren drang aus seiner Brust. »Vielleicht ist dieses bisschen Ehre alles, was mir geblieben ist.«

Sie schnaubte leise. »Vielleicht halten wir beide so verzweifelt an etwas fest, weil wir, wenn wir davon ablassen, erkennen, wie allein wir in Wirklichkeit sind.«

Wie eine stolze Kriegerin schritt sie an ihm vorbei und ließ ihn stumm und besiegt in ihrer Küche stehen, während ihre Schritte sie zu dem kleinen Jungen führten, der auf das versprochene Bad und die Gutenachtgeschichte wartete.

11

Ein lautes, wiederholtes Donnern hallte durchs Haus.

Leni fuhr hoch. Draußen wurde es allmählich hell, und sie war aus einem tiefen Schlaf gerissen worden, den sie erst jetzt wahrnahm, da jede einzelne Zelle in ihrem Körper plötzlich hellwach war. Sie musste wohl gestern Abend eingenickt sein, während sie Riley vorgelesen hatte. Das abgewetzte Buch über einen lebhaften Jungen im Wolfskostüm und einen Fantasiewald voller gutmütiger Monster rutschte von ihrer Brust auf das Doppelbett neben ihren schlafenden Neffen, als sie sich aufsetzte und sich zu orientieren versuchte.

Wieder war das laute Klopfen zu hören, das wie Maschinengewehrfeuer von unten durchs ganze Haus dröhnte.

Ihr stockte der Atem. *Oh, shit.* Welcher Tag war heute?

Travis war doch nicht etwa schon wieder zu Hause, oder? Er sollte erst morgen entlassen werden.

Sie krabbelte mit der Kleidung aus Rileys Bett, die sie schon am gestrigen Abend getragen hatte: ein langärmeliges T-Shirt mit Knopfleiste, ausgeblichene Jeans und kuschelige Socken. Das waren nicht gerade die Klamotten, mit denen sie sich einem Kampf stellen wollte, sollte es darum bei dem morgendlichen Besuch gehen. Aber es schien, als hätte sie keine große Wahl.

Sie deckte Riley zu, der immer noch fest schlief, und eilte die Treppe hinunter, um zu sehen, wer vor der Tür auf ihrer Veranda stand.

Knox war bereits im Eingangsbereich und stand wohl gerade zwei Sekunden davor, die Tür aufzureißen, als Leni die Treppe heruntergehüpft kam.

Himmel, er sah wie ein leibhaftiger Rachegott aus – groß und muskulös, aber trotzdem so geschmeidig wie eine Katze. Er begegnete ihrem unsicheren Blick. Die dunklen Brauen waren über grimmig schauenden Augen zusammengezogen. Ein gefährlicher Ausdruck lag auf seinem Gesicht. Seine finstere, bedrohliche Aura sog allen Sauerstoff aus dem Raum.

Und das Atmen fiel ihr auch nicht leichter dadurch, dass er barfuß und nur mit Jeans bekleidet teuflisch heiß aussah. Er war offensichtlich gerade aus der Dusche gekommen. Sein dunkles Haar war feucht und schimmerte, auf der glatten, mit Glyphen bedeckten Haut glitzerten Wassertropfen.

Leni versuchte ihn nicht anzustarren, aber verdammt, das war nicht leicht. Aufgrund seiner Größe hatte sie ihn schon in bekleidetem Zustand muskulös eingeschätzt, doch ihre Fantasie war der Realität noch nicht einmal ansatzweise nahegekommen. Kräftige Muskeln bedeckten Schultern und Arme. Sehnen überzogen die Oberarme und die starken Unterarme. Sein Torso sah aus, als wäre er aus warmem, leicht bronzefarbenem Marmor geformt.

Obwohl sie den Blick nicht weiter nach unten wandern lassen wollte, war es ihr unmöglich, nicht die harten Wölbungen zu bewundern, die seinen Bauch definierten. Der Waschbrettbauch und die schmal zulaufenden Hüften über dem Bündchen seiner Jeans lösten ein Kitzeln auf ihrer Zunge aus, sodass der Drang, all die gemeißelten Konturen und wunderschönen Glyphen zu lecken, fast unbezähmbar wurde.

Wieder ertönte ein lautes Klopfen an der Haustür. Dann hörte man die gedämpfte Stimme einer Frau. »Leni, bist du da?«

Diese atmete tief durch und zwang sich, sich wieder auf die

Gegenwart zu konzentrieren. Glücklicherweise war es nicht Travis Parrish, der draußen vor der Tür stand.

»Das ist meine Freundin Carla«, flüsterte sie Knox zu und stieß einen erleichterten Seufzer aus. »Alles gut.«

Seine finstere Miene entspannte sich nur ein ganz klein wenig. Und die bedrohliche Aura, die ihn umgab, brauchte ein bisschen länger, um sich aufzulösen. Er blieb, wo er war, als müsste er sich mit eigenen Augen davon überzeugen, dass die Person auf der anderen Seite der Tür tatsächlich keine Gefahr darstellte.

Seine fürsorglich beschützende Haltung gab ihr ein gutes Gefühl, so unnötig sie im Moment auch sein mochte.

Andererseits wurde sie aber auch ärgerlich, als sie merkte, dass er keine Anstalten machte sich zurückzuziehen, damit sie sich unter vier Augen mit ihrer Freundin unterhalten konnte – zumindest nicht, bis er gänzlich dazu bereit war.

Leni trat vor ihn und öffnete die Tür vorsichtig einen Spaltbreit.

»Ah, da bist du ja endlich«, sagte Carla. Man sah ihr die überstandene Aufregung deutlich an, als sie durch den schmalen Spalt linste. Sie unterzog Leni einer schnellen Musterung, ehe sie den Kopf schüttelte, sodass ihre schulterlangen braunen Locken hin und her schwangen. »Ich klingel seit acht Uhr früh auf deinem Handy Sturm. Warum bist du nicht rangegangen?«

Leni stützte sich mit dem Ellbogen an der Türzarge ab und täuschte ein Gähnen vor. »Ich, äh ... ich bin eingeschlafen, während ich Riley seine Gutenachtgeschichte vorgelesen habe. Ich bin gerade erst aufgewacht und habe mein Telefon überhaupt nicht gehört. Ich hab wahrscheinlich vergessen, es aus meiner Handtasche zu nehmen. Ist alles in Ordnung bei dir?«

Carla versuchte, an ihr vorbei ins Haus zu schauen. »Weißt du, dass du vorn an deinem Wagen eine Riesenbeule hast? Und aus dem Kühlergrill gucken lauter Kiefernzweige. Was zum Teufel ist passiert?«

»Äh … das war nur ein kleiner Unfall mit Blechschaden bei dem Unwetter vorletzte Nacht. Es sieht schlimmer aus, als es ist.«

»Das ist gut, denn dein Wagen sieht so aus, als wärst du damit von der Straße abgekommen und durch eine Weihnachtsbaumplantage gefahren.« Sie stampfte mit ihren Füßen auf der Stelle und rieb sich vor ihrem Gesicht die Hände, die in Handschuhen steckten. »Himmel, ist das kalt. Willst du mich nicht reinlassen, du Schlafmütze? Ich komme mit dem neuesten Tratsch.«

Leni schluckte und spürte die Anspannung hinter sich, wo Knox immer noch stand. »Was wird denn geredet?«

Carla verdrehte die Augen. »Na schön, dann erzähle ich es dir mal lieber, ehe du mich hier draußen zum Eiszapfen gefrieren lässt. Ich habe zufällig die alte Willa Barnes und ein paar andere von den Tratschtanten heute Morgen auf dem Postamt getroffen. Sie sprachen gerade über Dwight Parrish und dass er mit seinem brandneuen Laster vorletzte Nacht im Fluss gelandet ist.«

»Im Fluss?«, stieß Leni erstickt hervor.

»Jap. Und er saß noch drin. Leider hat er es geschafft rauszuklettern, aber sein Laster ist wohl ein Totalschaden. Der war bis zur Hälfte im Fluss in der Schlucht eingesunken, ehe Sheriff Barstow ein paar Jungs aus der Umgebung dazu bringen konnte, einen Ausflug dahin zu machen, um den Wagen rauszuziehen.«

Leni glaubte nicht eine Minute lang, dass Dwights Missgeschick eher ein Unfall war als ihr unfreiwilliger Abgang in die

Schlucht. Und obwohl sie Knox nicht anschauen konnte, spürte sie doch die eiskalte Befriedigung, die er nur ein paar Schritte hinter ihr ausstrahlte. »Hast du gehört, wie es passiert ist?«

»Offensichtlich erzählt Dwight allen, die es hören wollen, dass er auf dem Heimweg vom Schneeräumen überfallen worden wäre. Von einem Vampir, Leni. Kannst du dir das vorstellen? Einen von den Stammesvampiren soll es hier nach Parrish Falls verschlagen haben? Laut Dwight konnte er sich nur dadurch davor retten, dass man ihm die Halsschlagader aufriss, indem er den Laster in die Schlucht lenkte.«

Knox stieß nur ein leises höhnisches Schnauben aus, aber Carla entging es trotzdem nicht. »Ist da jemand bei dir drin?«

Verdammt. Leni war noch nicht so weit, von ihrem ungewöhnlichen Hausgast zu erzählen – oder wie es dazu gekommen war, dass er jetzt bei ihr wohnte. Carla wusste von ihrem Mal, aber was würde ihre Freundin denken, wenn sie erfuhr, dass Leni einen Stammesvampir in ihr Haus gelassen hatte, den sie erst seit Kurzem kannte? Schlimmer noch – ein Stammesvampir, der aus einem Zuchtprogramm stammte, das Killermaschinen aufgezogen hatte.

Sie versuchte, ganz ruhig und gelassen zu erscheinen. »Ich sollte Riley jetzt aufwecken und ihm sein Frühstück machen. Wollen wir später telefonieren?«

»Du verhältst dich wirklich seltsam, Len.« So viel also zu ihrem Versuch, sich einer genaueren Überprüfung durch ihre beste Freundin zu entziehen. Carla musterte sie, und auf ihre eben noch neugierige Miene legte sich ein Ausdruck der Sorge. »Was ist mit dir los? Ist alles in Ordnung mit dir?«

»Ja, klar. Natürlich. Warum sollte mit mir nicht alles in Ordnung sein?«

»Nun, zum einen, weil ich weiß, wie bekümmert du darüber bist, dass Travis Parrish morgen nach Hause kommt. Aber zum anderen habe ich dir gerade erzählt, dass ein blutdürstiger Stammesvampir sich hier irgendwo in der Stadt herumtreibt, und du hast noch nicht einmal mit der Wimper gezuckt.«

Verdammt noch mal. Sie hatte Carla noch nie angelogen, und sie hasste es, jetzt damit anzufangen. Leni schüttelte den Kopf und stieß einen resignierten Seufzer aus. »Er ist nicht blutdürstig.«

»Wie bitte?«

»Komm rein. Schnell.« Sie zog ihre Freundin nach drinnen ins Haus und schloss die Tür hinter ihr. »Carla Hansen, darf ich dir Knox vorstellen? Knox, das ist meine beste Freundin, Carla.«

Seine versteinerte Miene wirkte nicht gerade einladend, aber er brachte ein leichtes Nicken zur Begrüßung zustande. »Die, die für dich auf Riley aufpasst.«

»Du weißt, wer ich bin?« Carla sah den riesigen, nur spärlich bekleideten Vampir, der im Eingangsbereich stand, mit großen Augen an. Dann warf sie einen verwirrten Blick in Lenis Richtung. »Ihr beiden kennt euch?«

»Knox und ich haben uns vor ein paar Nächten kennengelernt. Im Diner.«

Carla zog beide Augenbrauen hoch. »Vor ein paar Nächten, aha. Du meinst in der Nacht des Schneesturms. In der Nacht, als du zu mir gekommen bist, Riley abgeholt und mit keinem einzigen Wort erwähnt hast, dass du einen …«, für den Bruchteil einer Sekunde huschte ihr Blick zu Knox, »… neuen, äh, Freund hast?«

Waren sie Freunde? Leni hatte noch gar nicht darüber nachgedacht, wie sie die Beziehung zu ihm bezeichnen sollte. Schließlich waren erst ungefähr sechsunddreißig Stunden vergangen, seitdem er in ihr Diner gekommen war und ihr Leben auf den Kopf gestellt hatte.

Also warum kam es ihr jetzt nicht seltsam vor, dass er vor ihr stand und es für alle Welt so aussah, als würde er in ihr Haus gehören? Warum hatte sie das Gefühl, als wäre er der eine, der sie besser verstand als alle anderen – ausgenommen Carla, die sie buchstäblich schon ihr ganzes Leben kannte?

Es war nicht Freundschaft, die dafür sorgte, dass Lenis Gesicht sich unter Knox' durchdringendem Blick rötete. Trotz all der Gelegenheiten, bei denen sie aneinandergeraten waren, seitdem sie sich kennengelernt hatten, ließ sich doch nicht leugnen, dass sie sich zueinander hingezogen fühlten. Es knisterte bei jedem Blick, jedem Wort, das sie wechselten – selbst, wenn sie sich stritten. Sie konnte es fast körperlich spüren, als Knox' Blick jetzt auf ihr ruhte. Hitze strömte durch ihre Adern und zog sich tief in ihrem Innern zu einem festen Knoten zusammen.

Angesichts des erstaunten Ausdrucks in den Augen ihrer Freundin schien auch Carla die Anspannung, die in der Luft lag, zu spüren.

Knox räusperte sich. »Du hast bestimmt ein paar Dinge mit deiner Freundin zu besprechen. Ich bin dann oben.«

Sie nickte, aber er hatte sich bereits in Bewegung gesetzt. Trotz seiner Größe bewegte er sich ganz leise, als er in der Küche verschwand und die hintere Treppe nach oben in die Dachwohnung nahm.

Kaum war er weg, schossen Carlas Augenbrauen fast bis zum Haaransatz nach oben, und ihre Augen wurden groß wie Untertassen. »Oh. Mein. Gott.« Sie sprach gerade mal im Flüsterton, als sie ihren Arm unter den von Leni schob und sie mit sich ins Wohnzimmer zog. »Hast du bemerkt, wie atemberaubend gut er aussieht?«

Leni atmete lachend aus. »Das habe ich bemerkt, ja.«

»Was macht er hier?«

»Tja, gestern hat er ein paar neue Riegel an Türen und Fenstern angebracht. Im Moment ist er wohl oben in der Dachgeschosswohnung und trocknet sich ab, nachdem er vorhin beim Duschen gestört worden ist.«

»Merkst du eigentlich, wie verrückt sich das anhört? Woher kommt er eigentlich?«

»Du meinst letztens? Laut eigener Aussage von Medway über die Interstate«, sagte sie, als sie amüsiert eine von Knox' kryptischen Antworten wiederholte. Sie musste wohl ein bisschen Licht in die Sache bringen, denn für sie hörte es sich auch verrückt an. »Er hat mir erzählt, dass er schon seit mehreren Monaten unterwegs ist, aber kein bestimmtes Ziel hat. Offensichtlich hat er Brüder, die in einem Dunklen Hafen unten in Florida leben.«

»Brüder?« Carla ließ ihre Augenbrauen tanzen. »Glaubst du, dass sie alle wie er aussehen? Wenn ja, dann sag ihm bitte, dass ich und meine jungfräuliche Halsschlagader sich gern jedem von ihnen zur Verfügung stellen.«

Leni stöhnte. »Du bist grässlich.«

Carla lachte. »Ich bin einsam. Ich verkümmere hier oben im eisigen Norden. Genau wie du, Len.« Sie legte den Kopf auf die Seite. »Oder vielleicht doch nicht? Glaub ja nicht, ich hätte nicht bemerkt, wie du deinen ungewöhnlichen Hausgast gerade angeschaut hast.«

»Wie ich ihn angeschaut habe?«

Leni wollte es abstreiten, aber Carla sah sie mit ihrem scharfsinnigen Blick an. »Allmächtiger. Hast du die sechsjährige Fastenzeit etwa mit einem heißen Fremden beendet, den du gerade erst kennengelernt hast? Und noch dazu mit einem Stammesvampir?«

»Nein, natürlich nicht.« Leni schüttelte den Kopf. »Auf keinen Fall. Nicht mit Riley unter einem Dach.«

»Aber du würdest gern.« Eine verschwörerische Begeisterung ließ ihr Gesicht aufleuchten. »Bei allen Heiligen. Ja, und wie du willst!«

»Schsch.« Leni spürte, wie ihre Wangen ganz heiß wurden. »Das wird nicht passieren. Und sprich leise, um Himmels willen.«

»Weiß er über dich Bescheid? Weiß er, was du bist?«

»Leider«, erwiderte Leni. »Ich habe versucht, es vor ihm zu verbergen, als er mich aus der Schlucht gerettet und meinen Wagen wieder auf die Straße gezogen hatte. Aber nachdem wir Riley abgeholt und nach Hause gebracht hatten, sah Knox mein Mal. Sagen wir einfach: Er war nicht froh darüber. Andererseits war er wegen vieler Dinge in dem Moment nicht froh.«

Carla starrte sie an. »Okay, wir kommen gleich noch mal zu dem Punkt zurück, wo du einen ungefähr 120 Kilo schweren, total heißen Vampir innerhalb von einer Sekunde verärgert hast. Aber als Erstes packen wir mal darüber aus, dass er dich vom Grund einer Schlucht gerettet hat. Wovon redest du da überhaupt?«

Leni seufzte und biss sich auf die Unterlippe. »Das ist eine längere Geschichte.«

»Meine Liebe, die Schule ist für zwei Tage geschlossen, und ich habe gerade erfahren, dass meine beste Freundin einen Vampir, der noch dazu ein Handwerker ist, auf ihrem Dachboden untergebracht hat. Ich habe gaaanz viel Zeit.«

12

Knox spürte Lenis Gegenwart schon, noch bevor er ihre Schritte hörte, als diese sich am Abend der hinter dem Haus befindlichen Garage näherten.

Sie kam wortlos herein und brachte den Geruch von frisch gefallenem Schnee, Wald und den süßeren Duft frisch gewaschenen Haars und sauberer Haut mit.

Er wusste nicht, wie es ihm hatte entgehen können, dass sie eine Stammesgefährtin war, als er sie im Diner kennengelernt hatte. Jede Frau, die mit diesem Mal am Körper geboren wurde, besaß ihren eigenen, unverwechselbaren Blutduft. Lenis war eine Mischung aus Zeder und köstlicher Sahne. Ein berauschendes Aroma, das wunderbar zu der Kraft und Freundlichkeit passte, die diese Frau ausstrahlte. Der Duft sprach seine Sinne wie Sirenengesang an, und er atmete ihn gierig ein, als sie sich näherte.

»Es ist kalt hier drin«, sagte sie mit leicht heiserer, leiser Stimme. Er nahm sie plötzlich mit jeder Faser seines Körpers wahr, als sie zu ihm in die schwach erleuchtete Garage trat. Sie trug einen hellgrauen Pullover, der weich wie Katzenflaum wirkte, und dazu eine schwarze Leggings, die jeden Zentimeter ihrer langen Beine eng umschloss, ehe sie in den nicht zugeschnürten Schneestiefeln verschwand. »Ist das der Wasserhahn aus dem Badezimmer auf dem Dachboden?«

Sein Nicken fühlte sich so verkrampft an wie der Rest seines Körpers. »Ja. Mache nur ein paar kleine Reparaturen im Haus, solange ich hier bin.«

Allein heute hatte er mehrere gesprungene Fliesen in der Dusche ausgetauscht, Dichtungen an den Gaubenfenstern erneuert und ein paar lose Bohlen am oberen Treppenabsatz festgeschraubt. Bei der Geschwindigkeit, mit der er vorging, würde er Lenis gesamtes Haus bis Ende der nächsten Woche auf Vordermann bringen.

Das hieß aber nicht, dass er damit rechnete, so lange zu bleiben.

Höchstens ein paar Tage.

Sogar noch weniger, wenn es in seiner Macht läge. Da Leni aber eindeutig klargemacht hatte, dass man sie nicht überreden konnte, die Stadt zu verlassen, würde er sich etwas anderes einfallen lassen müssen, wenn die Sache mit Travis Parrish schiefging. Ihm schwebte eine Lösung vor, bei der er nicht in der Nähe der Frau bleiben musste.

Der Himmel wusste, wie schwer es für ihn war, mit ihr unter einem Dach zu wohnen. Jede Minute wurde seine Selbstbeherrschung auf die Probe gestellt.

Sie heute Morgen an der Haustür zu sehen, war wieder so eine Prüfung gewesen. Nur eine Minute zuvor hatte er seinen Körper unter der kalten Dusche bei dem Versuch gequält, sein ungestilltes Verlangen nach ihr zu ersticken. Nach einer ruhelosen Nacht, in der er in seiner Unterkunft auf und ab marschiert war und versucht hatte, den Drang zu unterdrücken, sie nach der Unterhaltung in der Küche aufzusuchen, hatte er förmlich nach einem Ventil gefiebert, die angestaute Aggression loszuwerden.

Fast schon hatte er gehofft, dass Travis Parrish oder sein Bruder vor der Tür standen. Doch stattdessen war es Lenis Freundin gewesen. Er hätte es begrüßt, eine Gelegenheit zu bekommen, seine Faust gegen etwas zu erheben, das es mehr verdiente als die alten Wände des Dachbodens.

Doch es war keine unangebrachte Aggression gewesen, die ihn erfüllt hatte, als so heftig angeklopft worden war. Es war etwas Tiefergehendes gewesen. Etwas, das über reine Sorge um die Frau hinausging, die zu beschützen ihm seine Ehre als Stammesvampir gebot.

Er würde für Lenora Calhoun töten. Das stand außer Frage. In einem angestaubten Winkel seines Gewissens musste er gestehen – zumindest sich selbst gegenüber –, dass er alles tun würde, um das einfache, idyllische Leben, welches sie für sich und ihren Neffen geschaffen hatte, zu bewahren.

Sie drehte sich, um sich mit dem Rücken an die Werkbank zu lehnen, während Knox die reparierte Armatur wieder zusammensetzte. »Carla ist vor einer Stunde wieder nach Hause gefahren.«

»Ich weiß. Ich war hier drin, als ich hörte, wie ihr Wagen wegfuhr.«

Er hatte sich während des Besuchs bewusst rar gemacht. Vielleicht hätte er mehr als eine Handvoll Wörter zu Lenis Freundin sagen sollen, doch es war nicht sein Job, gastfreundlich zu sein. Er war aus einem bestimmten Grund hier, auch wenn er sich selbst immer wieder daran erinnern musste.

»Aber egal, ich hatte Riley versprochen, dass wir uns heute Abend den neuen Superheldenfilm ausleihen«, sagte Leni. »Wir wollen gleich anfangen, ihn zu gucken; wenn du also Lust hast, komm rein und sieh ihn dir zusammen mit uns an.«

Knox atmete tief durch. »Ich halte das für keine gute Idee.«

»Warum nicht?« Sie legte den Kopf auf die Seite und schlug einen amüsierten Tonfall an. »Hast du was gegen Fledermäuse?«

»Nein«, erwiderte er, legte die Armatur beiseite und sah sie an.

Verdammt, ihr Blick haute ihn jedes Mal um, wenn er ihr in

die Augen schaute. So klar und ruhig. Furchtlos. Im Moment lag ein hoffnungsvoller Schimmer in ihnen, der ihm schier ein Loch in die Brust schnitt, als sie in seine grimmige Miene schaute.

»Du sagtest, ich solle dem Jungen nichts versprechen, was ich nicht halten kann, Leni. Ich stimme mit dir überein. Ich halte es für keine gute Idee, dass er sich an meine Gegenwart gewöhnt.«

»Oh.« Sie runzelte die Stirn und wandte kopfschüttelnd den Blick ab. »Ja, das ist wahr. Guter Hinweis.«

Ja, natürlich. Warum kam er sich also wie ein Mistkerl vor, als er es sagte?

»Ich sollte Riley nicht warten lassen«, murmelte sie. »Na gut. Ich hatte wirklich nur kurz rauskommen wollen, um zu sehen, ob du etwas brauchst. Ich hab seit heute Morgen, als Carla hierherkam, nichts mehr von dir gesehen oder gehört.«

»Nach unserer Unterhaltung gestern Abend hielt ich es für das Beste, Distanz zu wahren. Es ist für uns beide das Beste.«

Verfluchter Mist. Kaum waren die Worte aus seinem Mund, wünschte er sich, er hätte nichts gesagt und sie einfach gehen lassen.

Denn obwohl sie sich gerade in Bewegung gesetzt hatte, um zu gehen, hielt sie nun inne.

»Knox, was das angeht …« Sie sah ihn an und machte ein ganz zerknirschtes Gesicht. »Es tut mir leid, dass ich so neugierig war in Bezug auf Abbie … auf dein Leben. Ich hatte kein Recht, diese Dinge zu sagen – darüber, was du durchgemacht hast, oder über die Entscheidungen, die du getroffen hast.«

Obwohl er die Zähne zusammenbiss, konnte er nicht verhindern, dass er einen leisen Fluch ausstieß. Ihr Vorwurf, dass er vor seiner Vergangenheit davonliefe, während er sich gleichzeitig daran klammerte, hatte exakt zugetroffen. Er hatte es nicht hören wollen. Himmel! Keiner hatte es bisher gewagt, ihm das mitten ins Gesicht zu sagen.

Aber natürlich würde Leni mit ihrer direkten Art und dem furchtlosen Sinn nicht zögern, ihm den Kopf zurechtzurücken. Das mochte er an ihr. Es beeindruckte ihn, dass sie den Mut hatte, ihn auf seine Anwandlungen anzusprechen, auch wenn es ihn ärgerte, das zuzugeben.

»Du brauchst dich nicht zu entschuldigen«, brummte er. »Du hattest recht. Mit allem, was du gesagt hast.«

Sie musterte ihn eine ganze Weile, ehe sie nach unten schaute und anfing, mit dem Saum ihres weiten Pullovers zu spielen. »Carla hat mir erzählt, was du getan hast.« Sie hob den Blick. »Du hast Dwight Parrish und seinen brandneuen Laster in den Fluss befördert?«

»Das schien mir nur fair.«

Ihre Mundwinkel gingen nach oben, und ihre faszinierenden Augen begannen vor Erheiterung zu funkeln. »Das hast du für mich getan?«

Er zuckte mit den Achseln. »Ich wollte eine Botschaft übermitteln. Das ist alles. Ich wollte in klarer, unmissverständlicher Form verkünden, dass ich jetzt in Parrish Falls bin.«

»Aha.« Sie nickte, aber es war offensichtlich, dass sie ihm seine Erklärung nicht abkaufte. »Nun, ich denke mal, das ist dir gelungen. Carla sagt, die ganze Stadt redet davon, dass wir einen Stammesvampir in unserer Mitte haben. Bei Dwight Parrish hört es sich wohl so an, als wärst du ein gemeingefährlicher Irrer.«

»Das ist nicht weit von der Wahrheit entfernt«, brummte er. »Ich mache mir nicht viel daraus, was andere über mich denken oder sagen.«

»Normalerweise tue ich das auch nicht. Aber die Parrishs werden alles, was sie in die Finger kriegen, gegen mich verwenden, wenn es um Riley geht. Es wird nicht lange dauern, bis die Leute anfangen, darüber zu reden, dass du bei mir wohnst.«

»Wenn du willst, dass ich gehe, werde ich das tun.«

»Nein«, sagte sie, ohne auch nur eine Sekunde zu zögern. »Das will ich nicht, Knox.«

»Bist du dir sicher?« Fast wünschte er sich, sie würde ihn wegschicken, würde ihm einen Ausweg eröffnen, ehe er sich noch mehr in ihr Leben hineinziehen ließ. »Ich bin nicht der Einzige meiner Art, der dich und Riley beschützen kann. Ich könnte jetzt sofort einen Anruf machen, damit jemand anders herkommt und die Aufgabe übernimmt. Himmel, fast jeder wäre besser geeignet für solche Babysitterjobs als ich.«

»Das ist es also für dich?« Sie zog die Augenbrauen zusammen. »So siehst du mich, Knox?«

Verdammt. So hatte er es nicht klingen lassen wollen. Er hatte ihr keinen Seitenhieb verpassen wollen. Weit gefehlt. »Musst du das wirklich fragen?«

»Ja. Das muss ich wirklich.« Sie schluckte und holte tief Luft, wie um Mut zu schöpfen. »Ich muss es fragen, Knox. Ich muss wissen, ob du nur aus einem ärgerlichen Pflichtgefühl heraus hier bist oder weil du es willst. Ich muss wissen, ob ich die Einzige bin, die das Gefühl hat, da würde sich etwas zwischen uns entwickeln, oder ob ich einfach nur schon zu lange allein bin, um den Unterschied zu erkennen. Denn wenn ich mich irre, dann – «

Knox schob seine Finger in ihr offenes Haar, zog sie an sich und brachte ihre Zweifel mit seinem Kuss zum Schweigen.

Leni schmolz mit einem Stöhnen dahin. Der kehlige, ungehemmte Ausdruck ihrer Lust und ihres Verlangens schoss direkt in seine Männlichkeit. Hinter seinen geschlossenen Lidern begann es bernsteinfarben zu lodern. Seine Fänge traten hervor, als er mit der Zunge neckend über ihre Lippen strich. Mit einem zitternden Keuchen ließ sie ihn in ihren heißen, feuchten Mund ein.

Mit einer Hand umfasste er ihren Nacken, die andere glitt über die anmutige Rundung ihres Rückens nach unten und legte sich auf ihre Hüfte. Er zog sie enger an sich, denn er wollte, dass sie spürte, was sie ihm antat – wie hart sie ihn machte.

Das Blut brauste wie ein Buschfeuer durch seine Adern und pochte schmelzend, genauso wie sein übriger Körper. Er musste seine ganze Kraft aufbieten, um seinen Mund von ihrem zu lösen. Er atmete zischend aus. Verlangen beherrschte ihn – nach nur einem einzigen Kuss.

Das Glühen seiner verwandelten Augen erhellte ihr Gesicht, als er sie anschaute. »Beantwortet das deine Frage, Lenora?«

Ihr keuchender Atem ließ keinen Raum für Zweifel, doch er küsste sie wieder, nur um es ganz klar zu machen. Dieses Mal nahm er ihren Mund mit all der Leidenschaft und dem Verlangen in Besitz, das er, seit er in Parrish Falls angekommen war und sie gesehen hatte, mühsam in Schach zu halten versuchte.

Ihre Hände glitten über seinen Rücken, sie strich mit gekrümmten Fingern über die angespannten Muskeln, die sich unter ihrer Berührung zuckend zusammenzogen. Er wollte ihre Hände auf seiner nackten Haut spüren.

Verfluchter Mist, er wollte sie nackt unter sich spüren. Wenn er jetzt nicht sofort auf die Bremse trat und den Kuss beendete, war es genau das, worauf sie zusteuerten.

Er löste sich mit einem rauen Knurren. »Du hättest sagen sollen, dass ich gehen muss. Allmächtiger, du solltest es immer noch tun.«

Sie schüttelte den Kopf, während sie mit geschwollenen, schimmernden Lippen zu ihm aufschaute. »Ich will keinen anderen, Knox.«

Sprachen sie immer noch über ihren und Rileys Schutz? Er

war sich nicht sicher. Er war sich überhaupt über nichts mehr sicher, außer über dieses Gefühl, Leni in den Armen zu halten. Er wollte sie nicht loslassen, doch wenn er sie noch eine Sekunde länger festhielte, würde sie den Rest der Nacht nirgendwo mehr hingehen.

»Da wird deine Freundin aber sehr enttäuscht sein, wenn sie hört, dass du keinen Ersatz willst.«

Leni warf ihm einen verwirrten Blick zu. »Du meinst Carla?«

»Ja, sie und ihre jungfräuliche Halsschlagader«, erwiderte er, und ein leichtes Grinsen zuckte um seine Mundwinkel.

»Oh mein Gott. Das hast du gehört?« Sie sah ihn mit großen Augen an, und er konnte fast sehen, wie sie im Schnelldurchgang das gesamte unterhaltsame und recht erhellende Gespräch mit ihrer Freundin rekapitulierte. »Bitte, sag, dass das alles war, was du gehört hast.«

Er grinste. »Das tu ich, wenn es das ist, was du von mir hören willst.«

Sie stöhnte. »Du hast alles gehört, nicht wahr?«

»Jedes einzelne Wort.« Er zog eine Augenbraue hoch. »Sechs Jahre ist es also her, hm?«

Sie zuckte zusammen und lachte dann auf. »Verdammt, ich werde Carla das nächste Mal, wenn ich sie sehe, umbringen.«

Er hob ihr Kinn mit den Fingerspitzen an und konnte kaum widerstehen, sie noch einmal zu küssen. »Mach dir keine Sorgen. Deine Geheimnisse sind bei mir sicher.«

»Und was ist mit allem anderen von mir, Knox? Ist das auch sicher?«

Ein Versprechen lag ihm auf der Zunge. Ernste, feierliche Worte, die er noch nicht einmal denken durfte, geschweige denn aussprechen. Er unterdrückte eine Antwort, aber das gelang ihm nur, indem er die Zähne fest zusammenbiss.

Lust konnte er ihr schenken. Sicherheit für Leib und Leben? Ohne Frage.

Er würde sogar sein Leben für sie hingeben, wenn es so weit käme.

Aber das Versprechen, um das sie ihn jetzt bat, schien für ihn völlig außer Reichweite.

Seine Zunge klebte förmlich am Gaumen, während sie zu ihm aufschaute. Eine verlegene, drückende Stille breitete sich zwischen ihnen aus.

Die Hintertür des Hauses, die in die Küche führte, öffnete sich knarrend. »Tante Leni, wo bist du?«

Sie zuckte zusammen und blinzelte. Dann räusperte sie sich. »Ich, äh … ich muss jetzt rein.«

»Ja«, sagte Knox und klang so grimmig, wie er wohl auch aussah.

Leni machte auf dem Absatz kehrt und eilte aus der Garage. »Ich bin hier, mein Schatz. Wollen wir jetzt den Film gucken?«

Knox atmete erst wieder aus, als sie zurück im Haus war und die Tür hinter sich geschlossen hatte.

13

Als Knox nach zwei Stunden die Garage verließ und ins Haus kam, fand er Leni und Riley schlafend im Wohnzimmer vor. Leni war in der Sofaecke zusammengesunken, ihr Kinn ruhte in einem unbequemen Winkel auf der Brust, während der kleine Junge im Pyjama der Länge nach ausgestreckt auf den Polstern lag und sein Kopf auf einem Kissen in ihrem Schoß ruhte.

Knox lachte leise in sich hinein, als er den Raum betrat. Auf dem Fernseher, der gegenüber vom Sofa stand, lief der Abspann des Films begleitet von triumphaler Filmmusik, die von einem schallenden Sieg der Helden kündete. Er schaltete den Fernseher aus und erhaschte einen kurzen Blick auf seine hünenhafte Erscheinung, die sich in dem dunklen Bildschirm spiegelte.

So wie er auf die Welt gekommen und zu abscheulichen Dingen gezwungen worden war, hatte Knox sich nie für gut gehalten. Und eigentlich hatte er auch nie sonderlichen Wert darauf gelegt.

Ein egoistischer, wilder Einzelgänger, das beschrieb ihn am besten.

In ihm war nichts Weiches, kein Mitgefühl.

Kein irgendwie verdrehter Drang, für eine tapfere, großherzige Frau und das unschuldige Kind, das sich so vertrauensvoll in die Obhut eines Mannes begab, der zu einem seelenlosen Monster herangezüchtet worden war, den Retter zu spielen.

Knox sagte sich, dass er all das jetzt nicht fühlte, als er ans Sofa trat und das schlafende Paar einfach nur ganz lange ansah. Er konnte sie nicht so auf dem Sofa liegen lassen, obwohl er wusste, dass es für ihn das Klügste wäre, nach oben zu gehen und den Rest der Nacht in Ruhe und Frieden zu verbringen – vor allem, nachdem er Leni geküsst hatte.

Er stand immer noch in Flammen von diesem Kuss, und alles Männliche in ihm gierte danach, wieder von ihr zu kosten.

Er wollte mehr als nur von ihr kosten.

Er beobachtete, wie sich ihre Brust beim Atmen hob und senkte. Er konnte das Pochen ihres Herzschlags hören, konnte sehen, wie ihr Puls seitlich am Hals flatterte. Ohne sein Zutun reagierten seine Fänge, Hunger durchströmte ihn, und sein Gaumen pochte.

Verdammt. Dieses Verlangen nach ihr war gefährlich.

Wie er jetzt über ihr aufragte – wie ein Wahnsinniger mit glühenden Augen und hervorgetretenen Fängen –, war nicht unbedingt das Bild, das er ihr oder dem Kind heute Nacht zeigen wollte.

In der Garage hatte Leni ihn gefragt, ob sie bei ihm sicher wäre. Nachdem er aus dem Gespräch mit ihrer Freundin erfahren hatte, dass sie ihn wollte – dass ihr seit fast sechs Jahren kein Mann mehr Lust bereitet hatte –, sollte sie sich bei ihm nun ganz gewiss nicht sicher fühlen.

Knox rief sich zur Ordnung und bezähmte seine Lust, um sich um das schlafende Kind kümmern zu können. Vorsichtig hob er Riley hoch und trug ihn nach oben in dessen Schlafzimmer.

Leni regte sich nicht, als er wieder nach unten kam, um auch sie zu holen. Ihr tiefer Schlaf legte Zeugnis davon ab, wie erschöpft sie tatsächlich war. Knox wusste, wie wenig sie die letzten paar Nächte hatte schlafen können. Er hatte sie immer wieder durchs Haus ziehen hören. Er hatte gesehen, wie die Müdigkeit und die Sorge wegen Travis Parrishs baldiger Heimkehr ihren Blick hatten trüb werden lassen. Sie lag völlig schlaff und genauso hilflos in seinen Armen wie das Kind, das er vor einer Minute ins Bett getragen hatte.

Aber Leni war kein Kind.

Als er die Überdecke wegzog und sie vorsichtig aufs Bett legte, hielt er unwillkürlich einen Moment inne, um ihren Anblick in sich aufzunehmen. Leni war groß und schlank, aber trotzdem an den richtigen Stellen wohlgerundet. Sie war kein abgerissenes Straßenkind, doch der übergroße, grobe Strickpullover und die weiche, schwarze Leggings verliehen ihr eine Zerbrechlichkeit, die ihn berührte, obwohl er sie gleichzeitig am liebsten aus ihrer Kleidung geschält hätte, um ihre Nacktheit an seinem harten, viel zu erregten Körper zu spüren.

Sie musste wohl irgendwann doch gemerkt haben, dass sie nicht allein war. Gerade als er sich fast dazu durchgerungen hatte, sich aus ihrem Schlafzimmer davonzumachen, flatterten ihre Wimpern, und ihre Lider hoben sich.

»Knox?« Ein überraschter Ausdruck huschte über ihr Gesicht, der sich schnell in Sorge verwandelte. »Was ist los? Wo ist Riley?«

Knox setzte sich auf die Bettkante, als sie bereits in heller Aufregung hochkommen wollte. »Alles in Ordnung. Er ist in Ordnung. Ihr beiden seid während des Films eingeschlafen. Ich habe ihn eine Minute, bevor ich dich hochgetragen habe, ins Bett gebracht.«

Sie atmete erleichtert auf und ließ sich wieder nach hinten ins Kissen fallen. »Du hast uns beide nach oben getragen?«

»Ich hatte die Wahl, entweder das zu tun oder dich da sitzen zu lassen, auf die Gefahr hin, dass du von der unbequemen Position einen steifen Nacken bekommen hättest.«

»Das wäre nicht das erste Mal gewesen. Aber danke, dass du es getan hast.« Sie runzelte die Stirn, während sie ihn ansah. Dann stöhnte sie und bedeckte das Gesicht mit beiden Händen. »Oh Gott. Ich hatte so einen schrecklichen Traum, dass meine Freundin Carla vorbeigekommen wäre und mich dazu gebracht hätte, ein paar ziemlich peinliche Sachen zu gestehen.« Sie spreizte die Finger ein bisschen und musterte ihn durch den Spalt. »Können wir bitte alles vergessen, was in den letzten zwölf Stunden passiert ist?«

Er grinste. »Keine Chance.«

Sosehr er sich vielleicht auch wünschen mochte, er könnte die Enthüllungen über ihr Sexleben – oder dessen Fehlen – aus dem Kopf bekommen, war er doch kaum in der Lage gewesen, an etwas anderes zu denken, seit er ihre Unterhaltung mit Carla mitgehört hatte.

Leni in der Garage zu küssen, war in dem Zusammenhang auch nicht sonderlich hilfreich gewesen.

Es hatte sogar sein unerfülltes Verlangen nach ihr noch mehr zum Lodern gebracht.

Er räusperte sich. »Ich sollte dich jetzt schlafen lassen. Ich habe dich nach oben gebracht, weil offensichtlich war, wie erschöpft du bist. Der Morgen wird schnell kommen.«

»Ja.«

Sie öffnete den Mund, als wollte sie noch etwas sagen, hätte es sich dann aber anders überlegt. Sie senkte den Blick. Durch die Bewegung fiel ihr eine dicke Strähne ihres dunklen Haars ins Gesicht.

Knox hätte es dabei belassen sollen. Wenn sie zögerte, etwas zu sagen, sollte er sie nicht bedrängen. Doch stattdessen streckte er die Hand aus, strich ihr die Locke aus der Stirn und hob ihren Kopf, indem er den Zeigefinger unter ihr Kinn legte.

»Alles in Ordnung mit dir?«

Sie nickte, aber ihr Blick sagte etwas anderes. »Der Tag, vor dem ich mich gefürchtet habe, seitdem Travis Parrish ins Gefängnis gegangen ist, ist schließlich gekommen. Es sind nur noch ein paar Stunden bis zu seiner Entlassung.« Sie schluckte. »Ich habe Angst, Knox.«

Er wusste, wie schwer ihr dieses leise Eingeständnis fiel. Er verstand ihre Sorge wegen der Rückkehr des Mannes, der ihre Schwester verprügelt hatte. Er hatte die Furcht in Lenis Gesicht gesehen, Riley an seinen Vater und die anderen Parrishs zu verlieren. Er hatte Lenis Befürchtungen schon an jenem Abend erkannt, als sie ihn um Hilfe gebeten hatte. Doch jetzt sprach sie sie das erste Mal laut aus.

Er atmete tief durch und ließ seine Hand von ihrem Kinn zu ihrem Nacken gleiten. Er legte die Finger hinten um ihren Hals und zog sie zu sich heran. »Es gibt keinen Grund, Angst zu haben. Ich bin da. Ich lasse nicht zu, dass irgendetwas passiert. Weder dir noch Riley.«

»Was kannst du denn tun, wenn sie versuchen, ihn mir wegzunehmen? Was kannst du dann tun, Knox?« Vor lauter innerer Anspannung stockte ihr die Stimme. Resigniert schüttelte sie den Kopf. »Zur Hälfte ist er ein Parrish. Er gehört mehr zu ihnen als zu mir.«

»Blödsinn. Das stimmt noch nicht einmal annähernd. Das Blut entscheidet nicht darüber, wo man hingehört. Es zählt nur, wie weit man bereit ist zu gehen, um jemanden zu schützen.«

Während er die Worte sagte, merkte er, wie ernst er es meinte. Und dabei ging es nicht nur um Leni und das Kind ihrer Schwester, sondern auch um Knox selbst und wie er zu der Frau stand, die er jetzt anschaute.

Leni gehörte ihm nicht. Er ging fest davon aus, dass sie – die Stammesgefährtin – sich eines Tages auf ewig mit einem anderen Mann verbinden würde; einem Mann, der sie verdiente. Doch das bedeutete nicht, dass er sie nicht bis zu seinem letzten Atemzug beschützen würde.

Selbst ohne das Mal auf dem Bauch war ihr Leben für ihn kostbar geworden. Es war es wert, dafür zu kämpfen … wert, dafür zu sterben.

Langsam fing er sogar an zu glauben, dass es vielleicht sogar wert war, für sie zu leben. Dieses Gefühl hatte er schon eine lange Zeit nicht mehr gehabt.

»Ich werde nicht zulassen, dass irgendetwas passiert«, erklärte er, und die Worte kamen ihm ganz rau über die Lippen, weil seine Fänge hervorgetreten waren. »Ich werde euch beschützen und dafür sorgen, dass ihr zusammenbleibt – egal, was es mich kostet.«

Sie lehnte sich an ihn, und er legte einen Arm um sie. Trotz der Alarmglocken, die in seinem Kopf schrillten, zog er sie fest an sich. Sein Verlangen nach ihr wurde jetzt, da sie sich an seine Brust schmiegte und ihr süßer Duft seine Sinne erfüllte, noch stärker.

Er legte den Kopf in den Nacken, um die Kraft zu finden, sich von ihrem Bett zu erheben und den Raum zu verlassen. Lenis Hand lag auf seiner Brust über seinem Herzen. Bestimmt spürte sie das wilde Pochen unter ihren Fingern. Sie wusste sicherlich, wie kurz er davor stand, die Kontrolle über sich zu verlieren.

»Knox.« Sie flüsterte, und sein Name kam wie eine flehentliche Bitte über ihre Lippen.

Sie hob eine Hand und legte sie an seine Wange. Er biss die Zähne so fest zusammen, dass sie fast knirschten. Sie drängte ihn mit ihrer Hand, sie anzuschauen.

Als sein lodernder Blick dem unverhüllten Verlangen in ihren Augen begegnete, konnte er das Knurren nicht unterdrücken, das in ihm aufstieg.

Leni zog seinen Kopf zu sich herunter. Wieder sagte sie seinen Namen, und dann lag ihr Mund auf seinem.

Das war der Funken, der alles in die Luft gehen ließ.

Seine Selbstbeherrschung hatte die ganze Zeit nur an einem seidenen Faden gehangen, und jetzt brannte er wie Zunder. Lenis Kuss versengte ihn. Sie mochte vielleicht aus der Übung sein, aber da war nichts Zögerliches oder Unsicheres in ihrem Kuss zu spüren.

Sie schob die Finger in sein Haar und zog ihn näher. Seine Hand glitt im Rücken unter den lockeren Saum ihres Pullovers, denn er sehnte sich nach der Wärme ihrer Haut. Allmächtiger! Sie war so weich. Er konnte nicht genug von ihr bekommen.

Während sie sich leidenschaftlich küssten, griff er von vorne unter ihren Pullover und schob das zarte Spitzenbustier, das sie trug, nach oben. Ihre Brust füllte seine Hand, und die Spitze war, als er sie streichelte, an seiner Handfläche so fest wie eine Perle.

»Ich will dich sehen«, raunte er an ihren offenen Lippen.

Ihr Stöhnen war die einzige Erlaubnis, die er brauchte. Von der Taille aufwärts entblößte er sie, und das bernsteinfarbene Licht seines lodernden Blicks glitt über jeden vollkommenen Zentimeter ihres Oberkörpers.

Das Mal auf ihrem Bauch hätte ihn eigentlich ernüchtern sollen. Zumindest hätte es ihn dazu bringen müssen, noch einmal innezuhalten. Doch der Anblick des kleinen scharlachroten Mals auf ihrer seidigen Haut ließ sein Verlangen, sie zu besitzen, noch heller, noch heißer brennen.

Gefährlich heiß und hell.

Er legte sie aufs Bett zurück und streckte sich auf ihr aus, wobei seine Hände jede weibliche Rundung und den flachen Bauch erforschten. Er wollte mehr von ihr sehen, er wollte alles von ihr sehen. Er fasste nach dem weichen, schwarzen Stoff an ihrer Hüfte und streifte ihr die Leggings ab, sodass sie nur noch ihr Höschen anhatte. Falls er mit schlichter, weißer

Baumwolle gerechnet hatte, konnte seine Überraschung wohl nicht größer sein, als er einen Hauch von schwarzer Spitze und Satin entdeckte, der ihr Geschlecht bedeckte.

»Allmächtiger! Du bist so wunderschön, Lenora, und so verflucht verführerisch.« Er schaute in ihr Gesicht und zog eine Augenbraue hoch. »Deine sechsjährige Fastenzeit endet jetzt.«

Sie seufzte und biss sich auf die Unterlippe, als er sie betrachtete. Ihr dunkles Haar wallte über das Kissen, und ihr anmutiger Körper lag wie ein Festmahl vor ihm.

Und er hatte wahrlich vor, jeden köstlichen Zentimeter zu genießen.

Er stemmte sich hoch und begann aufs Neue, sie zu küssen. Besitzergreifend, ja erbarmungslos eroberte er ihren Mund. Von da bewegte er sich zu der zarten Haut unterhalb ihres Ohrs und dann an ihrer Kehle entlang zu der süßen Höhlung am Halsansatz.

Sie wölbte sich ihm entgegen, als er sie weiter erforschte und mit Lippen und Zunge dem Punkt entgegenstrebte, den in Besitz zu nehmen er nicht erwarten konnte.

Als er die schwarze Spitze an ihrer Hüfte erreichte, zupfte er mit Lippen und Zähnen daran. Lenis Beine spreizten sich, und ihr Rücken begann sich zu biegen, als er sie streichelte und mit der Zunge über die weiche Haut auf der Innenseite ihres Oberschenkels leckte.

Ihr Schoß war heiß und feucht, und der Duft ihrer Erregung versetzte seine Sinne in Aufruhr, sodass er es nicht mehr erwarten konnte, in sie einzudringen. Ungeduldig zog er ihr das Höschen aus und war nicht mehr in der Lage, auch nur so zu tun, als wäre er jetzt noch zu Langmut fähig.

So, wie sie jetzt vor ihm lag, war sie noch viel schöner – nackt, mit gespreizten Beinen und so nass, dass ihr Schoß glitzerte.

Er strich mit den Fingern über das zarte Fleisch, und seine Männlichkeit zuckte, als er spürte, wie seine Berührung sie beben ließ.

»Ich muss dich auf meiner Zunge spüren«, knurrte er mit angespannter Stimme. »Ich will spüren, wie du an meinem Mund kommst.«

»Knox«, keuchte sie, und ihr Becken hob sich unwillkürlich, als er den Kopf senkte und anfing, an ihr zu saugen. Ihre Stimme war angespannt und klang erstickt. »Oh Gott«, keuchte sie.

Er wusste nicht, wie er die Kraft fand, sein eigenes Verlangen in Schach zu halten, denn es hatte ihn vollständig in Besitz genommen und steuerte auf den Höhepunkt zu, während Leni an seinem Mund zitterte und bebte.

»So ist's gut«, knurrte er, als er spürte, wie ihr Höhepunkt mit jeder Berührung seiner Zunge näher kam. »Komm für mich, Leni.«

»Ich kann nicht.« Sie stöhnte, und dieser Laut war gleichermaßen von Qual und Lust erfüllt. »Wenn ich komme, werde ich schreien. Ich kann nicht …«

Oh, verdammt. Das Kind, das am anderen Ende des Flurs schlief …

Knox würde nicht zulassen, dass dieser Umstand einen Strich durch die Rechnung machte. Dieser Moment sollte den Schlusspunkt der Vernachlässigung darstellen, die sie so lange hatte erleiden müssen. Er würde sich mit nichts weniger als ihrer völligen Hingabe zufriedengeben.

»Komm und schrei, Leni.« Sein Mund bewegte sich über den geschmolzenen Honigtau ihres Schoßes, als er sie zum Höhepunkt trieb. »Lass los, Baby. Ich fang dich auf. Ich verspreche es.«

Sie hielt nicht eine Sekunde länger durch.

Und als die Erlösung sie komplett auseinanderbrechen ließ, schob er sich nach oben und erstickte ihren Schrei mit seinem Kuss.

Lenis Welt explodierte hinter ihren geschlossenen Lidern, und die Ekstase erfasste jede Faser und jeden Nerv ihres Körpers. Ihr blieb keine andere Wahl, als sich der Lust hinzugeben. Über ihre Lippen kam ein keuchender, ungezügelter Schrei, der von Knox' leidenschaftlichem Kuss aufgesogen wurde.

Er hielt Wort und fing sie auf, umfing sie in ihrer Hingabe und hielt sie mit seinen starken Armen fest.

Ihr Stöhnen, als er seine Lippen von ihren löste, klang wie ein Widerspruch, aber sie konnte nichts dagegen tun. Sie war noch nicht bereit, dass er aufhörte, sie zu küssen. Sie war nicht bereit, dass er mit irgendetwas aufhörte, was er mit ihrem Körper tat.

Denn sie wollte … mehr.

Seine Augen funkelten, als er die Lider hob und sie ansah. Die Pupillen waren so schmal, dass sie fast in der bernsteinfarbenen Glut aufgingen. Die zusammengezogenen, dunklen Brauen bildeten eine Falte auf seiner Stirn, und die bronzefarbene Haut über den Wangenknochen schien viel zu straff gespannt. Die Spitzen seiner Fänge schimmerten weiß und scharf hinter den Lippen seines leicht geöffneten, verführerischen Mundes, als er immer wieder tief Luft holte.

Wild und außerirdisch war er, und der beeindruckendste und attraktivste Mann, den sie je kennengelernt hatte.

Er küsste sie wieder, während er zwischen ihre Beine griff. »Ich liebe deinen Geschmack … wie du dich anfühlst. Allmächtiger, Leni … du bist so weich, nass und süß. Ich hätte das hier nicht geschehen lassen dürfen, denn jetzt werde ich nie genug von dir bekommen.«

Leni konnte sich das kaum vorstellen. Sie war nicht die Sorte Frau, die eine derartige Lust in einem Mann hervorrief. Und doch sah er sie jetzt, zitternd vor Verlangen, an, als wäre sie die einzige Frau, die er wollte.

Sie spürte das gleiche unerträgliche Begehren, das ihren Körper pochen ließ. Eine Leere quälte sie, die gefüllt werden wollte.

Sie streckte die Hände nach ihm aus und krallte die Finger in sein Shirt. »Ich will deine Haut auf meiner spüren, Knox. Jetzt.«

Seine Augen fingen angesichts ihres atemlosen Befehls an, noch heller zu brennen. Er löste sich kurz von ihr, zog sein Shirt aus und warf es zur Seite. Seine Dermaglyphen wirbelten in dunklen, satten Farben – sich windende Ranken in Blau, Rot und Altgold. Durch die sich ständig ändernden Farbtöne wirkten die Hautmuster wie etwas Lebendiges, was ihren Blick fesselte und in ihr den Wunsch weckte, die schnörkeligen Arabesken mit der Zunge zu erforschen.

Ein tiefes Knurren kam aus seiner Kehle, als sie ihn mit den Augen verschlang. »Bei allen Heiligen, dieser Ausdruck auf deinem Gesicht raubt mir den Atem.«

»Beeil dich, Knox.«

Er lachte leise und begann, sich schnell von seiner Jeans zu befreien. Sie fuhr sich mit der Zunge über die Lippen, als sie sah, dass er darunter nichts anhatte. Seine Männlichkeit schnellte stolz, groß und von dicken Adern überzogen hervor.

Sie war nicht in der Lage, ihr Stöhnen zu unterdrücken. Die Glyphen auf Oberkörper und Extremitäten hatten schon dafür gesorgt, dass sich ihr Schoß vor Sehnsucht zusammenzog, doch der Anblick der Schnörkel und Windungen auf seinem riesigen Glied ließ sie fast auf der Stelle kommen.

Knox so zu sehen, erweckte etwas in ihr zum Leben – eine

Sehnsucht, die bisher geschlafen hatte, von der sie gar nichts gewusst hatte.

Es hatte nichts mit der Dauer der Enthaltsamkeit zu tun, die sie sich selbst auferlegt hatte. Es verlangte sie auf einer ganz elementaren Ebene nach ihm – so wie sie Luft zum Atmen brauchte und Nahrung, um zu überleben.

Und im Moment sehnte sie sich nach nichts anderem so sehr, wie seinen schweren Körper auf und in sich zu spüren.

»Knox.« Sie wand sich vor Verlangen und war nicht in der Lage, das unermessliche Begehren, welches sie nach ihm verspürte, zu verbergen.

Nackt und bloß stand er am Rand des Bettes und verschlang sie mit den Augen. Sein sengender Blick erhitzte ihr Fleisch überall dort, wo er sie heiß wie eine Flamme berührte.

Mit seinen starken Händen umfasste er ihre Knöchel und zog sie mit einem Ruck in seine Richtung, sodass ihr Po auf der Bettkante lag. Dann kniete er sich zwischen ihre gespreizten Schenkel, legte die Hände grob auf die empfindsame Haut auf der Innenseite ihrer Beine und drückte sie noch weiter auseinander, bis sie völlig offen vor ihm lag.

»Du bist so verdammt schön«, raunte er mit belegter Stimme. »So süß wie Honig und Sahne.«

Er schob die Hände unter ihren Po und hob sie seinem Mund entgegen. Leni keuchte, als sie sich wieder der sengenden Hitze seines Mundes ausgesetzt sah. Er zeigte keinerlei Erbarmen, sondern zupfte mit den Lippen an der harten Knospe zwischen ihren Beinen, um dann wieder mit der Zunge darüberzustreichen, sodass erneut das Feuer in ihr entflammte.

Jedes Mal, wenn er mit den Spitzen seiner Fänge über ihr zartes Fleisch kratzte, schoss geschmolzene Lava durch ihre Adern. Als er die geschwollene Perle – das Zentrum ihrer

Lust – zwischen die Zähne nahm, hielt sie die Anspannung nicht mehr aus und explodierte.

Der Höhepunkt zuckte sengend heiß wie ein Blitzschlag durch ihren Körper.

Ehe die Erlösung ihr völlig den Verstand raubte, kam Knox hoch. Er drang mit einem einzigen, langsamen Stoß in sie ein und füllte sie aus, bis sie das Gefühl hatte, sie müsse bersten durch die Verzückung, von ihm in Besitz genommen zu werden.

Der Lustschrei, der in ihr hochstieg, kam als wortloser Seufzer über ihre Lippen, als Knox begann, sich in ihr zu bewegen.

Die Gefühle überwältigten sie, spülten förmlich über sie hinweg. Es war zu viel. Zu viel Entzücken, zu viel Ekstase. Zu intensiv nach so vielen Jahren der Enthaltsamkeit, der Leere, und das nicht nur in Bezug auf ihren Körper. Auch ihr Leben war leer gewesen … ihr Herz.

Knox war erst vor ein paar Tagen in ihr Leben gestürmt, und doch fühlte es sich mit ihm so an, als wäre sie endlich nach Hause gekommen.

Tränen stiegen ihr in die Augen, während sie sich an ihn klammerte. Sie hielt sie zurück, doch er musste gespürt haben, wie verhalten sie plötzlich war.

»Hey.« Seine Stimme klang rau, und seine Miene spannte sich vor Sorge an, während er aufhörte sich zu bewegen. »Tue ich dir weh?«

»Nein.« Sie schüttelte den Kopf und versuchte, trotz ihres trockenen Halses zu schlucken. »Du tust mir überhaupt nicht weh. Es fühlt sich gut an, Knox. Mir war gar nicht klar, wie sehr ich es brauchte.«

Um seine Mundwinkel war ein leichtes Zucken zu erkennen. »Sechs Jahre sind eine verdammt lange Zeit.«

»Ja, das stimmt.« Sie stieß ein leises Lachen aus, während ihre Hände seine nackten Schultern streichelten und sie mit den Fingern das komplizierte Muster der Glyphen nachfuhr, die über die Muskeln verliefen. »Aber ich rede nicht davon, wie lange es her ist, dass ich gekommen bin, wenn ich es mir nicht selbst gemacht habe.«

»Allmächtiger«, zischte er, und in seinen Augen loderte es auf. »Allein wenn du davon sprichst, erweckt das schon den Wunsch in mir, es irgendwann einmal mitzuerleben.«

Er begann, sich wieder in ihr zu bewegen, wobei er langsam und tief zustieß. Leni stöhnte und gab sich seinem Rhythmus hin, während sie die Harmonie ihres Zusammenspiels genoss.

»Sag mir, was du gebraucht hast, Liebes.«

»Dies. Dich«, sagte sie und seufzte, als die Lust aufs Neue in Leidenschaft umzuschlagen begann. »Ich brauchte heute Nacht einfach das Gefühl der Sicherheit. Ich hatte das Bedürfnis nach einer festen, warmen und unverbrüchlichen Verbindung. Zumindest für einen Moment.«

»Dann halt dich an mir fest.« Er senkte den Kopf und gab ihr ohne Eile einen innigen Kuss.

Dann löste er seine Lippen mit einem rauen Seufzen von ihr. Seine Augen mit den schmalen Pupillen loderten wie ein Schmelzofen. Sein Becken stieß immer fester zu und dehnte sie in einem Ausmaß, das nicht mehr zuließ.

Er knurrte ihren Namen wild wie einen Fluch, und vielleicht war er ja auch verdammt. Jetzt gab es keine Schranken mehr für ihn, so erbarmungslos nahm er sie. Sie schien im gleichen Moment wie er die Kontrolle über sich zu verlieren und klammerte sich an ihm fest, während er sein Gesicht in ihrer Halsbeuge barg und ein Beben durch seinen Körper ging, weil er kurz vor der Erlösung stand.

Ihr blieb keine andere Wahl, als ihm zu folgen, als er sich mit der Heftigkeit eines Sturms zu bewegen begann. Er trieb sie höher und höher zu dem Gipfel einer steilen Klippe, die kein Ende zu nehmen schien.

Sie hatte keine Angst, sich diesem Abgrund zu nähern. Sie hatte keine Angst vor dem Ausmaß von Knox' Verlangen, als er seiner eigenen Erlösung entgegenjagte. Sie folgte ihm und war bereit für den Sprung in den Abgrund.

Sie hieß ihn willkommen.

Gemeinsam taumelten sie über den Rand der Klippe.

14

Knox hielt den Kopf unter die kalte Dusche, während er sich mit den Händen an der Wand abstützte und die Tropfen wie Nadeln auf Schultern und Rücken prasselten.

Er war zwei Stunden vor Sonnenaufgang in seine Unterkunft auf dem Dachboden zurückgekehrt, denn er konnte Leni nur dann in Ruhe schlafen lassen, wenn er ausreichend Abstand zu ihr hatte.

Wenn man bedachte, wie hart er immer noch war, obwohl er sich mittlerweile das dritte Mal, seit er aus ihrem Bett gestiegen war, der eisigen Züchtigung durch die Dusche aussetzte, konnte er sich nicht vorstellen, dass irgendeine Entfernung ausreichen würde, um sein Verlangen nach ihr zum Erliegen zu bringen.

Er hatte fast die ganze Nacht damit verbracht, sie zu lieben, und in einem Winkel seines Gehirns hatte er sich einzureden versucht, dass sein heftiges Begehren schon irgendwann nachlassen würde, sobald er ausreichend befriedigt wäre. Doch da gab es ein Problem – zu spüren, wie ihr Körper auf ihn reagierte, mit ihm den Höhepunkt erreichte, verschärfte dieses Verlangen zu einem rasenden, unstillbaren Hunger, wie er es nie zuvor erlebt hatte.

Noch nicht einmal mit Abbie.

Diese Einsicht machte ihm zu schaffen. Er schämte sich dafür, konnte es aber trotzdem nicht leugnen. Er hatte Abbie wegen ihrer temperamentvollen, geistreichen Art und ihrer schier unendlichen Fähigkeit, Menschen zu lieben und diese in ihre

Welt, in ihr Leben einzubeziehen, angebetet. Mit ihrer charmanten Art hatte sie alle für sich eingenommen, und es war unmöglich gewesen, sie zu ignorieren. Ihr unwiderstehliches Strahlen hatte ihn und jeden Mann, der in ihre Nähe kam, mit einer Leichtigkeit angezogen, wie eine Kerze Motten anzieht.

Leni dagegen war ganz anders. Ruhig, in sich gefestigt, verantwortungsbewusst. Zurückhaltend und vorsichtig und doch fürsorglich. Wenn sie sich einem anderen gegenüber öffnete, war das ein Geschenk. Ein Geschenk, das sie nur selten jemandem gab, wie Knox hatte beobachten können.

Und dieses Geschenk hatte sie ihm letzte Nacht gemacht. Im Grunde hatte sie ihn vom ersten Abend an, als er nach Parrish Falls gekommen war, willkommen geheißen.

Ihre Freundlichkeit und ruhige Kraft hatten ihn sogar mehr angezogen als ihre jugendlich-frische Schönheit und die verführerischen Rundungen. Ihre Sorge um das Wohlergehen eines unschuldigen Kindes hatte Knox dazu gebracht zu bleiben, denn er konnte nicht einfach gehen und sie sich selbst überlassen.

Seitdem Knox sie kennengelernt hatte, war er immer wieder zu dem Schluss gekommen, dass er seine Entscheidung, in Lenis Diner eingekehrt zu sein, bedauerte. Doch die letzte Nacht hatte diese Überzeugung Lügen gestraft.

Er würde es niemals bedauern, gesehen zu haben, wie sie sich der Lust hingab, die er ihr geschenkt hatte. Sie hatte sich ihm ganz und gar hingegeben.

Sie hatte ihm vertraut. Haut an Haut, ansonsten war da nichts gewesen, was ihre Körper oder ihre Verbindung behindert hätte.

Es erfüllte ihn mit Demut, dass sie nach so langen Jahren der Enthaltsamkeit ausgerechnet ihn gewählt hatte. Er war weit davon entfernt, ein solch kostbares Geschenk zu verdienen. Noch etwas, das er ihr genommen hatte, und er konnte es noch nicht einmal bedauern, es genossen zu haben, Mistkerl, der er war.

Jetzt war jedes Stöhnen und Keuchen, jedes zittrige Beben, das sie erfasst hatte, in seine Erinnerung eingebrannt. Jeder ekstatische Schrei, den er mit seinen Küssen erstickt hatte, hallte jetzt in seinem Blut wider. Was sie letzte Nacht miteinander geteilt hatten, würde er nie mehr vergessen, egal, wie weit oder wie lange er sich von Leni entfernte.

Knox fluchte, als er die Augen schloss und die Wassertemperatur von kalt auf arktisch drehte.

Er hatte gerade erst ihr Bett verlassen und konnte doch an nichts anderes denken, als so schnell wie möglich wieder zu ihr zu kommen. Falls er gemeint hatte, ein einziges Mal von ihr zu kosten, würde seinen Hunger stillen, erkannte er heute Morgen, wie sehr er sich geirrt hatte. Wie er es schaffen sollte, weiter mit ihr unter einem Dach zu wohnen, ohne sich ihr zu nähern, war ihm ein Rätsel.

Er mochte noch nicht einmal darüber nachdenken, wie viel komplizierter die ganze Situation durch den Jungen wurde.

In Parrish Falls zu bleiben, war nicht sein Plan gewesen, als er hier angekommen war. Länger zu bleiben als nötig machte alles nur noch schlimmer … als hätte er dafür mit Leni schlafen müssen, um das zu erkennen.

Verfluchter Mist.

Er stellte das Wasser ab und trat aus der Dusche, um sich abzutrocknen. Er fühlte sich trotz der kalten Dusche immer noch überhitzt, und seine Männlichkeit weigerte sich standhaft zu erschlaffen. Er hatte etwas Mühe, die Jeans überzustreifen, und hoffte inständig, dass er seine Gedanken – und seine Libido – für den Rest des Tages unter Kontrolle bekommen würde.

Die kommende Nacht würde ein Kampf werden, dem er sich stellte, sobald er anstand. Es wäre ein Fehler, alles noch komplizierter zu machen, indem er sich noch mehr verstrickte. Eine momentane Schwäche war schon schlimm genug. Aber eine Wiederholung wäre nicht nur unfair, sondern grausam.

Leni hatte ihn ermahnt, Riley keine Versprechungen zu machen, die er nicht halten konnte. Aber was war mit ihr?

Sie war offensichtlich nicht die Sorte Frau, die einen Mann aus einer Laune heraus mit in ihr Bett nahm. Sie war die Sorte Frau, die ihre Bedürfnisse hintenanstellte, um sich um ein mutterloses Kind zu kümmern.

Die Sorte Frau, die einen weißen Gartenzaun und ein Leben ohne Kummer und Sorgen verdiente. Ganz zu schweigen von einer Blutsverbindung für die Ewigkeit mit einem Mann, der ihrer würdig war. Einem Mann, dessen Hände nicht bereits mit einem Leben voller Blut und Gewalt besudelt waren.

Allmächtiger. Was war bloß mit ihm los?

Eine Nacht fantastischer Sex, und schon dachte er über Gartenzäune und Blutsverbindungen nach? Wenn das nicht Beweis genug war, dass er die Situation in den Griff bekommen und der Sache mit Leni schnell und energisch Einhalt gebieten musste, dann wusste er nicht, was sonst noch passieren sollte.

Plötzlich packte ihn die Ungeduld, sodass er sich schnell ein T-Shirt überstreifte und das Badezimmer barfuß verließ.

Es war wichtig, dass er dem, was er für Leni zu empfinden begann, einen Riegel vorschob, aber das würde das andere Problem, um das er sich noch nicht gekümmert hatte, nicht lösen.

Sie hatte sehr deutlich zu verstehen gegeben, dass sie nicht bereit war, die Stadt zu verlassen, auch wenn sich die Sache mit den Parrishs zuspitzte. Und dadurch wurde die Angelegenheit zu Knox' Problem. Er musste sicherstellen, dass er sie und Riley an einem sicheren Ort unterbringen konnte, wenn es die Situation erforderlich machte – auch wenn das unter Umständen bedeutete, dies gegen ihren Willen zu tun.

Er war sich sicher, dass sie ihn dafür verabscheuen würde. Aber ihr Leben war wichtiger als was sie ihm gegenüber empfand, und er war nicht bereit, irgendetwas dem Zufall zu überlassen.

Er hatte den Anruf lange genug aufgeschoben. Er ging zu dem halbhohen Schrank, der neben dem Bett stand, und holte aus der innenliegenden Tasche seines schwarzen Parkas das Wegwerfhandy, das er schon die ganze Zeit mit sich herumtrug, seit er unterwegs war.

Wie häufig war er versucht gewesen, das verdammte Ding wegzuwerfen und tatsächlich unterzutauchen? Zu häufig, als dass er es hätte zählen können. Jetzt war er froh, es noch zu haben. Der Akku war längst leer, aber mithilfe eines mentalen Befehls brachte er das Handy wieder zum Laufen.

Er wusste nicht, wie seine Brüder wohl reagieren würden, wenn sie nach so langer Zeit wieder von ihm hörten, aber damit würde er sich befassen, wenn es so weit war. Es gab nur einen Mann, dem er zutraute, ihm helfen zu können.

Der im Dunklen Hafen in Florida wohnende Überwachungs- und Technikexperte Razor besaß sowohl die Fähigkeiten als auch die Verbindungen, um einen Plan mit geringem oder ganz ohne zeitlichen Vorlauf umzusetzen.

Er würde natürlich Fragen stellen. Razor – »die Klinge« – sezierte jedes Problem mit der Akribie eines Skalpells. So war er einfach, genau wie es Knox' Art war, alles für sich zu behalten.

Die Verstrickung mit Leni bildete da keine Ausnahme.

Ehe er seine Meinung ändern konnte, begann er, die Zahlen einzutippen, über die er sich in die sichere Leitung des Dunklen Hafens einwählen konnte.

Es hatte noch nicht einmal angefangen zu klingeln, als Lenis Schrei die morgendliche Ruhe im unteren Teil des Hauses durchbrach.

15

»Riley!« Leni rannte in die Küche. Das Herz schlug ihr bis zum Hals. »Rye, das ist nicht witzig. Wo bist du?«

Beinahe wäre sie in vollem Lauf in Knox hineingerannt. Er kam die hintere Treppe herunter und stand so plötzlich vor ihr, als hätte er sich aus dem Nichts materialisiert. Er näherte sich ihr mit angespannter, besorgter Miene, bekleidet nur mit Jeans und dunklem T-Shirt.

»Was ist los?«

»Riley. Er ist weg.«

»Was meinst du mit ›weg‹?«

»Ich meine damit, dass ich ihn nirgendwo im Haus finden kann.« Sie gestikulierte wild mit den Händen, vor Panik schnürte sich ihr die Kehle zu. »Ich hätte, sobald ich aufgewacht bin, nach ihm sehen sollen. Ich hätte mich davon überzeugen müssen, ihn gesehen zu haben, ehe ich unter die Dusche ging.« Die Worte sprudelten aus ihr heraus, und ihre Stimme klang vor lauter Schuldgefühlen ganz gepresst. Das Einzige, was noch schwerer wog, war das Entsetzen, das sich in ihrem Magen breitmachte. »Oh Gott. Ausgerechnet heute hätte ich nicht eine Sekunde lang in meiner Wachsamkeit nachlassen dürfen.«

Samstag. Der Tag von Travis Parrishs Entlassung.

Der Tag, vor dem sie sich jahrelang gefürchtet hatte, war schließlich gekommen, und sie hatte Riley in dem Moment verloren, als sie ein Mal nicht aufgepasst hatte.

»He.« Knox' starke Hände legten sich auf ihre Schultern, und mit seinem Blick aus stürmischen Augen versuchte er, trotz ihrer wachsenden Panik zu ihr durchzudringen. »Alles wird gut. Beruhige dich, Leni. Sag mir, was passiert ist.«

Sie entzog sich seiner Berührung, sträubte sich gegen die Zärtlichkeit, obwohl sie doch seinen beruhigenden Trost so sehr brauchte.

»Ich habe verschlafen.« Es kam wie ein Vorwurf heraus und klang vor Wut ganz scharf. Sie gab nicht Knox die Schuld daran, sondern eher sich selbst, doch die Sorge um Riley machte jedes Wort rau. »Nachdem ich geduscht hatte, wollte ich ihn eben zum Frühstück runterholen, aber er ist nicht in seinem Zimmer. Seine Decke ist nicht da, und Fred ist auch weg.«

Knox nickte ernst, während er zuhörte. »Er kann nicht weit sein, Leni. Er ist hier bestimmt irgendwo.«

»Und wenn nicht?«, fuhr sie ihn an. »Wenn sie ihn nun geholt haben, während ich geschlafen habe? Oder letzte Nacht, während wir …«

Ganz krank vor Sorge und voller Schuldgefühle konnte sie den Gedanken kaum zu Ende führen. Ihr Morgen hatte wie ein Traum angefangen. Sie war mit einem Lächeln auf den Lippen erwacht, das sie kaum unterdrücken konnte, und ihr Körper schmerzte an all den richtigen Stellen nach der unglaublichen Nacht, die sie in Knox' Armen verbracht hatte.

Doch all die überbordende Freude und die selige Erschöpfung hatten sich innerhalb des Bruchteils einer Sekunde in Luft aufgelöst und waren durch eiskalte Furcht ersetzt worden, nachdem sie festgestellt hatte, dass Riley nicht da war. Ihr war vor Sorge ganz kalt, ihre Kehle noch rau von dem Schrei, ihr Herz kurz davor zu explodieren.

»Alles wird gut«, bekräftigte Knox. »Die Parrishs haben ihn nicht geholt. Das sind nur Männer, keine Geister. Ich schwöre dir, dass letzte Nacht oder heute Morgen keiner ins Haus eingedrungen ist. Ich hätte die Eindringlinge gerochen.«

Bekümmert sah sie zu ihm auf. »Und trotzdem ist Riley nicht da.«

Zwar hatte sie Knox nicht die Schuld für ihr Versagen geben wollen, doch sein Kiefer spannte sich an, als hätte sie ihn geschlagen.

Traurig und wütend auf sich selbst, trat sie ein paar Schritte von ihm weg.

Das war alles ihre Schuld. Sie hatte sich ein paar Stunden der Lust, der Normalität gegönnt, und das war jetzt der Preis – Rileys Sicherheit.

Ihr Blick ging zur Tür, die nach hintenraus führte. Sie holte tief Luft.

»Sie ist nicht abgesperrt.« Sie sah Knox an. »Der Riegel. Er ist nicht vorgelegt.«

Sie war so voller Panik gewesen, dass ihr diese Kleinigkeit erst jetzt auffiel. Ihr Blick ging zu den Schuhen, die auf der Matte neben der Hintertür standen, und sie stellte fest, dass Rileys gelbe Lieblingsstiefel fehlten.

»Er ist draußen.«

Die Erkenntnis schwächte ihre Panik etwas ab, jedoch nicht ganz. Sie könnte sich erst wieder entspannen, wenn sie Riley in den Armen hielt. Sie stürzte in Pantoffeln nach draußen, denn sie hatte nicht die Geduld, erst Schuhe und Jacke anzuziehen. Nur mit einer Jeans und einem dünnen Pullover bekleidet, den sie sich nach dem Duschen übergezogen hatte, hüpfte sie ungelenk über die eine Treppenstufe in den tiefen Schnee, der hinter dem Haus und im Wald alles bedeckte.

Das morgendliche Sonnenlicht blendete sie, sodass sie kaum etwas sehen konnte. Die Sonne stand an einem wolkenlosen blauen Himmel und ließ die jungfräuliche Schneedecke wie Diamanten glitzern. Sie folgte der Spur aus Fußabdrücken in Kindergröße, die sich in Richtung der Bäume schlängelte.

»Riley!« Ihr Ruf hallte von den hohen Pinien wider. »Riley, wo bist du?«

Ein Stoß kalter Luft traf sie plötzlich von hinten und zog so schnell an ihr vorbei, dass sie die Bewegung mit den Augen nicht erfassen konnte, vor allem da ihr die Sonne auch noch direkt ins Gesicht schien.

Aber als sie nach unten schaute, sah sie jetzt die Spuren von zwei Personen. Rileys eher unschlüssige Spur in Richtung Wald und die schnurgerade Linie von Knox' nackten Füßen.

Oh Gott. Er ist bei Tageslicht nach draußen gekommen, um nach Riley zu suchen?

Ihr stockte der Atem bei dem Gedanken. Mehr als ein paar Minuten ultraviolette Strahlen waren tödlich für Stammesvampire – vor allem für einen Gen Eins wie Knox. Trotzdem war er gerade zur hellsten Stunde des Vormittags nach draußen gerannt – wegen Riley.

Ihretwegen.

Leni rannte in den Wald und folgte den Fußspuren. Außer Atem und mit hämmerndem Herzschlag, hatte sie das Gefühl, als wäre sie mehr als eine Meile gerannt, als sie schließlich Knox' riesige Gestalt in der Nähe der Schlucht erspähte.

Er hielt Riley in seinen starken Armen.

»Dem Himmel sei Dank.«

Der kleine Junge war wie ein Superheld angezogen. Die blaue Überdecke seines Bettes hatte er sich wie ein Cape um den Hals gebunden. Die lange, rote Pyjamahose und die gelben Gummistiefel vervollständigten das selbst gemachte Kostüm. Der Teddybär baumelte in einer Hand, als Knox den Jungen und Fred aus dem Farndickicht am Abhang über der Schlucht zurücktrug.

Voller Erleichterung stürmte Leni ihnen entgegen. »Riley!«

Jetzt, da sie sah, dass er in Sicherheit war, fiel es ihr schwer, ihre Wut zurückzuhalten. Nie hatte sie ihm gegenüber die Stimme erhoben oder ihn bestraft, aber er hatte ihr auch noch nie so eine Angst eingejagt.

Diese eiskalte Furcht strömte immer noch durch ihre Glieder, als sie die beiden erreichte. Ein Teil davon übertrug sich jetzt auf Knox, als sie seine nackten Arme sah, auf denen sich Blasen gebildet hatten. Das UV-Licht forderte bereits seinen Tribut und versengte ihm auch Gesicht und Hals.

»Knox, du solltest dich nicht draußen aufhalten. Gib mir Riley. Ich kümmere mich um ihn. Du musst wieder ins Haus, ehe du verbrennst.«

»Mach dir meinetwegen keine Sorgen.« Seine tiefe Stimme ließ keinen Widerspruch zu. Er behielt Riley auf dem Arm und tat die Schmerzen, die seine verbrannte Haut ihm bestimmt machte, einfach ab. »Ich gehe nirgendwo hin, ehe ich euch beide nicht wieder wohlbehalten im Haus weiß.«

Leni riss sich zusammen, während sie zurückeilten. Sobald sie in die Küche traten und Knox Riley auf dem Boden absetzte, brach der Damm, mit dem sie ihre Gefühle zurückgehalten hatte.

Sie hockte sich hin und riss den Jungen an sich, um ihn ganz fest an sich zu drücken. Fast hätte sie geschluchzt, während sie sich an ihn klammerte. Sie konnte ihn nicht loslassen. Sie konnte kaum sprechen wegen der Flut aus Erleichterung, Wut und Dankbarkeit, die sie durchströmte.

Der zarte, kleine Junge erstarrte. »Tante Leni, weinst du etwa?«

»Ja, das tue ich. Und weißt du auch, warum?« Sie konnte die Tränen nicht zurückhalten, die ihr über die Wangen strömten, als sie sich von ihm löste und ihn ansah. Mit beiden Händen umklammerte sie seine schmalen Schultern und sah in sein verwirrtes Gesicht. »Ich dachte, dir wäre etwas ganz Schlimmes passiert. Du hast mir Angst gemacht, Riley. Du hast mir ganz große Angst gemacht.«

»Es tut mir leid.«

Sie schüttelte den Kopf. »Das reicht nicht. Dieses Mal ist das nicht genug. Was habe ich dir über das Spielen draußen gesagt?«

Er runzelte die Stirn und wollte ihr nicht noch mehr Kummer machen. »Ich erinnere mich nicht.«

»Doch, das tust du. Nie allein nach draußen. Das ist die Regel.« Leni atmete zischend aus, statt den Fluch auszustoßen, der ihr auf der Zunge lag, als sie an all die schrecklichen Szenarien dachte, die ihr von dem Moment an durch den Kopf geschossen waren, als sie gemerkt hatte, dass er nicht da war. »Du verlässt das Haus nicht allein. Vor allem jetzt nicht. Niemals. Hast du mich verstanden?«

»Aber ich war doch gar nicht allein. Fred war bei mir.« Er hielt den ausgestopften Bären hoch, als wollte er sein Argument damit untermauern. »Und dann haben wir im Wald auch noch eine neue Freundin kennengelernt, aber ich weiß nicht, wie sie heißt, denn sie ist weggelaufen, als ich versucht habe, sie zu fragen.«

Leni kniff sich mit Daumen und Zeigefinger in die Nasenwurzel. »Ich habe jetzt nicht die Kraft für so etwas, Kleiner. Ich kann nicht mit Spielsachen oder eingebildeten Freunden reden. Nicht heute.«

»Aber Tante Leni –«

»Es reicht«, unterbrach sie ihn scharf. »Das hier ist das echte Leben. Du hast heute die Regeln gebrochen, und ich will nicht erleben, dass du das jemals wieder tust. Versprich es mir.«

Er nickte und sah sie völlig zerknirscht an. »Ich verspreche es.«

Leni hob sein Kinn und löste den Knoten der kleinen Decke, die er sich umgehängt hatte. Nachdem sie ihm den Umhang abgenommen hatte, nahm sie ihm Fred aus der Hand und legte beides auf den Boden neben sich. Dann waren seine Regenstiefel an der Reihe.

»Geh jetzt nach oben in dein Zimmer. Ich komme in ein paar Minuten zu dir hoch, um noch einmal über alles zu sprechen.«

»Was ist mit Fred?«

Sie schüttelte den Kopf. »Er bleibt hier unten bei mir.«

»Warum darf ich ihn nicht mitnehmen?«, jammerte er.

»Weil ihr beide bis auf Weiteres unter Hausarrest steht.«

»Nein!« Er stampfte mit einem bestrumpften Fuß auf. »Das ist nicht fair ...«

»Ich sagte, geh nach oben.« Sie zeigte mit dem Finger in Richtung Treppe. »In dein Zimmer, Riley. Sofort.«

Ihr scharfer Ton überraschte ihn sichtlich. Eingeschnappt wirbelte er herum und rannte dann laut schluchzend nach oben.

Leni stieß einen langen, schweren Seufzer aus. »Ich habe ihm gegenüber noch nie die Stimme erhoben. Ich habe ihn noch nie bestrafen müssen.«

»Du tust es aus Liebe. Jedes Kind sollte so viel Glück haben«, sagte Knox, und in seiner Stimme schwang keinerlei Vorwurf mit. »Er wird es überleben.«

»Was ist mir dir, Knox?« Sie kam aus der Hocke hoch und drehte sich zu ihm um. »Deine Verbrennungen ...«

»... sind nicht von Bedeutung«, sagte er und zuckte mit den Achseln, als würden ihn die Blasen und die verbrannte Haut auf den muskulösen Armen und im Gesicht überhaupt nicht aus der Fassung bringen.

Was für qualvolle Verletzungen musste er in seinem Leben erlitten haben, dass diese ihn jetzt so gleichgültig ließen?

Bei der Vorstellung, dass er sich der Sonne ausgesetzt hatte, um ihr und Riley zu helfen, zog sich ihr das Herz noch mehr zusammen. Sie ging auf ihn zu. Es war ihr zuwider, dass sie der Grund für seine Schmerzen war.

»Das hättest du nicht tun sollen«, sagte sie leise. Sie streckte die Hand nach ihm aus und wollte ihn berühren, doch sie war unsicher, wo, denn sie wollte ihm kein zusätzliches Unbehagen bereiten. Also legte sie ihre Hand ganz leicht auf die Mitte seiner Brust, welche durch sein T-Shirt vor dem Licht geschützt gewesen war.

Er zuckte unter ihrer Hand zusammen. »Tut das weh?«

»Nein.« Das eine Wort klang rau und erstickt. Sein Herz schlug schnell und fest an ihren Fingern. Leni schaute auf und sah, dass er sie mit seinen blaugrauen Augen fixierte. Bernsteinfarbene Funken zuckten über die Iris. »Du solltest nicht so dicht vor mir stehen, Lenora.«

Die Spitzen seiner Fänge waren hinter den Lippen zu sehen, als er die leise, gepresste Warnung aussprach.

Sie beachtete sie nicht. Alles, was sie wollte, war, ihre Arme um ihn zu schlingen und ihn nie wieder loszulassen.

»Sag mir, was ich tun kann, um dir zu helfen. Deine Haut muss versorgt werden, Knox.«

Himmel, sie ertrug es kaum, seine schweren Verbrennungen anzuschauen. Sie gingen über alles hinaus, was sie je gesehen hatte, ähnelten eher einer radioaktiven Verstrahlung und waren auch nicht annähernd mit einem schweren Sonnenbrand zu vergleichen. Sie brauchte nur so nah wie jetzt vor ihm zu stehen, um die Hitze seiner Verbrennungen zu spüren, die selbst ihre eigene Haut wärmten.

Es war leicht, Knox nach menschlichen Maßstäben zu beurteilen, je länger sie sich in seiner Gesellschaft aufhielt, doch das hier rief unübersehbar in Erinnerung, dass er etwas ganz anderes war. Er war mehr als ein Mensch, doch so stark und unbezwingbar er auch in so vielerlei Hinsicht sein mochte, gab es doch Dinge, die ihn verletzen konnten.

Es gab Dinge, die ihn umbringen konnten.

So gewöhnliche Dinge wie ein paar Minuten Sonnenschein.

»Ich könnte dich ins Bezirkskrankenhaus bringen.«

Er runzelte die Stirn. »Die können mir nicht helfen.«

»Dann lasse ich dir oben ein kühles Bad ein. Ich kann dir kalte Kompressen machen ...«

»All diese Dinge helfen nicht, Leni.«

»Was denn dann?« Sie sah seine blasige, verbrannte Haut auf Wangen und Stirn an. Die Funken, die sich vor einem Moment in seinen Augen entzündet hatten, wurden mehr, als er ihren Blick suchte und festhielt. Die Hitze, die sein großer Körper ausstrahlte, schien sich in etwas anderes zu verwandeln, eine gefährliche, animalische Schärfe. »Du brauchst Blut, nicht wahr?«

Ihr entging nicht, wie seine Augen mit einem Flackern auf ihre Worte reagierten. Doch er schüttelte den Kopf. Er wich einen Schritt zurück und dann noch einen.

»Ich brauche Zeit. Das ist alles. Ein paar Stunden, und mein Körper wird von allein wieder gesund werden.«

»Mehrere Stunden Schmerz und Qual«, stellte sie fest. Sie wollte sich nicht vorstellen, wie schrecklich dieses Leiden für ihn sein würde. »Wie lange würde es dauern, bis du wieder gesund bist, wenn du Nahrung zu dir nehmen könntest?«

Er zuckte mit den Achseln. »Weniger als eine Stunde wahrscheinlich. Es spielt keine Rolle. Ich kann jetzt nicht noch mal nach draußen, und es wird sowieso alles verheilt sein, bevor ich loskann, um mir einen Blutwirt zu suchen.«

Leni nickte und erkannte, dass er bereits darüber nachgedacht, die Idee aber sofort wieder verworfen hatte. »Ich könnte mich auf den Weg machen und jemanden für dich auf-treiben.« Noch in dem Moment, als sie es sagte, bereute die ego-istische, besitzergreifende Seite in ihr das Angebot. Aber sein Leiden war noch schwerer zu ertragen. Sie würde alles in ihrer Macht Stehende tun, um es zu lindern. »Ich bin sicher, dass Milo von der Tankstelle bereit wäre herzukommen, wenn ich ihm ein paar Dollar gebe. Oder da wäre noch Carla. Sie wäre innerhalb von ein paar Minuten da, wenn ich sie um Hilfe bitten würde.«

Er zuckte deutlich erkennbar zurück. »Vergiss es. Das Schlimmste wird bald vorüber sein. Ich brauche keine Hilfe.«

»Nicht einmal meine?« Sie hob die Hand zu seinem schlimm versehrten Gesicht, ohne ihn jedoch zu berühren, denn sie wollte ihm Linderung verschaffen, wusste aber, dass alles, was sie täte, es nur noch schlimmer machen würde. Außer vielleicht eine Sache. »Wie wäre es, wenn du mein Blut zu dir nimmst, Knox?«

»Allmächtiger.« Er erstickte fast an den nächsten Worten. »Frag mich nicht danach. Du darfst es noch nicht einmal den-ken.«

»Warum nicht?«

»Weil das nicht passieren wird«, fuhr er sie an. Er bedach-te sie mit einem wütenden Blick, und seine Augen fingen an, noch heller zu leuchten. »Ein Tropfen wäre alles, was es bräuchte, um mich an dich zu binden. Das bedeutet für immer, Leni. Es gibt kein Zurück, egal, wie sehr einer von uns es eines Tages gewiss will. Es ist eine Fessel, die nicht abgestreift wer-den kann. Niemals.«

Er ließ es schrecklich und unheilvoll klingen. Sie wollte sich von seiner Beschreibung von etwas, das den Stammesvampiren heilig war, nicht getroffen fühlen.

Sie verstand, dass die Bindung zwischen Knox und einer Frau mit dem Stammesgefährtinnenmal für die Ewigkeit wäre.

Sie wusste, dass nur der Tod die Blutsverbindung zwischen einem Paar trennen konnte.

Und trotzdem war sie bereit, ihm das zu geben.

Zwar bot sie ihm ihr Blut aus Sorge wegen seiner Verletzungen an, doch da spielte noch ein anderes Gefühl eine Rolle. Sie hatte ihn gern. Sie hatte ihn in ihr Leben gelassen und vertraute ihm. Letzte Nacht hatte sie ihn in ihr Bett gelassen. Sie wusste nicht recht, wann er ihr Herz erobert hatte, doch das ließ sich jetzt nicht mehr leugnen.

Die Erkenntnis verblüffte sie.

Noch mehr verblüffte sie allerdings, wie schmerzhaft es für sie war zu hören, dass Knox die Vorstellung, von ihrem Blut zu trinken, so kategorisch ablehnte, als wäre es das Allerletzte, was er überhaupt in Erwägung ziehen würde.

Sie zuckte zusammen, als sie plötzlich seine Fingerspitzen an ihrem Kinn spürte. Er hob ihren Kopf, damit sie ihn ansah. Sein Gesicht war eine Maske aus Schmerz und Qual. »Du sollst durch mich nicht noch mehr Probleme bekommen, Lenora. Dass die Situation zwischen uns letzte Nacht außer Kontrolle geraten ist, ist schon schlimm genug. Ich hätte mehr Selbstbeherrschung an den Tag legen sollen. Dafür schulde ich dir eine Entschuldigung.«

Die sanfte Freundlichkeit, die er jetzt an den Tag legte, machte noch viel deutlicher, wie sehr er es bedauerte, was sie getan hatten. Sie hatte es nicht für einen Fehler gehalten, mit ihm zu schlafen, doch es war offensichtlich, dass er es so sah. Zu hören, dass er sich die Schuld für die unglaubliche Nacht gab, die sie miteinander verbracht hatten, ließ etwas Zartes, Verletzliches in ihr zerbrechen.

Sie durfte ihn den Riss nicht sehen lassen. Sie war letzte Nacht diejenige mit der fehlenden Selbstbeherrschung gewesen. Sie war die Närrin gewesen – in der Nacht und jetzt.

Sie entzog sich seiner Berührung und verschränkte die Arme vor der Brust. »Ja, ich glaube, wir haben letzte Nacht beide den Blick für die Realität verloren.«

Jetzt hier mit Knox zu stehen und ihm ihr Blut – die Verbindung – zu geben, hätte alles um ein Vielfaches schlimmer gemacht.

Die schreckliche Wahrheit war jedoch, dass sie es immer noch tun würde, wenn er sie wollte.

Himmel, das machte sie zu etwas, das noch schlimmer war als eine Närrin.

»Ich muss hoch und nach Riley schauen«, sagte sie, während sie sich bemühte, sich weder in ihrer Miene noch ihrer Stimme den Schmerz anmerken zu lassen. »Danke, dass du mir geholfen hast, ihn zu finden und nach Hause zu bringen.«

Er gewährte ihr kaum mehr als ein kurzes Nicken – eine steife, sehr förmliche Erwiderung.

Leni hielt sich nicht damit auf, ihn noch mehr von ihrer Kränkung sehen zu lassen.

Sie drehte sich um und verließ die Küche mit einem neuen Entschluss. Von jetzt an würde sie ihr Herz so erbittert beschützen, wie sie bereit war, das Leben ihres Neffen zu verteidigen.

16

Sie ging ihm den Rest des Tages und die ganze Nacht aus dem Weg.

Er war ja schon für kleine Dinge dankbar, auch wenn er sie nur dadurch dazu gebracht hatte, indem er wie ein gefühlloser Mistkerl aufgetreten war. Für diese Rolle schien er ein hervorragendes Talent zu besitzen, und das nicht erst, seit er Leni kennengelernt hatte.

Er wusste es einfach nicht besser. Tief im Innern würde er immer die konditionierte Laborratte bleiben – der Soldat, dem man, kaum war er zur Welt gekommen, nur logisches Denken und Kämpfen beigebracht hatte.

Am gestrigen Morgen hatte er beide Fähigkeiten gebraucht, als Leni vor ihm gestanden und ihm ihr Blut angeboten hatte, damit er wieder gesund wurde.

Um Himmels willen! Sie hatte angeboten, sich mit ihm zu verbinden.

Er war in größter Versuchung gewesen, ihr Angebot anzunehmen. Und zwar nicht nur wegen der Schwere seiner Verbrennungen, obwohl die schlimm genug gewesen waren, um eigentlich für jede Hilfe dankbar zu sein. Nein, die Versuchung, der er sich plötzlich ausgesetzt sah, stand im Grunde nicht im Zusammenhang mit den Wunden und den daraus resultierenden Schmerzen, unter denen er fast den ganzen Tag gelitten hatte, bis sein Körper endlich wieder geheilt war.

Seine Sehnsucht, Lenis Kehle mit seinen Fängen zu durchbohren, rührte von etwas viel Drängenderem als physischem

Leid her. Diese Sehnsucht war durch Begehren befeuert worden, von besitzergreifendem Verlangen. Seine Zuneigung zu ihr hatte ihn fast überwältigt, als er in ihrem Blick gesehen hatte, wie ernst sie ihr Angebot meinte.

Ihr Blut – und die Bindung bis in alle Ewigkeit – bot sie ihm an, und er hätte es nur zu nehmen brauchen.

Zusammen mit ihrem lieben, mutigen Herz.

Sogar jetzt erfüllte ihn das noch mit Demut.

Und er schämte sich, wenn er daran zurückdachte, wie grob er diese Geschenke zurückgewiesen hatte.

Er hatte sie schnell und hart in ihre Schranken weisen müssen. Insbesondere wo von ihm als Stammesvampir so eine große Gefahr ausging, weil er Nahrung brauchte – Nahrung, die ihm etwas Erleichterung angesichts der Schwere seiner Verletzungen bringen würde.

Shit. Er hätte auf ihr Angebot, ihm einen Blutwirt zu beschaffen, eingehen sollen. Es war fast vierundzwanzig Stunden her, dass er Hals über Kopf in den morgendlichen Sonnenschein gestürzt war, um den Jungen zu suchen, und jetzt war er völlig ausgehungert.

Er würde das Haus, sobald es dunkel war, verlassen müssen, um sich um dieses Problem zu kümmern. Es stand in den Sternen, ob er der Prüfung gewachsen sein würde, eine weitere Nacht mit Leni unter einem Dach zu verbringen – ob sie ihm nun weiter die kalte Schulter zeigte oder nicht.

Aber was war mit der nächsten Nacht? Oder der übernächsten?

Er wusste, was die beste Lösung für sie und für ihn wäre.

Er hatte versucht, diese Möglichkeit zu ignorieren, während er sich mit den von den Verbrennungen herrührenden Schmerzen quälte. Jetzt, da er wieder geheilt war, duldete das, was richtig war, keinen Aufschub mehr.

Ehe er seine Meinung ändern oder es noch weiter hinauszögern konnte, nahm er das Wegwerfhandy und wählte die Geheimnummer seines Bruders. Der Anruf wurde nach dem dritten Klingeln angenommen, doch am anderen Ende der sicheren Leitung herrschte Schweigen.

»Razor, ich bin's.«

Knox hörte, wie jemand tief durchatmete, dann ertönte ein leiser Fluch. »Tja, da laust mich doch der Affe. Da muss wohl die Hölle zugefroren sein, wenn ich von dir höre, Bruder.«

»Bist nahe dran«, sagte Knox und schaute aus dem Dachfenster – nur Schnee und Eis, so weit das Auge reichte.

»Wo bist du?«

»In Maine.«

»Was zum Teufel machst du in Maine?«, brummte Razor. »Noch dazu mitten im Februar, wo einem doch alles abfriert.«

»Ich stelle mir schon seit einer Woche genau die gleiche Frage.« Er setzte sich auf die Kante des schmalen Bettes. »Du musst was für mich tun, Raze.«

»Solange ich mich dafür nicht mit dir da oben treffen muss, mach ich das gern. Worum geht's?«

»Ich brauche eine sichere Unterkunft – ein Safe House. Was hier oben in der Nähe der North Maine Woods oder auch Quebec.«

»Ich schau mal, was ich tun kann. In was für Schwierigkeiten steckst du?«

»Es ist nicht für mich. Es ist für jemand anders. Eine Frau. Sie heißt Lenora Calhoun.« Er räusperte sich. »Sie ist eine Stammesgefährtin.«

»Deine?«, fragte Razor, und es schwang mehr als nur ein bisschen Überraschung in seiner Stimme mit.

Knox stieß einen Fluch aus, aber nur, weil das schnelle Nein, mit dem er eigentlich gerechnet hatte zu reagieren, ihm plötzlich im Halse stecken blieb. »Ich erhebe keinen Anspruch auf Leni.«

Und er hatte vor, dass das auch so blieb, ehe er alles nur noch mehr vermasselte.

»Wenn du keinen Anspruch auf sie erhebst, warum bittet sie dich dann darum, dass du ihr eine sichere Unterkunft besorgst?«

»Sie hat mich nicht darum gebeten. Das ist meine Entscheidung. Es ist zu ihrem Besten.«

»Sagte der Mann, der keinen Anspruch auf die Frau erhebt«, meinte Razor spöttisch. »In was zum Teufel bist du da oben reingeraten?«

»Willst du jetzt weiter blöde Fragen stellen oder wirst du mir helfen?«

»Ich versuche nur herauszufinden, was dich nach einem halben Jahr ohne ein Lebenszeichen von dir dazu gebracht hat, anzurufen und um Hilfe zu bitten. Es ist lange her, dass du dir um jemanden Sorgen gemacht hast, Knox. Und schon gar nicht um eine Frau.«

»Sie ist eine Stammesgefährtin«, brummte Knox. »Reicht das nicht als Grund?«

»Das musst du sagen, Bro.«

Es reichte, und Razor wusste das auch verdammt genau. Doch der schlaue ehemalige Jäger war wie ein Bluthund, wenn es darum ging, eine Spur zu verfolgen, und jetzt witterte er Knox' Schwäche im Hinblick auf Leni.

»Weißt du was … vergiss es einfach.« Knox stand auf und begann, in seiner beengten Unterkunft auf und ab zu gehen. »Das war eine dumme Idee. Ich werde eine andere Möglichkeit finden, die Sache selbst zu regeln.«

Razor lachte leise. »Entspann dich. Ich bin längst dran. Ich hab schon ein paar Leute kontaktiert, während wir sprechen.«

Ein Teil von Knox' Verdrossenheit verflog. »Ich will mich nicht auf einen deiner zwielichtigen Untergrundkontakte verlassen, Raze. Und es sollen auch keine anderen Hunter darauf angesetzt werden. Ich brauche jemanden, dem ich voll und ganz vertrauen kann, dass er Leni und ihren kleinen Neffen beschützt.«

»Sie hat ein Kind?« Razors Bedenken waren klar und deutlich an seinem Tonfall zu erkennen. »Ist der Junge ein Stammesvampir?«

»Nein. Er ist ein Mensch – der sechs Jahre alte Sohn ihrer Halbschwester.«

»Das könnte die Sache kompliziert machen.«

Knox rieb sich mit der Hand übers Gesicht. »Ach was, wirklich?«

»Ich bekomm das hin.«

»Danke, Kumpel. Ich schulde dir was.«

»Ich weiß. Sei nicht überrascht, wenn ich eines Tages bei dir auftauche, um meine Schulden einzutreiben.«

Knox wusste nicht recht, was er meinte, aber in der Stimme seines Bruders hatte ein Unterton mitgeschwungen, der auf private Schwierigkeiten hindeutete, welche er aber nicht unbedingt sofort preisgeben wollte. »Ich will nur absolut zuverlässige und völlig integre Leute, Razor. Hieb- und stichfeste Unterlagen über jeden, den du hinzuziehst, ob die Person vertrauenswürdig und sicher ist, okay?«

»Ist dir der Orden integer genug?«

Knox beendete seinen Marsch durch den Raum abrupt. »Du hast Kontakte beim Orden?«

»Ich habe überall Kontakte, wo es wichtig ist, Bruder.« Er hielt inne und schwieg einen Moment lang. »Gib das Okay, und alles geht seinen Gang. Aber du und ich wissen, dass sich das nicht mehr rückgängig machen lässt, wenn die Maschinerie einmal in Gang gesetzt wurde. Lucan und seine Krieger verstehen keinen Spaß, wenn es um den Schutz von ungebundenen Stammesgefährtinnen geht. Vor allem solche, die sich in Gefahr befinden. Und darum geht es doch hier, oder? Wirst du bereit sein, deine Leni gehen zu lassen, wenn der Orden entscheidet, dass sie fern von dir ein unbeschadeteres Leben führen kann?«

»Ich habe dir schon mal gesagt, dass ich keinen Anspruch auf sie erhebe.«

Warum hatte er also das Gefühl, als würde man sein Herz mit einer Säge durchtrennen, wenn er sich vorstellte, dass der Orden Leni und Riley in seine Obhut nahm? Er konnte sich keine bessere, kompetentere Lösung wünschen – es sei denn, einer seiner Brüder im Dunklen Hafen der Everglades übernähme es.

»Du hast meine Frage noch nicht beantwortet, Bruder.«

»Mach es einfach«, knurrte er.

»In Ordnung.« Razors Erwiderung klang ernst und entschlossen. »Betrachte es als erledigt.«

Knox beendete das Gespräch, ohne noch etwas zu sagen, denn er war mit beiden Ohren bereits bei Leni und Riley, die sich unten unterhielten. Die Haustür ging knarrend auf und wurde mit einem dumpfen Knall wieder geschlossen.

Was zum Teufel war da los?

Wo wollte sie hin? Wie sollte er sie beschützen, wenn sie ihm noch nicht einmal sagte, dass sie das Haus verließ?

Richtig. Als könnte er ihr am helllichten Tage überhaupt von Nutzen sein.

»Verdammter Mist!«

Er raste nach unten in die Küche und traf auf die Stille eines leeren Hauses. Auf der Arbeitsfläche neben der Spüle lag ein Zettel, auf dem in forscher Schrift eine Nachricht stand.

Habe Riley mitgenommen, um den Diner zu öffnen. Ich muss ihn bei mir haben, wo ich ihn im Auge behalten kann und weiß, dass er in Sicherheit ist.
Wenn ich nach Hause komme, müssen wir miteinander reden.
L.

Knox lehnte sich an die Arbeitsplatte und stieß einen Fluch aus.

Sie hatte natürlich recht. Sie mussten tatsächlich miteinander reden.

Er hoffte nur, dass sie ihn nicht dafür verabscheuen würde, was er gerade getan hatte.

17

Den Diner zu öffnen, war genau die Ablenkung gewesen, die sie gebraucht hatte.

Wegen der nicht geräumten und teilweise unpassierbaren Straßen und kleineren Schneeberge um Parrish Falls herum war den Tag über wenig los, doch trotzdem hatte sie einen steten Strom von Gästen, die sie von dem Moment an, als sie das Schild an der Tür umgedreht hatte, zwischen Küche und Gastraum hin- und hereilen ließen.

Die Glocke an der Tür schellte, als ein weiterer Gast – einer ihrer liebsten Stammgäste aus dem Ort – aus der Kälte hereinkam und sich an den Tresen setzte. Leni griff nach einem Kaffeebecher, stellte ihn vor ihm auf den Tresen und füllte ihn dreiviertel voll, damit die Kaffeesahne Platz hatte, die er immer in das starke Gebräu gab. »Wie ist es dir und Mable während des Unwetters ergangen, Claude?«

Der alte Mann begrüßte sie mit einem Nicken, während er die Aluminiumdeckel von den kleinen Kaffeesahnetöpfchen riss. »Der Strom ist immer noch weg, und die Straße ist eine Katastrophe, aber uns geht's gut. Wir hatten mehr Glück als die meisten. Ich hab übers Satellitenradio gehört, dass die Straßen bei St. Zacharie für die nächsten paar Tage unpassierbar sein sollen.«

»Nun, ich bin froh, dass du durchgekommen bist. Ich freue mich immer, wenn ich dich sehe.«

Seine mit einem grauen Dreitagebart bedeckten Wangen röteten sich bei ihrem Kompliment ein wenig. »Mable wäre gern mitgekommen, aber ihre blöde Hüfte macht ihr wieder zu schaffen. Ich dachte mir, ich komm' auf 'nen Kaffee rein und bring uns was Warmes zum Mittagessen mit.«

Leni lächelte. »Ich hab gerade 'ne ganze Ladung Huhn mit Klößen fertig gemacht.«

»Gebongt«, sagte er und prostete ihr mit seinem dampfenden Becher zu. »Ich nehme zwei Portionen mit.«

»Ist sofort fertig.«

Da Leni sich bereits um die anderen Gäste gekümmert hatte und Riley zufrieden in einer der hinteren Nischen mit ein paar seiner Autos spielte, die sie ihn von zu Hause hatte mitnehmen lassen, begab sie sich in die Küche, um sich um die neue Bestellung zu kümmern.

Während der Stunden, die sie heute im Diner war und arbeitete, hatte sie in ihren üblichen Rhythmus gefunden. Es gab ihr ein gutes Gefühl, mal wieder an etwas anderes zu denken als das komplizierte Durcheinander, zu dem ihr Leben in den letzten Tagen mutiert war. Die Arbeit lenkte sie von den Parrishs und dem unerträglichen Angstgefühl wegen Travis' Heimkehr ab. Sie brauchte weiß Gott eine Pause, um sich nicht ständig Sorgen zu machen.

Sie sollte eigentlich erleichtert sein, dass er nicht auf direktem Wege zu ihr gekommen war, nachdem man ihn aus dem Gefängnis entlassen hatte. Sie war froh, dass ihr die Konfrontation bisher erspart geblieben war, aber sie konnte sich natürlich nicht der frommen Hoffnung hingeben, dass er sich für immer fernhalten würde.

Aber während sie sich beschäftigte, hatte sie zumindest die Möglichkeit, diese Sorge vorübergehend zu vergessen, doch es half nicht, sie von Knox abzulenken. Es linderte nicht den Schmerz, der sich in ihr ausgebreitet hatte, als sie von ihm so kühl abgewiesen worden war.

Der ganze Tag und die Nacht, die sie nicht mit ihm gesprochen hatte – ihn noch nicht einmal gesehen hatte, obwohl sie doch unter demselben Dach wohnten –, waren unerträglich langsam vergangen. Es fühlte sich so an, als hätten sie sich eine ganze Woche lang nicht gesehen. Und sie vermisste ihn so sehr, als wäre noch viel mehr Zeit verstrichen.

Welches Maß an naiver Idiotie musste sie sich zuschreiben, dass sie nach nur ein paar Tagen in seiner Gesellschaft ihr Herz verloren hatte?

Oder besser gesagt – nach ein paar Tagen und einer unglaublichen Nacht, obwohl sie jetzt gar nicht daran denken mochte, wie es sich anfühlte, in Knox' Armen zu liegen. Sie wollte sich nicht daran erinnern, welch verzehrendes Gefühl es gewesen war, seinen Mund auf ihrem zu spüren, oder welch intensive Lust es ihr bereitet hatte, als sein großer, kräftiger Körper sich an ihrer nackten Haut bewegt und tief in sie gestoßen hatte.

Ein Schauer der Erregung überflutete sie und entzündete ihre Lust, trotz des Schmerzes, der ihr Herz fest im Griff hatte.

Sie hatte eigentlich gedacht, es würde ihr eine gewisse Befriedigung verschaffen, eine Schutzmauer errichtet zu haben. Doch stattdessen fühlte sie sich allein. Und was Knox anging, konnte sie sich noch nicht einmal sicher sein, ob er überhaupt die Entschlossenheit bemerkt hatte, mit der sie ihm aus dem Weg ging. Vielleicht war er aber auch erleichtert.

Aber wie auch immer – die Zeit für sich hatte ihr die Möglichkeit gegeben, klarer zu denken. Das war etwas, zu dem sie nicht in der Lage zu sein schien, seit Knox in der Stadt angekommen war.

Den größten Teil ihres Lebens hatte sie sich selbst um sich gekümmert. Und die letzten sechs Jahre hatte sie auch noch die Verantwortung für Riley übernommen. Sie war immer noch absolut in der Lage, das auch weiter zu tun, und keiner – nicht einmal Travis Parrish oder der Rest seiner Familie – würde sich ihr in den Weg stellen.

Sie war mit allem fertig geworden, ehe Knox aufgetaucht war. Und sie würde auch mit allem fertig werden, wenn er wieder ging. Sie und Riley oblagen nicht seiner Verantwortung.

Sobald sie Feierabend hatte und wieder zu Hause war, wollte Leni ihn von seiner Verpflichtung, sie beschützen zu müssen, wie er meinte, befreien. Sie hatte sogar vor, es von ihm zu verlangen.

Den ganzen Tag über hatte sie sich zurechtgelegt, was sie ihm sagen wollte. Jetzt brauchte sie sich nur noch selbst davon zu überzeugen, dass sie die Worte auch wirklich so meinte.

Sie zwang sich zu einem Lächeln, trug das verpackte und eingetütete warme Essen nach vorne und stellte es auf den Tresen, während sie die Rechnung schrieb.

»Bitte schön, Claude.«

Er warf einen Blick auf die Rechnung und schüttelte den Kopf. »Du bist nachlässig, Leni. Du hast vergessen, mir den Kaffee zu berechnen.«

»Der geht heute für alle aufs Haus. Das scheint mir das Mindeste zu sein, was ich für diejenigen tun kann, die sich auf die Straße wagen, um herzukommen und zu essen.«

Er grinste. »Tja, in dem Fall bedanke ich mich ganz herzlich.«

»Es ist mir ein Vergnügen.«

Sie machte noch einmal eine schnelle Runde mit der Kaffeekanne und füllte seinen Becher und die der anderen Gäste nach. Dann schaute sie nach Riley, der gerade ein älteres Ehepaar, das an einem Tisch vor seiner Nische Platz genommen hatte, zuquasselte.

»Das Beste ist aber das rote. Es hat Türen, die aufgehen, und fährt wirklich schnell. Hier.«

Leni fing das fliegende Muscle-Car mit der freien Hand auf, als Riley es vom Tisch lossausen ließ. »Okay, ich glaube, wir haben uns alle ein Bild machen können, Riley. Hier drinnen fahren Autos aber nur mit festem Boden unter den Rädern, ja?«

Sie sah die Gäste an, verdrehte die Augen und hauchte eine Entschuldigung. Allerdings schienen die sich gar nicht belästigt zu fühlen. Riley hatte auf die meisten Leute diese Wirkung – Leni eingeschlossen. Es war ihr zuwider, dass sie ihn gestern so zurechtgewiesen hatte, und ihr Versuch, ihm Hausarrest aufzubrummen, war zugegebenermaßen lasch durchgesetzt worden. Es war einfach ein Ding der Unmöglichkeit, länger böse auf den kleinen Charmeur zu sein.

Eigentlich genau so, wie es ihr auch mit dem größeren, etwas weniger charmanten – aber ähnlich umwerfenden – männlichen Wesen ging, das sie zu Hause gelassen hatte.

»Ich habe Nudeln mit Käsesauce für dich in der Küche«, sagte sie und legte Rileys Auto zu den anderen auf den Tisch. »Bist du schon hungrig genug, um Mittag zu essen?«

Er sprang vom Stuhl hoch, und sein Gesicht leuchtete auf. »Ja!«

»Dann pack bitte deine Autos weg und geh zur Toilette. Ich bringe dir die Nudeln hier an den Tisch. Denk dran, dir auch die Hände zu waschen, ehe du wieder rauskommst.«

»Okay!« Schnell packte er die Sammlung von Rennwagen im Miniaturformat in seinen Rucksack, ehe er aus seiner Nische krabbelte und zur Herrentoilette eilte.

Leni konnte ihr Lächeln nicht unterdrücken, während sie ihre Runde beendete und auch den paar anderen Gästen Kaffee ausschenkte, um dann in die Küche zurückzukehren und sein Mittagessen zu holen. Die Normalität des Tages legte sich wie eine kuschelig warme Decke um sie. So sollte es ihrer Meinung nach immer laufen.

Gleichbleibend beständig, familiär, anheimelnd und bequem.

Das sollte genug sein.

Das würde es sein müssen, denn ab morgen wäre Knox fort.

Sie mochte nicht daran denken, egal, wie sehr sie glauben wollte, dass es so am besten wäre. Sie gab eine Portion des gerade fertig gewordenen Auflaufs auf einen Teller für Riley, fügte noch einen Löffel Apfelmus und ein paar Röschen gedämpften Brokkoli hinzu. Sie gab sich keinen Illusionen hin – das grüne Gemüse würde nur mit viel Überredung über seine Lippen wandern, aber sie fand, es wäre immer einen Versuch wert.

Mit einem Glas Kakao als Getränk zum Essen stieß Leni die Schwingtür mit der Hüfte auf und trat mit vollen Händen in den Gastraum.

Im gleichen Moment näherten sich von einem großen, goldfarbenen SUV aus, der auf dem Parkplatz stand, zwei Männer dem Eingang des Diners. Sie brauchte das Parrish & Sons-Logo, das an der Seite des Wagens prangte, nicht zu sehen, um zu wissen, wem er gehörte. Leni erkannte Enoch Parrishs gebeugte, drahtige Gestalt, noch ehe er den grauen Kopf mit der finsteren Miene hob.

Der jüngere Mann in seiner Begleitung sah völlig anders aus, als sie ihn in Erinnerung hatte.

Travis Parrish war groß und schlank gewesen, ein junger Mann von fünfundzwanzig Jahren mit abfallenden Schultern, als er ins Gefängnis gegangen war. Jetzt war er doppelt so breit mit großen, durch Gewichte antrainierten Muskeln. Das dunkelbraune Haar war kurz geschoren und wies jetzt einzelne, silberne Härchen auf, was von einem schwierigen Leben in den letzten paar Jahren zeugte. Doch sein Gesicht war unverkennbar.

Genau wie der ausdruckslose, finstere Blick, der sich durch die Scheibe der Tür vom Diner sofort auf sie richtete.

Der Feigling in ihr wollte auf der Stelle alles fallen lassen, zur Tür stürzen und sie verriegeln, ehe er hereinkommen konnte. Aber dafür war es ohnehin schon zu spät. Das Glöckchen über der Tür bimmelte fröhlich, als der verurteilte Gewalttäter und sein höhnisch grinsender, alter Vater hereinkamen.

Ein paar der Einheimischen wandten sich Travis zu, um ihn wie einen alten Freund oder geliebten Sohn zu begrüßen. Vielleicht war es ungerecht von ihr, sich zu wünschen, dass alle die Parrishs ebenso sehr verabscheuten wie sie. Für die meisten Bewohner der Stadt waren sie nicht nur deren Gründungsväter, sondern auch der größte Arbeitgeber, als das Geschäft mit dem Holz noch lukrativ gewesen war. Die Parrishs finanzierten nach wie vor verschiedene Unternehmen und unterstützten gemeinnützige Aktivitäten im Bezirk. Über Generationen hatten sie ihren Reichtum und ihre Macht spielen lassen, und selbst jetzt stellten sich ihnen nur wenige in den Weg.

Aber zu beobachten, wie Travis in ihr Restaurant marschiert kam, um ihren Gästen die Hände zu schütteln, als würde er hergehören – als wäre er nicht ins Gefängnis gesteckt worden, weil er ihre Schwester beinahe umgebracht hatte –, machte Leni wütend und nervös.

Sie stellte den Teller und das Glas mit Milch neben der Kasse auf den Tresen und beobachtete alles argwöhnisch. Sie wusste nicht, ob sie die beiden nun auffordern sollte zu gehen oder ob es sinnvoller war, ihnen zu zeigen, dass sie sich nicht so leicht einschüchtern ließ.

Sie entschied sich für Letzteres und hoffte gleichzeitig inständig, dass sie wieder weg wären, ehe Riley von der Toilette zurückkam.

Einer der Gäste, der etwas weiter hinten am Tresen saß, sprach Enoch an. »Ich hab gehört, was Dwight letztens passiert ist. Er ist tatsächlich von so 'nem gottverdammten Vampir angegriffen worden? Was ist nur aus unserer Welt geworden, dass die Blutsauger mittlerweile so weit nach Norden vordringen?«

»In Anbetracht der Umstände geht's meinem Sohn gut«, erwiderte der alte Parrish und richtete den stechenden Blick auf Leni, die hinter der Kasse stand. »Was diese Kreatur angeht, die ihn angegriffen hat, so werden wir das nächste Mal, wenn er es wagt, wieder aufzutauchen, bereit für den Mistkerl sein.«

Leni hätte über die prahlerische Bemerkung am liebsten gelacht. Es gab nichts, was Enoch Parrish und alle drei Söhnen zusammen gegen Knox tun konnten, denn der würde jeden Einzelnen von ihnen innerhalb von Sekunden kaltstellen. Sie wich dem Blick des alten Mannes nicht aus. Der sollte nicht denken, dass er sie einschüchtern konnte.

Ein anderer Mann, der an einem Tisch in der Nähe der Tür saß, stimmte Enoch zu. »Um Dwight aufzuhalten, braucht es schon mehr als ein Plauderstündchen mit dem Tod. Ich bin an ihm und Jeb vorbeigefahren, als ich heute Morgen in die Stadt gekommen bin. Sie transportierten gerade eine Ladung Holz über die Grenze und rasten wie die Bekloppten. Wären fast in mich reingebrettert.«

Travis, der sich eben noch in den Willkommensgrüßen einiger Gäste gesonnt hatte, warf seinem Vater einen Blick zu.

Ein seltsamer Ausdruck huschte über das Gesicht des alten Mannes, doch er überspielte es schnell und sah dann den

Einheimischen an, der ihn angesprochen hatte. »Wir hatten eine Bestellung, die sofort ausgeliefert werden musste.«

»Muss wichtig gewesen sein, wenn man sich bei diesen Straßenverhältnissen auf den Weg macht.«

Enoch lachte trocken. »Geld wartet nicht auf gutes Wetter.«

Der Mann lachte. »Dem lässt sich nichts mehr hinzufügen. Amen.«

»Davon abgesehen muss Dwight sich einen neuen Wagen besorgen.« Der Patriarch der Parrishs richtete seine Aufmerksamkeit wieder auf Leni. »Wir sollten Anzeige gegen den Stammesvampir erstatten, der ihn angegriffen hat – außer natürlich es gibt einen Grund, warum wir das nicht tun sollten.«

»Vielleicht sollte ich gegen Dwight Anzeige erstatten, weil er mich in dieser Nacht ebenfalls von der Straße abgedrängt hatte. Was er Knox auch vorwerfen mag ... Dwight hat es verdient.«

Im Diner unterhielten sich mittlerweile alle miteinander, als Enoch näher zur Kasse vorrückte, hinter der sie stand. Er durchbohrte sie mit einem Blick, bei dem sich ihr die Nackenhaare aufstellten, und senkte die Stimme zu einem Flüstern. »Er ist an dich rangekommen, Mädchen, nicht wahr? Dieser Blutsauger. Er hat seine Fänge bereits in dich geschlagen oder hat er was anderes in dich reingeschoben?«

»Wie kannst du es wagen, so mit mir zu sprechen? Das ist widerwärtig.«

»Nein, Lenora. Das bist du. Was du mit dieser Kreatur machst, ist nicht richtig. Es ist wider die Natur.« Er fuhr sich mit der Zunge über die dünnen, rissigen Lippen. »Ich könnte bestimmt einen Richter finden, der mir da zustimmt. Einer, der genau wie ich der Meinung ist, dass das nicht die passende Umgebung für ein Kind darstellt.«

Die Schwere der Drohung ließ sie innehalten. Sie wusste,

dass Enoch Parrish keine Skrupel haben würde, für ein Urteil zu seinen Gunsten zu bezahlen. Kein Richter, der seiner Robe würdig war, würde bei so etwas mitmachen, aber es gab andere, die bereit waren, die Gesetze zu beugen, wenn der richtige Preis bezahlt wurde. Sie hatte keinerlei Zweifel daran, dass die Parrishs genau wussten, an wen sie sich wenden mussten.

Travis kam herübergeschlendert und blieb neben seinem Vater stehen. »Ist 'ne Weile her, Leni.«

»Nicht lange genug. Ich kann es nicht fassen, dass man dich so früh rausgelassen hat.«

Ein harter Ausdruck legte sich über sein Gesicht. »Nun, man hat. Und die Dinge werden sich ändern, jetzt, da ich wieder zu Hause bin. Die ganzen sechs Jahre habe ich nur an meinen Sohn gedacht.«

»Ich bin schockiert«, meinte sie spöttisch, »dass zwischen den Bibelstunden, an denen du teilgenommen hast, um den Bewährungsausschuss zu beeindrucken, und all den Stunden, die du offensichtlich im Sportbereich des Gefängnisses verbracht hast, dafür noch Zeit blieb.«

»Menschen ändern sich, Lenora.«

»Du nicht. Und um es ganz klar und deutlich zu sagen«, fügte sie hinzu, »Riley ist nicht dein Sohn. Und er wird es auch nie sein.«

Sein Gesichtsausdruck versteinerte. »Wir werden sehen.«

In dem Moment kam Riley, das Energiebündel, das er nun einmal war, aus der Toilette gestürzt. »Ich bin fertig, Tante Leni! Ich hab mir die Hände sogar zweimal gewaschen.«

»Gut gemacht, Kumpel.«

Travis' stämmige Gestalt erstarrte, als sein Blick auf Riley fiel. Aller Atem entwich seiner Lunge mit einem leisen Fluch. »Shit. Sieh ihn dir an. Er ist so groß. Die ganze Zeit hatte ich immer ein Baby vor Augen.«

Ohne etwas von der angespannten Atmosphäre im Diner zu bemerken, hüpfte Riley zur hinteren Nische zurück und blieb kurz davor stehen. »He, wo sind meine Nudeln?«

»Ich hab sie hier bei mir«, sagte Leni. »Komm zu mir hinter den Tresen, Spatz.«

Sie wollte ihn zwar nicht in der Nähe der Parrishs sehen, aber sie brauchte die Barriere zwischen sich und Riley sowie den beiden Männern, die ihn ihr wegnehmen wollten. Es erleichterte sie, dass er ohne zu zögern gehorchte. Vom anderen offenen Ende des Tresens kam er an ihre Seite. Leni schlang einen Arm um seine Schultern und zog ihn an sich.

Travis' Blick hing die ganze Zeit an dem Jungen. »Hallo, Riley.«

»Hallo. Kann ich jetzt bitte meine Nudeln haben?« Er sah mit auf die Seite gelegtem Kopf zu Leni auf und schenkte ihr ein breites Grinsen.

Sie strich ihm das hellblonde Haar aus den Augen. »Ja, kannst du. Was hältst du davon, in der Küche zu essen?«

»Er hat das Lächeln seines Vaters«, meinte Enoch und klopfte auf Travis' Hand, die die Kante des Tresens umklammerte.

»Ich habe keinen Vater«, stellte Riley nüchtern klar. »Und eine Mutter habe ich auch nicht.«

»Doch, du hast eine Mutter«, entgegnete Leni. »Du wirst deine Mutter immer haben. Erinnerst du dich daran, was ich gesagt habe?«

Er nickte und berührte seine Brust. »Sie lebt hier drin.«

»Genau. Bis wir sie wiedersehen, musst du sie in deinem Herzen bewahren.«

Enoch stieß ein tonloses, leises Lachen aus. »Netter Gedanke. Aber ich fand immer, dass kleine Jungs ihren Vater mehr brauchen als ihre Mutter. Meinst du nicht auch, Travis?«

»Ja, klar meine ich das.«

Leni reagierte gereizt, und ihr Griff um Riley wurde fester. »Wollt ihr beiden etwas bestellen? Falls nicht, wäre ich dankbar, wenn ihr jetzt gehen würdet, damit ich mich wieder an die Arbeit machen kann.«

»Ach ja.« Travis schnippte mit den Fingern. »Mir ist gerade was eingefallen, Riley. Ich hab dir was mitgebracht.«

Riley sah den Fremden verwirrt an. »Wirklich?«

Ehe Leni wusste, was geschah, griff Travis in seine Jackentasche und holte ein glänzendes, neues Handy hervor. Er schaltete den Bildschirm ein und hielt es Riley hin. »Es hat ein paar schöne Spiele drauf, und wenn du hier drückst, können wir jederzeit, wenn du willst, miteinander telefonieren.«

»Cool.«

Leni nahm das Handy, ehe Riley die Möglichkeit hatte, das Gerät überhaupt zu berühren. Sie gab es Travis sofort zurück. »Er ist zu jung für ein Handy und hat keinen Grund, dich anzurufen.«

»Ich hatte mir schon gedacht, dass du so etwas sagen würdest.« Er sah sie lange an, dann lächelte er. »Deshalb habe ich dir auch etwas mitgebracht.«

Er zog einen weißen Umschlag aus der Tasche und legte ihn auf den Tresen. »Es ist eine gerichtliche Anordnung zur Durchführung einer DNA-Analyse.«

Riley schaute fragend zu ihr auf. »Was ist eine Denalyse?«

Travis bedachte Leni mit einem schmalen, selbstgefälligen Lächeln. »Willst du es ihm erklären oder soll ich?«

Leni sah ihn finster an, während sie nach dem Nudelteller griff und ihn Riley in die Hand drückte. »Geh und iss, ehe die Nudeln kalt sind. Ich bringe dir gleich deine Schokomilch. Ich brauch nur noch 'ne Minute, ja?«

Er nickte und ging mit dem Teller durch die Schwingtür in die Küche.

Kaum war er weg, griff sie unter den Tresen. Den Briefumschlag in der einen Hand und ein brennendes langstieliges Feuerzeug in der anderen setzte sie die Ecke der gerichtlichen Anordnung in Brand. Sie sah Travis fest in die Augen, während sie das brennende Dokument in der Hand hielt.

Er schüttelte den Kopf. »Das hättest du nicht tun sollen, Leni. Ich hatte gedacht, du wärst die Schlaue von euch beiden.«

Sie warf den brennenden Umschlag nach ihm. Er schlug ihn zur Seite und trat das brennende Papier mit seinem schweren Stiefel aus, als es auf den Fliesenboden fiel.

»Raus aus meinem Diner«, sagte Leni. »Alle beide. Haltet euch von mir fern.«

Enoch grinste höhnisch. »Ich hab's dir doch gesagt, Sohn. Sie ist genauso 'ne blöde Schlampe wie ihre Schwester.«

»Blöde Schlampen tun sich weh«, sagte Travis. »Manchmal verschwinden sie auch.«

»Drohst du mir etwa? Du bist noch keine zwei Tage aus dem Gefängnis raus, aber schon so erpicht darauf, wieder reinzukommen, dass du mich vor einem halben Dutzend Zeugen bedrohst?«

Er richtete den Blick auf die Leute im Diner, die jetzt alle guckten und zuhörten. Enoch grub seine gichtigen Finger in den Ärmel von Travis' Jacke. »Komm, Sohn. Wir verschwenden hier offensichtlich unsere Zeit.«

»Ja, das tut ihr«, bestätigte Leni. »Deshalb geht.«

Sie ließen sich dabei Zeit, aber nach einer Weile waren sie fort.

Leni sackte in sich zusammen. Sie legte die Ellbogen auf den Tresen und senkte den Kopf. Was hatte sie nur gerade getan? Natürlich durfte sie sich nicht von ihnen einschüchtern lassen, aber eskalieren hatte sie das Ganze auch nicht lassen wollen.

Von der anderen Seite des Tresens kam jemand angeschlurft. Dann legte sich eine Hand sanft auf ihre gebeugte Schulter.

Der alte Claude gab einen langen Seufzer von sich. »Lenora, ich mache mir Sorgen um dich. Weißt du nicht, dass es gefährlich ist, sich mit Leuten wie den Parrishs anzulegen?«

Sie hob den Kopf. »Ja, das weiß ich. Aber vielleicht ist es an der Zeit, dass es mal jemand tut.«

18

Leni kam kurz vor Sonnenuntergang mit dem schlafenden Riley auf dem Arm nach Hause zurück.

Knox nahm sie an der Hintertür in Empfang. Nachdem er den ganzen Tag wie ein gefangenes Tier im Haus auf und ab gewandert war, hatte er angefangen, die Sekunden bis Sonnenuntergang zu zählen, wenn es für ihn keine Gefahr mehr bedeutete, nach draußen zu stürzen und Jagd auf einen Blutwirt zu machen. Doch jetzt, da Leni zurück war, war seine einzige Sorge der völlig erschöpfte Ausdruck auf ihrem schönen Gesicht.

Die Niedergeschlagenheit in ihrem Blick beunruhigte ihn sogar noch mehr.

Er hatte sie noch nie so entmutigt gesehen. Nicht einmal gestern nach seinem ungehobelten Benehmen war sie so niedergedrückt gewesen.

Vor Sorge verfinsterte sich seine Miene. Er streckte die Arme aus, um ihr Riley abzunehmen. »Komm, ich nehme ihn dir ab.«

»Nein.« Nur ein Wort, aber kurz und entschlossen. »Ich schaffe das. Nach dem Abendessen im Diner hat er schlappgemacht. Ich muss ihn ins Bett bringen.«

Sie ging an Knox vorbei, ohne ihn anzusehen. Dass sie ihm nach wie vor die kalte Schulter zeigte, ärgerte ihn, aber die Anspannung, die er in ihrer ganzen Haltung bemerkte, und der beherrschte Gesichtsausdruck deuteten darauf hin, dass noch etwas anderes als bloße Verärgerung dahintersteckte.

Knox' Miene wurde im gleichen Maße finsterer, wie seine Sorge zunahm. »Ist heute irgendetwas passiert, Leni?«

»Nichts, womit ich nicht selbst zurechtkäme.«

Mit dieser ruhigen Bemerkung ging sie die Treppe hinauf zum Schlafzimmer im ersten Stock.

Knox wartete unten, während die alten Dielenbretter unter ihren leisen Schritten knackten. Nach ein paar Minuten hörte er sie von Rileys Zimmer in ihr Zimmer am anderen Ende des Flurs gehen. Sie schloss die Tür hinter sich und kam auch nicht wieder heraus.

Zehn Minuten und mehr vergingen.

Knox stieß einen unterdrückten Fluch aus. Wenn sie meinte, er würde bei einer weiteren Runde, in der sie ihm aus dem Weg ging, mitmachen, hatte sie sich geschnitten. In ihrer Nähe zu sein, ohne sie in den Arm zu nehmen, war schon eine Qual, die er kaum aushielt, aber von ihr ignoriert zu werden, war sogar noch schlimmer.

Und er konnte nicht leugnen, dass ihn ihr in sich gekehrtes Verhalten beunruhigte.

Irgendetwas stimmte da nicht.

Irgendetwas war passiert. Sein Instinkt sagte ihm, dass es bestimmt etwas mit Travis Parrish zu tun hatte.

Er nahm drei Stufen auf einmal und schlich sich dann den Flur entlang zu ihrem Zimmer. Auf sein Klopfen reagierte sie nicht, genauso wenig auf seine leise Bitte, ihn hineinzulassen.

Dann hörte er ihren stockenden Atem irgendwo aus ihrem Zimmer und ein ersticktes Schluchzen.

»Verdammt.« Er wusste, dass er kein Recht hatte, in ihren Privatbereich einzudringen, aber das hielt ihn nicht davon ab, nach dem Türknauf zu greifen. Die Tür war nicht abgeschlossen, aber das war wohl kaum eine Einladung für ihn, ihr Zimmer zu betreten.

»Lenora?« Er betrat den Raum und folgte dem leisen Klang ihres Weinens aus dem angrenzenden Badezimmer. Sie hatte immer noch Jacke und Stiefel an und saß auf dem heruntergeklappten Toilettendeckel. Sie krümmte sich weinend vornüber, das Gesicht hatte sie in den Händen vergraben. »Allmächtiger, Leni.«

Er ging vor ihr in die Hocke und nahm sie in den Arm. Sie widersetzte sich seiner Umarmung nicht. Alle Kampfeslust schien von ihr gewichen, während sie an seiner Brust weiterweinte.

»Alles ist gut. Ich halte dich.« Es war ein Wunder, dass seine Stimme gar nicht sonderlich außerirdisch klang. Wut durchströmte ihn, als er spürte, wie sie in seinen Armen zitterte. »Hast du heute von Travis gehört?«

Sie nickte schniefend. »Er kam heute Nachmittag mit seinem Vater, Enoch, in den Diner.«

Der Mistkerl hatte sich ihr auf Reichweite genähert, während er hier im Haus auf den Sonnenuntergang gewartet hatte? Verdammt.

Knox wollte mit der Faust auf irgendetwas einschlagen – am liebsten auf Travis Parrish.

»Erzähl mir, was passiert ist, Liebes.« Seine Wut ließ seine Stimme ganz tonlos klingen. »Was hat er getan? Der Himmel stehe ihm bei, wenn er dich auch nur mit dem kleinen Finger angefasst hat.«

»Nein, nichts dergleichen«, erwiderte sie und schüttelte den Kopf. Ihre Tränen wurden allmählich weniger, während Knox ihren Rücken streichelte. Sie hob den Kopf und sah ihn mit rot geränderten Augen an. »Er hat es geschafft, das Gesetz auf seine Seite zu ziehen. Er kam mit einer schriftlichen Aufforderung vom Gericht, einen Vaterschaftstest machen zu lassen.«

»Shit. Wo ist das Schriftstück?«

»Ich hab das blöde Ding in Brand gesteckt und ihm ins Gesicht geschleudert. Dann habe ich ihm gesagt, dass er aus meinem Diner verschwinden und ja nicht wiederkommen soll.«

Trotz des Ernsts der Situation merkte Knox, dass ein Lächeln um seine Mundwinkel zuckte. »Du bist unglaublich, weißt du das?«

Sie runzelte leicht verwirrt die Stirn. »Ich tue nur, was ich tun muss. Ich muss für Rileys Sicherheit sorgen. Die Parrishs dürfen ihn nicht in die Finger bekommen. Nicht nur für Shannon muss ich alles machen, was nötig ist, um ihn zu beschützen.«

Es entging Knox nicht, dass sie ihn bei ihren Überlegungen nicht miteinbezog. Irgendwann zwischen gestern früh und heute Abend hatte sie entschieden, dass sie es allein mit Travis und seiner Familie aufnehmen wollte.

Sie wäre nicht gerade erfreut, wenn er sie darüber in Kenntnis setzte, dass er eine sichere Unterkunft für sie und Riley organisiert hatte, ohne es vorher mit ihr abzusprechen. Dass das abgelegene Haus, welches ein paar Stunden Fahrt von Parrish Falls entfernt lag, den Stammesvampiren des Ordens gehörte, würde nur noch mehr Öl ins Feuer gießen.

»Da ist noch was anderes, Knox.« Lenis Stimme bekam einen erstickten Klang. »Travis hat etwas gesagt, ehe er ging … etwas, das indirekt mit Shannon zu tun hatte.«

»Was hat er gesagt?«

Wieder stiegen ihr Tränen in die Augen, und vor Aufregung bekam sie die Worte kaum über die Lippen. »Er wurde wütend, nachdem ich die gerichtliche Verfügung angesteckt hatte. Er sagte, dass ich das nicht hätte tun sollen. Sein Vater nannte mich eine blöde Schlampe. Travis stimmte ihm zu. Er sagte: ›Blöde Schlampen tun sich weh‹. Dann sagte er noch: ›Manchmal verschwinden sie auch‹.«

Knox' Knurren drang aus der Tiefe seiner Brust. Und zwar nicht nur, weil die beiden Männer es gewagt hatten, so mit ihr zu sprechen, sondern auch wegen der Drohung, die in den Worten mitschwang.

Und unterschwellig schwang bei diesen schrecklichen Worten auch mit, dass Leni vielleicht mit ihrer Vermutung recht hatte, die Parrishs könnten etwas mit dem Verschwinden ihrer Schwester zu tun haben.

Leni sackte an seiner Brust zusammen und gab ein ersticktes Schluchzen von sich. »Was ist, wenn sie sie umgebracht haben, Knox? Oh Gott, wenn sie nun tatsächlich tot ist?«

Er wollte die Antwort genau wie sie wissen. Vielleicht sogar mehr noch als sie, denn wenn sich herausstellte, dass Travis oder jemand aus seinem näheren Umfeld irgendetwas damit zu tun hatte, dass Lenis Schwester zu Schaden gekommen war, würde er jeden Einzelnen von ihnen mit bloßen Händen umbringen.

Er drückte einen Kuss auf Lenis Scheitel. »Wir werden herausfinden, was mit ihr passiert ist. Das verspreche ich dir.«

Ein leises, bekümmertes Stöhnen kam über ihre Lippen.

»Tu das nicht«, flüsterte sie und löste sich von ihm, obwohl ihm klar war, dass sie seinen Trost brauchte. Sie schüttelte stirnrunzelnd den Kopf und sah ihm forschend in die Augen. »Gib mir nicht das Gefühl, als hättest du mich gern.«

»Ich habe dich gern.«

Sie wich noch weiter vor ihm zurück, dann stand sie auf und trat neben die Duschkabine aus Glas. Mehr Abstand war nicht möglich. Dafür hätte sie das Badezimmer verlassen müssen. Sie wischte die Tränen von ihren nassen Wangen. »Gestern hast du noch gesagt, ich sollte durch dich nicht noch mehr Probleme bekommen.«

»Das stimmt.« Er kam wieder hoch, blieb aber stehen, denn

er hatte das Gefühl, dass seine tapfere, schöne Leni bei einer falschen Bewegung jetzt die Flucht vor ihm ergreifen würde. »Ich will nichts tun, was dir wehtut oder alles schwerer für dich macht.«

»Verstehst du es denn nicht?« Sie wirkte verängstigt und in die Enge getrieben, als sie ihn jetzt wütend ansah. »Indem du freundlich bist, tust du mir weh. Nur dadurch, dass du hier bist, machst du alles schwerer.«

Verdammt. Gestern hatte er sich schon wie die schlimmste Sorte von Mistkerl gefühlt. Jetzt verzehnfachte sich die gegen ihn selbst gerichtete Wut. »Es tut mir leid, was ich gesagt habe und wie ich mich aufgeführt habe. Das tut mir alles leid.«

Sie schluckte und sah ihn mit ihren haselnussbraunen Augen argwöhnisch und immer noch verletzt an. »Nein, ich bin selbst schuld an allem. Ich habe dich um etwas gebeten, wozu ich kein Recht hatte – gleich in der ersten Nacht, als ich dachte, ich könnte dich einfach bitten, jemanden umzubringen, damit mein Leben leichter werden würde.«

»Das war nicht der Grund, weshalb du mich gebeten hattest, mich um Travis Parrish zu kümmern. Du hattest Angst, Leni. Meiner Ansicht nach warst du voller Furcht bei dem Gedanken, wie weit er wohl gehen würde, um dir Riley wegzunehmen. Nach dem, was er heute im Diner zu dir gesagt hat, denke ich, dass du nicht weit danebengelegen hast mit deiner Vermutung.«

»Aber das ist nicht deine Aufgabe, Knox. Genauso wenig hast du die Pflicht, dein Leben hintenanzustellen, um uns zu helfen – egal, was mein Mal dich anscheinend glauben lässt.«

Er atmete zischend ein. »Dein Mal ist nicht der Grund, weshalb ich jetzt hier bin. Das war es nie. Ich würde dir auch helfen, dich auch beschützen wollen, wenn ich es nie gesehen hätte.«

»Ich brauche keinen Schutz, schon vergessen? Man kann mir nichts anhaben. Keiner kann mich verletzen – nicht einmal Travis Parrish.«

»Aber ich habe dich verletzt, ich habe dir wehgetan«, stellte Knox klar. Er stieß einen leisen Fluch aus. »Das habe ich gestern gesehen, als du mir dein Blut angeboten hast und ich es ablehnte.«

Sie warf ihm einen vernichtenden Blick zu. »Darüber will ich jetzt nicht sprechen.«

»Ich aber, Lenora.« Er machte einen Schritt auf sie zu. »Du wolltest mir ein Geschenk machen – ein ganz besonderes, ein heiliges Geschenk – und ich habe es dir ins Gesicht geschleudert. Doch nicht, weil ich nicht erkannt hätte, welch Ehre mir zuteilwurde, indem du bereit warst, es mir zu geben. Ich konnte dein Geschenk nicht annehmen, weil ich die Bindung zu dir nicht verdiene.«

Sie wich seinem ernsten Blick nicht aus. Sie machte immer noch den Eindruck, als könnte sie jeden Moment davonlaufen, doch sie rührte sich nicht, sondern beobachtete nur, wie er langsam immer näher kam.

»Ich weiß nicht, was ich tun muss, um das zu sein, was du brauchst, Leni, was du verdienst. Du weckst in mir den Wunsch, etwas zu sein, was ich nie gewesen bin.«

Sie zog die Augenbrauen zusammen und sah ihn mit unsicherem Blick an. »Nicht einmal mit Abbie?«

»Nein. Nicht einmal mit ihr.« Er streckte die Hand nach Leni aus und strich ihr eine dunkelbraune Locke aus dem Gesicht, die an ihrer feuchten Wange klebte. »Abbie und ich waren nicht blutsverbunden. Sie starb an dem Abend, an dem ich sie hatte bitten wollen, meine Gefährtin zu werden. Vor ihr hatte ich niemanden so nah an mich herankommen lassen. Ihr Verlust hat mich vernichtet.«

Lenis Atem kam als leiser Seufzer über ihre Lippen. »Es tut mir leid, Knox. Ich ahne noch nicht einmal annähernd, wie schmerzhaft das für dich gewesen sein muss.«

Er nickte und erinnerte sich wieder an die Qualen und Schuldgefühle, die ihn beherrscht hatten. Der Kummer über ihren Verlust hatte ihn die letzten acht Jahre begleitet. »Der Gedanke, dir wehzutun, war die Hölle, Leni. Aber genauso schrecklich war es, dich nicht zu sehen und nicht mit dir zu sprechen. Zu wissen, dass ich dich tief im Innern verletzt hatte, weckte in mir den Wunsch, gleich wieder nach draußen in die Sonne zu treten und dort zu bleiben.«

»Knox, nein.« Ihre Miene wurde ganz sanft, genau wie ihre Stimme. Sie umfasste sein Gesicht mit beiden Händen. »Ich habe das Gefühl gehasst, dich leiden zu sehen. Es hat mich fast umgebracht, dein schönes Gesicht so verbrannt zu sehen.«

»Ich sagte dir doch, dass alles wieder verheilen würde«, murmelte er, denn ihre zärtliche Berührung ließ Erregung in ihm aufsteigen. Er war ihr nicht aus Lust und Begehren nach oben gefolgt, aber er konnte nicht in ihrer Nähe sein, ohne dass in ihm das brennende Verlangen hochkam, sie zu berühren und zu küssen. Er beugte sich vor und strich mit dem Mund über ihre Lippen.

Als er sich wieder von ihrem Mund löste, lächelte Leni ihn verlegen an. »Ich hatte dich bitten wollen zu gehen, als ich vorhin nach Hause kam.«

Er zog eine Augenbraue hoch, war aber nicht sonderlich überrascht, es zu hören. Der Himmel wusste, dass er es verdient hatte. »Willst du es immer noch?«

Sie schüttelte den Kopf. »Ich hab es noch nicht einmal vorher wirklich gewollt.«

»Gut.«

Er küsste sie wieder und genoss das Gefühl ihrer Lippen an seinem Mund. Während sie sich küssten, streifte er ihr die Winterjacke von den Schultern, sodass er die Wärme ihres Körpers mit seinen Händen spüren konnte. Sie schmiegte sich an ihn, doch die Spannung, die in den zarten Muskeln ihres Rückens und der Schultern lag, konnte sie nicht verbergen.

Die Anspannung wegen der Begegnung mit den Parrishs steckte immer noch tief in ihr. Zwar wusste er, wie er ihr Lust bereiten konnte, aber jetzt brauchte sie eher Trotz und Zuspruch.

Sie brauchte jemanden, der sich zur Abwechslung mal um sie kümmerte.

Knox stellte das Wasser in der Dusche an und begann, sie zu entkleiden. Weder stellte sie Fragen noch wies sie seine zärtliche Aufmerksamkeit zurück. Er konnte nicht widerstehen, ihre seidige Haut zu streicheln, als er sie unter seinem leidenschaftlichen Blick entblößte. Er sah alles durch einen bernsteinfarbenen Schleier, als er ihr BH und Höschen auszog.

Mit leicht geöffnetem Mund holte er zitternd Luft. »Ich würde mich noch nicht einmal in hundert Jahren an dir sattsehen.«

Sie schaute in seine verwandelten Augen und verschlang ihn förmlich mit ihrem Blick. Da war keine Angst in ihrer Miene – nur Leidenschaft und Verlangen, nur Hingabe.

Schnell zog Knox sich aus und stellte sich dann mit ihr unter die warme Dusche.

Es war nichts Sexuelles, was er ihr jetzt geben wollte, trotz seiner ungezügelten Erregung. Heute Nacht hatte sie Fürsorge und Mitgefühl verdient.

Er wollte ihr alles geben – nicht nur heute Nacht, sondern solange sie es ihm erlaubte.

Es erschreckte ihn nicht mehr zuzugeben – zumindest sich selbst gegenüber –, dass sie ihm so viel bedeutete. Doch dieses andere Gefühl ging viel tiefer als einfache Zuneigung.

In der kurzen Zeit, seit er sie kennengelernt hatte, war Leni zur Hauptsache in seinem Leben geworden. Sie war ein Teil von dem geworden, was ihn ausmachte. Sein Herz wusste das schon seit einer Weile. Doch sein logisch denkender Verstand als Jäger hatte ein bisschen länger gebraucht, um das zu erkennen.

Er liebte diese Frau.

Die Erkenntnis ließ ihn schwanken.

Und der dafür gewählte Zeitpunkt war denkbar ungünstig, wenn man den Anruf bedachte, den er heute getätigt hatte.

Er seifte ihre Schultern und die hübschen Brüste ein, während sie in Massen von Schaum gehüllt vor ihm stand. Ihre Hände glitten ebenfalls glatt und warm über ihn. Und je länger es währte, desto fester und fordernder zog sich das Verlangen in seinem Innern zusammen.

Er stöhnte, als sie nach unten griff und sein steil nach oben stehendes Fleisch umfasste. »Allmächtiger! Das fühlt sich so gut an«, gestand er. Sein Hals war völlig ausgedörrt, während sie ihn mit fester Hand rieb. »Ich schwöre, dass meine Absichten ehrenhaft waren, als ich dich hier reingeholt habe.«

Sie beugte sich vor und nahm eine seiner Brustspitzen zwischen die Zähne. Als sie sie wieder losließ, strich ihr Atem heiß über seinen Brustkorb. »Ach, wie ärgerlich, Knox, denn ich will dich in mir spüren.«

Heiliger Himmel. Sein Körper reagierte sofort mit noch mehr erhöhtem Interesse. Und alles andere an ihm zeigte auch nur spärlichen Widerstand.

»Dann dreh dich um«, drängte er mit rauer Stimme, denn seine Fänge machten ihm das Sprechen schwer.

Seine Finger tauchten in ihren heißen Schoß ein und bereiteten sie auf ihn vor. Er drang mit einem tiefen, langsamen Stoß in sie ein. Doch obwohl er völlig ausgehungert war, ließ er sich Zeit. Sie kam zweimal, ehe er sich von seiner eigenen Erlösung mitreißen ließ.

Hinterher seiften sie sich erneut gegenseitig ein, küssten und streichelten einander, bis nur noch kaltes Wasser kam und ihnen nichts anderes übrig blieb, als aus der Dusche zu steigen.

Knox konnte, nachdem sie sich abgetrocknet hatten, sehen, dass Leni immer noch völlig erschöpft war. Sie war seelisch total ausgelaugt und schlief schon fast im Stehen ein.

»Komm her«, sagte er und nahm sie auf den Arm.

Er trug sie zum Bett und legte sie aufs weiche Laken. Dann schlüpfte er zu ihr unter die Decke.

Er war immer noch steif, denn sein Verlangen nach ihr war nie ganz gesättigt.

Es verlangte ihn noch nach etwas anderem, doch die Vorstellung, sich jetzt von ihr zu lösen, hatte kaum Reiz für ihn. Er wünschte sich nur, dass er das Gleiche über das stete Pochen ihres Pulses sagen könnte, als sie in seinen Armen einschlummerte. Das Pochen hallte in seinen Adern wider und war wie Sirenengesang, dem er kaum widerstehen konnte.

Er brauchte Blut, nachdem die Verbrennungen verheilt waren.

Doch es gab etwas anderes, was er noch viel mehr brauchte.

Er hegte keinerlei Zweifel daran, dass die Bedrohung, die von Travis Parrish ausging, nur noch schlimmer werden würde. Er hatte nicht die Absicht, darauf zu warten, dass das passierte.

Es wäre ihm ein besonderes Vergnügen, dies mit aller Deutlichkeit klarzumachen.

Lenora Calhoun war sein, und er beschützte das, was ihm gehörte.

19

Er hasste die Vorstellung, Leni und Riley alleinzulassen – und sei es auch nur für eine Minute –, ohne dass jemand da war, der sie beschützte.

Das Bewusstsein, dass beide in ihren Betten schliefen und jeder Bedrohung schutzlos ausgeliefert waren, machte Knox' rasend schnellen Lauf durch den verschneiten Wald noch drängender. Er folgte dem Fluss auf dem Weg zu seinem Ziel – dem dicht bewaldeten Streifen Land im Nordwesten der Stadt.

Er hatte heute mehrere Stunden des Tages in Lenis Haus ausharren müssen und hatte die Zeit genutzt, um ein paar interessante Dinge über die Parrishs herauszufinden. Er hatte eine Handvoll informativer Artikel über die beeindruckenden Ländereien, die mehr als hundert Hektar umfassten, und die früher so lukrative Holzwirtschaft, mit der es in den letzten zehn Jahren stetig bergab gegangen war, ausgegraben.

Leni hatte zwar erwähnt, dass die Familie weit davon entfernt war, unter finanziellen Problemen zu leiden, doch es war offensichtlich, dass ihr Vermögen heute nur noch ein Bruchteil dessen betrug, was sie einmal besessen hatte.

Aus öffentlich zugänglichen Behördeninformationen war zu ersehen, dass die Parrishs heimlich Teile des wirtschaftlich nutzbaren Bodens, der über Generationen der Familie gehört hatte, verkauft hatten und sich immer weniger auf das Geschäft mit dem Holz verließen, welches sie reich gemacht und dafür gesorgt hatte, dass der ehemals winzige Ort nach ihnen benannt worden war.

Aber ob nun harte Zeiten oder nicht – der seit vielen Jahren verwitwete Enoch Parrish und seine drei Söhne hatten ihren Lebensstil offensichtlich nicht ihren finanziellen Verhältnissen angepasst, als die Geschäfte kontinuierlich zurückgingen. Während die Bevölkerung von Parrish Falls in alten Schindelhäusern, schlichten Bungalows oder Mobilheimen wohnte, residierte die Gründerfamilie auf einem feudalen, gut gesicherten Anwesen neben dem Holzlager und den angrenzenden Wäldern.

Knox näherte sich dem Elektrozaun, der die lange Auffahrt des Hauses von der verschneiten zweispurigen Straße trennte, die an dem Waldgrundstück vorbeiführte. So ein Zaun würde ihn nicht aufhalten, aber er blieb einen Moment lang stehen und beobachtete, wie ein heller SUV in der großen Garage, in der mehrere Fahrzeuge untergestellt werden konnten, angelassen wurde.

Die Scheinwerfer durchdrangen die Dunkelheit, als der Wagen die Auffahrt runter Richtung Straße fuhr. Er verschmolz mit den Schatten der alten Bäume, als sich das Tor langsam öffnete, sodass der Fahrer das Grundstück verlassen konnte.

Knox hatte im Internet ein Foto von Travis Parrish gefunden, das im Gefängnis aufgenommen worden war, und sein Blut begann zu kochen, als er den frisch entlassenen Mistkerl auf die Straße einschwenken sah.

Er folgte dem SUV zu Fuß und verbarg sich immer wieder hinter den Bäumen, die den Straßenrand säumten. Er brauchte nicht lange zu laufen. Nach ungefähr fünf Meilen bog Travis bei einem an der Straße liegenden Lokal ab, das in einem flachen, lang gestreckten Gebäude untergebracht war. Die Location war offensichtlich auch mitten im Winter beliebt. Helles Licht und laute Countrymusik drangen nach draußen. Es war weit und breit der einzige Hinweis auf menschliche Zivilisation.

Travis fuhr mit dem goldfarbenen Firmenwagen um das Gebäude herum auf die Rückseite, wo der Parkplatz war. Knox überquerte die Straße mit der ihm eigenen blitzartigen Geschwindigkeit, betrat das Lokal, in dem viel los war, durch die Vordertür und rutschte auf einen der leeren Barhocker, um auf die Zielperson zu warten.

Dass Travis Parrish Leni heute belästigt hatte, bedeutete nicht, dass diese Begegnung jetzt tödlich enden musste, aber die Drohung, ihr etwas anzutun, wollte Knox auf keinen Fall unbeantwortet lassen.

Der Barkeeper behandelte Knox wie einen Fremden – was er ja auch war –, als dieser ein Bier bestellte, das er gar nicht trinken wollte. Travis kam durch die hintere Tür herein. Er stank nach Rasierwasser, hatte eine steife, neue Jeans und einen Pullover an, der über seinem aufgeblähten Brustkorb, den man unter der offenen Jacke sehen konnte, spannte. Hätte man es nicht bereits an den neuen Klamotten und dem Knasthaarschnitt gesehen, dass er gerade erst aus dem Gefängnis entlassen worden war, dann hätte man es an dem lauernden, fiesen Blick erkannt.

Die Gäste des Lokals schienen es jedoch nicht zu bemerken oder es war ihnen egal. Von den meisten wurde er mit einem freundlichen Schulterklopfen oder Faustcheck begrüßt, als er sich auf dem Weg nach drinnen durch die Schar der Gäste schob.

Knox wurde nur mit einem flüchtigen Blick gestreift, ehe sich Travis' Aufmerksamkeit auf einen hübschen, jungen Rotschopf richtete, die mit einer Freundin an der Bar saß. Die Betonung lag auf ›jung‹. Keine der Frauen sah alt genug aus, um schon trinken zu dürfen. Allerdings wirkte das kleine, abgelegene Lokal nicht so, als hätte man hier Angst vor dem Gesetz.

Travis trat zu ihnen und sagte etwas zu dem Mann, der auf dem Hocker neben der Rothaarigen saß. Der Typ warf Travis zwar einen mürrischen Blick zu, räumte aber trotzdem seinen Platz.

Knox gab ein leises, höhnisches Schnauben von sich, als Parrish bei den Damen einen auf charmant machte. Man merkte ihm deutlich an, dass er etwas vorhatte, und das lüsterne Funkeln in seinen dunklen Augen zeigte, dass er wegen der Fleischbeschau hergekommen war.

Er bestellte eine Runde Kurze für sich und die Frauen. Kaum hatten sie die runtergestürzt, rief er dem Barkeeper zu, noch eine Runde auszugeben. Dann eine dritte.

»Diesmal doppelte, Steve. Ich hab eine Menge Feiern nachzuholen.«

Die Frauen kicherten. Travis legte den Arm um die Rothaarige und zog sie an sich.

Er hatte bereits seine Wahl getroffen. Die nächste Runde kam, und sein hungriger Blick klebte förmlich an der Frau, als sie den Kopf in den Nacken legte und das hochprozentige Getränk herunterstürzte. Der Schnaps lief ihr übers Kinn. Sie versuchte, die Flüssigkeit mit den Fingern aufzufangen, doch sie war viel zu unbeholfen, ihre Reflexe verlangsamt.

Travis beugte sich vor und leckte den Alkohol ab. »Wollen wir raus?«

Sie zuckte mit den Achseln, doch dann schien der Alkohol ihre Vorbehalte fortzuspülen. Mit einem entschuldigenden Blick zu ihrer Begleiterin hüpfte sie vom Hocker und ließ sich von Travis zur Hintertür begleiten.

Knox erhob sich ebenfalls.

Wie eine Klinge fuhr er durch die eng zusammenstehenden Menschen und heftete sich an Travis' Fersen, ehe sich die Tür hinter dem großen Mann und der taumelnden jungen Frau, der er seinen muskulösen Arm um die Schultern gelegt hatte, schloss.

Knox packte Parrish von hinten am Kragen und riss ihn beinahe um.

Travis fuhr mit einem wilden Fluch und zu Fäusten geballten Händen herum. Seine dunklen Augen funkelten vor Wut, als er einen drohenden Schritt nach vorn machte. »Was zum Teufel denkst du dir dabei, du Mistkerl?«

Knox beachtete ihn nicht, sondern sprach mit der jungen Frau. »Geh wieder nach drinnen zu deiner Freundin. Sofort.«

Mit weit aufgerissenen Augen stolperte sie davon und folgte seinem Befehl.

»Du hast gerade einen Riesenfehler gemacht«, zischte Travis, obwohl sein Knastgehabe ein bisschen litt, als er sah, wie groß und breit Knox war. Er selbst war beileibe auch kein kleiner Mann, aber er hatte nichts von der übernatürlichen Energie und der gewaltigen Kraft eines Stammesvampirs.

Trotzdem sorgten Alkohol und Arroganz dafür, dass er den Mund weiter aufriss. »Du willst dich ganz bestimmt nicht mit mir anlegen, du Arschloch. Weißt du überhaupt, wer ich bin?«

»Ja. Ich weiß genau, wer du bist. Du bist das wertlose Stück Scheiße, das Shannon Calhoun vor sieben Jahren angegriffen hat. Und dasselbe Stück Scheiße, das heute in Lenoras Diner marschiert ist und sie mit Drohungen und einer richterlichen Anordnung, um ihr den Sohn ihrer Schwester wegzunehmen, belästigt hat.«

Travis' Stimme war vom Schnaps ganz rau, als er höhnisch fragte: »Sollte ich dich kennen?«

»Warum stellst du deinem Bruder Dwight nicht diese Frage?«

Die Farbe wich aus Travis' Gesicht, als ihm klar wurde, mit wem er es zu tun hatte. »Verdammte Kacke.«

»Überraschung.« Knox fletschte die Zähne.

Travis machte auf dem Absatz kehrt und stürmte zu seinem Wagen, aber er hatte keine zwei Schritte getan, als er mit Knox zusammenstieß. Er taumelte, drehte sich um und versuchte, in Richtung Lokal zu flüchten.

Aber Knox stand im Bruchteil einer Sekunde wieder vor ihm. Er packte mit einer Hand die Kehle des Menschen. Travis röchelte und wehrte sich vergebens gegen den eisernen Griff von Knox' Fingern. Er drehte und wand sich, seine Augen waren vor Angst weit aufgerissen, als Knox ihn mit in den Schatten des kleinen Parkplatzes schleifte.

Da seine Hand den Hals des Menschen umklammerte, erwachte Knox' Gabe mit der Macht eines Vorschlaghammers zum Leben; es fühlte sich an wie ein Schlag in die Magengrube.

Ölig, zäh und nach Verderbtheit stinkend, spülten Travis Parrishs Sünden über ihn hinweg. Es waren zu viele, um sie einzuordnen, eine Sünde nach der anderen, Gewalt über Gewalt, und die kranke Freude des Mannes, der die Untaten verübte.

Shannon war weder die erste Frau gewesen, die Travis misshandelt hatte, noch die letzte.

Das Gefängnis hatte seiner sadistischen Neigung Einhalt geboten, aber er war ganz erpicht auf eine Gelegenheit, wieder damit anzufangen. Die junge Frau aus dem Lokal hätte das herausgefunden, wenn sie heute Abend in seinen Wagen gestiegen wäre.

Und da war noch mehr.

Knox drückte fester zu. Er war nicht in der Lage, seine eigene Neigung zur Gewalt zu zügeln, als er die Wahrheit über Shannons Verschwinden erfuhr. Leni hatte recht gehabt. Ihre Schwester hatte ihr Kind nicht im Stich gelassen. Sie war von ihm fortgerissen, betäubt und dann bei üblem Pack, das Travis auf der anderen Seite der Grenze in Quebec kannte, abgeladen worden.

»Wo ist sie jetzt?«, knurrte er in Travis' entsetztes Gesicht. »Aus der Untersuchungshaft heraus hast du dafür gesorgt, dass Shannon weggeschafft wurde. Was ist aus ihr geworden?«

»Ich … ich weiß es nicht.« Die Worte klangen erstickt und waren kaum zu verstehen, weil Knox so fest zudrückte. »Ich schwöre es. Ich habe keine Ahnung, wo sie ist!«

Knox glaubte ihm. Er wollte es zwar nicht, aber er wusste, dass Travis die Antwort längst ausgespuckt hätte, hätte er gekonnt.

»B… bitte«, röchelte er. »Ich bekomm … bekomm keine Luft.«

»Du willst, dass ich Erbarmen mit dir habe?«

»Ja!«

»Dann bettle drum.«

»Bitte«, winselte Travis. »Bitte … loslassen. Ich werde alles tun! Ich flehe Sie an!«

In Knox' Kopf hallten zig Schreie um Gnade wider, doch kein einziges Mal war sie von diesem kranken Mistkerl, der sich in seinem stählernen Griff wand, gewährt worden.

Er beugte sich vor und sah dem Mann, der Shannon misshandelt, ihr Vertrauen verraten und ihr junges Leben mit Drogen und Missbrauch zerstört hatte, um sie dann wie ein Stück Müll zu entsorgen, fest in die Augen.

»Kein Erbarmen für dich«, sagte er, und weder in seiner Stimme noch in seinen Augen war auch nur der Anflug eines Gefühls zu erkennen.

Er verstärkte den Druck auf Travis Parrishs Luftröhre und beobachtete mit gleichgültiger Ruhe, wie sich das Leben des Mannes von einer quälenden Sekunde zur anderen verflüchtigte.

20

Leni erwachte von der sanften Wärme von Knox' Hand, die ihr Haar streichelte.

»Wach auf, mein Liebling.«

»Mmmh, das fühlt sich gut an.« Seine Berührung ließ sie wohlig stöhnen. Ihre schweren Lider hoben sich, während sie sich langsam drehte und feststellte, dass er auf der Bettkante saß. Sie blinzelte im Dunkel des stillen Raums. »Wie spät ist es? Warum bist du angezogen?«

»Ich will, dass du jetzt aufstehst. Zieh dir was an.« Seine Stimme klang ernst. Doch sein Gesichtsausdruck war noch viel ernster.

Sie setzte sich auf, und die kühle Luft an ihrem nackten Körper ließ sie frösteln, doch der grimmige Ernst von Knox' Auftreten verstärkte dieses Gefühl noch. »Was ist los?«

»Wir müssen von hier verschwinden. Sofort.«

Verwirrung erfasste sie. Die Schlaftrunkenheit fiel schlagartig von ihr ab, als sie die drängende Eile hinter seiner ruhigen Stimme erkannte. »Was ist denn passiert? Wo ist Riley?«

»Ihm geht's gut. Er schläft noch.«

»Warum soll ...«

»Travis Parrish ist tot.«

»Was?«

»Ich habe ihn heute Nacht umgebracht.« Knox zog Laken und Überdecke weg und stand auf. Neben dem Bett stehend, nahm er ihre Hand und zog sie hoch. »Es wird nicht lange dauern, bis man seine Leiche findet. Ehe das passiert, muss ich dich und den Jungen aus Parrish Falls wegschaffen. Ich muss euch an einen sicheren Ort bringen.«

Sie musste erst verarbeiten, was sie da hörte. Travis … tot. Sie verspürte keine Trauer, aber ihr Entsetzen konnte sie doch nicht verbergen. Und während Knox' emotionsloses Geständnis ihr keine Angst einjagte, ließ ihr seine offensichtliche Sorge um sie und Riley nach dem Mord das Blut bis ins Mark gefrieren.

»Los, Leni. Wir haben nicht viel Zeit.«

Sie beeilte sich mit dem Anziehen, während Knox ihr Licht machte und dann Jacke und Stiefel holte. »Erzähl mir, was passiert ist. Bist du heute Abend mit der Absicht losgezogen, ihn umzubringen?«

Er schüttelte den Kopf. »Ich konnte seine Drohung gegen dich nicht so stehen lassen. Aber … nein, ich hatte nicht den Plan, ihn umzubringen. Ich folgte ihm zu einer Bar ein paar Meilen hinter dem Anwesen der Parrishs. Ich habe ihn gestellt und dann erkannt, dass ich ihn nicht leben lassen konnte.«

Leni sah ihn mit großen Augen an, und als ihr klar wurde, was passiert war, hatte sie das Gefühl, kalter Regen würde auf sie niederprasseln. »Du hast seine Sünden gesehen.«

Er nickte grimmig.

»Was hast du gesehen?«

»Genug, um zu wissen, dass es berechtigt war, dass du Angst vor ihm hattest.« Er reichte ihr ihre Jacke. »Pack Sachen für ein paar Tage für dich und Riley zusammen. Ich bringe ihn nach unten, während du alles vorbereitest.«

Als er Richtung Tür gehen wollte, griff Leni nach seinem Arm. »Zwischen hier und der kanadischen Grenze gibt es nichts, wo man unterkommen könnte, und das nächste Hotel in der anderen Richtung, wenn man die Interstate nimmt, ist achtzig Meilen entfernt. Wo fahren wir hin?«

In seinem undurchdringlichen Blick flackerte es. »Ich habe bereits alles für eine sichere Unterbringung arrangiert. Es ist ein Ort, wo euch keiner finden wird. Pack eure Sachen. Ich werde mit Riley unten auf dich warten.«

Er wartete nicht ab, ob sie widersprach oder eine der Dutzend Fragen stellte, die ihr durch den Kopf wirbelten. Mit angespannter, fest entschlossener Miene marschierte er wie der Soldat, der er ja auch war, aus dem Schlafzimmer und überließ sie der Ausführung seiner nüchternen Befehle.

Leni rannte zum Schrank und begann, eine Reisetasche zu packen.

Knox fuhr Lenis roten Bronco so schnell, wie das alte Gefährt es zuließ, und folgte den GPS-Daten, die Razor ihm durchgegeben hatte. Der sichere Unterschlupf des Ordens lag ungefähr in einer Stunde Entfernung in nordöstlicher Richtung von Parrish Falls.

Er hatte sich nicht vorstellen können, dass Maine noch dichtere Wälder besaß als die, die sie gerade verlassen hatten, doch während der Wagen über die verschneite Schotterpiste hüpfte und schleuderte, sah er vor sich nur Dunkelheit und endlose Meilen hoher Nadelbäume.

Leni sagte während der ganzen Fahrt kein Wort, aber er spürte ihr Unbehagen – zum einen wegen der überstürzten Flucht aus ihrem Zuhause, zum anderen wegen des Grundes dafür. Zwar schlief Riley hinten in seinem Kindersitz, aber trotzdem hatte sie bis jetzt kein Wort über Travis Parrishs Tod verloren. Nichtsdestotrotz wusste Knox, dass ihr Schweigen voller ungestellter Fragen war.

Fragen, die er würde beantworten müssen, sobald sie im Safe House unter sich waren.

Während der Wagen tiefer in den menschenleeren Wald

rumpelte, verkündete sein Handy, dass sie ihr Ziel erreicht hatten.

»Ich sehe nichts als Bäume«, murmelte Leni neben ihm auf dem Beifahrersitz.

»Da lang.«

Er zeigte nach links, wo eine schmale Straße von der Hauptstraße abging – wenn man den schmalen einspurigen Weg durch die Kiefern überhaupt als Straße bezeichnen konnte. Die Zufahrt, in die sie einbogen, war noch weniger einladend. Zweige schlugen gegen die Scheiben, während der Wagen sich schlingernd durch den hohen Neuschnee vorarbeitete. Die Gegend war zwar unwirtlich und abgelegen, doch er vertraute Razor und den unkartierten Satellitenkoordinaten, die Raze an Knox' Handy geschickt hatte, nachdem der Orden seine Zustimmung zu dem Plan gegeben hatte.

Leni warf ihm einen Blick zu. »Wo genau bringst du uns eigentlich hin?«

»An einen sicheren Ort«, sagte er. »Wo die Parrishs und die Polizei nicht nach uns suchen werden.«

Es war die gleiche Antwort, die er ihr auch schon gegeben hatte, als sie aufgebrochen waren. Irgendwann, ehe die Nacht vorbei war, würde er ihr alles sagen müssen.

Angesichts des sehr ländlichen Zustands der Straße, die zum Safe House führte, hegte er keine allzu großen Hoffnungen hinsichtlich ihres Verstecks, obwohl Razor ihm erzählt hatte, dass der Orden einmal im Monat nach dem Rechten sah und die Vorräte – falls erforderlich – auffüllte, sodass es jederzeit nutzbar war. Knox rechnete mit einem baufälligen Bunker, der am Ende des langen, gewundenen Weges auf sie wartete. Doch stattdessen fuhren sie bei einem Anwesen im Landhausstil vor, welches so aussah, als könnte eine kleine Armee darin untergebracht werden.

Das passte, wenn man bedachte, dass Razor ihm erzählt hatte, es wäre mal das vorübergehende Hauptquartier des Ordens gewesen.

»Es sieht so aus, als wäre hier schon länger keiner mehr gewesen«, sagte Leni, als sie das dunkle Gebäude am Ende der verschneiten Auffahrt musterte.

Sie hatte recht, dass es in letzter Zeit nicht benutzt worden war. Es war mehr als zwanzig Jahre her, dass die Krieger und ihre Gefährtinnen hier gewohnt hatten. Laut Raze war der Orden gezwungen gewesen, für eine Weile seinen Stützpunkt von Boston in diesen entlegenen Winkel im Norden Maines zu verlagern, damals, während des großen Krieges, der zur Ersten Morgendämmerung führte, als den Menschen die Existenz der Stammesvampire offenbar wurde. Ihr damaliger Feind war kein anderer gewesen als Dragos, der wahnsinnige Stammesvampir, der hinter dem Hunter-Zuchtprogramm und anderen irrwitzigen genetischen Experimenten gestanden hatte, die in seinen Laboren durchgeführt wurden.

Leni sah ihn vom Beifahrersitz aus verwirrt an. »Was glaubst du, wie lange wir hierbleiben müssen?«

»Höchstens ein paar Tage.« Nur bis Lucan Thorne es schaffte, ein Team seiner Krieger loszuschicken, um Leni und Riley zu holen und sie offiziell in die Obhut des Ordens zu nehmen. Knox parkte vor dem Anwesen. »Bleib im Auto sitzen. Ich gehe erst einmal allein rein und schau, ob alles in Ordnung ist. Ich bin gleich zurück.«

Sie nickte mit ängstlicher Miene. Er schaltete in den Leerlauf, stieg aus und lief zur Haustür hoch, die im Fachwerkstil gestaltet war.

Er entriegelte das Schloss mit einem mentalen Befehl, wie Razor es ihm gesagt hatte, und drückte die schwere Holztür auf. Im Dunklen Hafen war es kühl und völlig still. Das Haus stand offensichtlich schon seit einiger Zeit leer. Nur der frische Pinienduft der polierten Böden und der schweren Balkendecke sowie der Verstrebungen hing in der Luft des großen, weitläufigen Raumes.

Knox nahm eine schnelle, gründliche Überprüfung des Hauses vor und prägte sich den Grundriss und die Aufteilung der vielen Zimmer in dem großen Gebäude ein. Nachdem er sich davon überzeugt hatte, dass das Haus so sicher war wie von Razor versprochen, lief er wieder nach draußen, um Leni und Riley zu holen.

»Alles in Ordnung«, sagte er und holte hinter ihrem Sitz ihre Reisetasche und den Beutel, den sie für den Jungen gepackt hatte, hervor. Er hängte sich beides über die Schulter und führte dann Leni zum Haus, nachdem sie um den Wagen herumgegangen war und das schlafende Kind aus seinem Kindersitz gehoben hatte.

Knox entging nicht, wie sie leise nach Luft schnappte, als sie in die große Eingangshalle traten. Ihr Erstaunen vergrößerte sich noch, als er das Licht anschaltete und die hohen Deckenbalken sowie der Raum in seiner ganzen schönen Weite beleuchtet wurde.

»Wow«, sagte sie leise, da sie den Jungen, der auf ihrer Schulter lag, nicht wecken wollte.

Knox bedeutete ihr, ihm zu folgen. Er führte sie in ein gemütliches Schlafzimmer, welches gleich das erste war, das im großen Flur vom Wohnbereich abging. Er knipste eine kleine Schreibtischlampe an und erhellte damit ein alpenländisch eingerichtetes Kinderzimmer mit einem Doppelbett, einem großen Sessel in der Ecke und gerahmten Fotos mit Waldtieren an der Wand.

»Ich glaube, ihm wird dieses Zimmer gefallen«, sagte Knox leise.

Leni nickte und lächelte ihn an. Es war das erste Mal, dass sie sich nach der überstürzten Abfahrt aus Parrish Falls dazu überwinden konnte. »Danke, Knox.«

Er legte Rileys Beutel auf den Sessel. »Ich werde den Kaminofen im Wohnzimmer anmachen, damit es hier ein bisschen wärmer wird. Zwei Türen weiter auf der rechten Seite ist das Badezimmer.«

»Okay.«

Ein paar Minuten später kam sie aus dem Zimmer. Knox hatte ein loderndes Feuer im Kaminofen angezündet, und der warme Schein der Flammen tauchte sie in ein goldenes Licht, als sie zu ihm in den großen Raum trat. Sie zog ihre Jacke aus und legte sie über die Rückenlehne der großen Couchgarnitur im Wohnzimmer.

Knox drehte sich zu ihr um und beobachtete, wie sie die neue Umgebung voller Ehrfurcht – und mit wachsendem Misstrauen – in sich aufsog.

»Wo sind wir hier?«

»Ich habe es dir schon gesagt. Es ist ein Safe House.«

Ihr Blick richtete sich auf ihn. Erschöpfung überlagerte die Neugier, die eben noch in den klaren, intelligenten hellbraunen Augen gestanden hatte. »Ich weiß, was du mir gesagt hast, Knox. Aber jetzt frage ich nach der Wahrheit. Ich will die ganze Wahrheit wissen. Dieses sogenannte ›Safe House‹ ist doch wohl eher ein Anwesen. Eines, das offensichtlich seit langer Zeit nicht mehr benutzt worden ist, aber erst vor Kurzem entstaubt, gesäubert und mit Vorräten versehen wurde, sodass man das Gefühl hat, sich in einem Luxushotel aufzuhalten. Wem gehört das Ganze?«

»Dem Orden.«

Sie atmete tief ein. Es gab niemanden, ob nun Mensch oder Stammesvampir, der Lucan Thorne oder den Kader von Stammesvampiren, die unter seinem Befehl standen, nicht kannte. Ihr Streben nach Gerechtigkeit war praktisch legendär, ebenso wie die Kühnheit, mit der sie ihre Regeln durchsetzten.

Leni starrte ihn an. »Du hast nie erwähnt, dass du mit dem Orden in Verbindung stehst.«

»Tue ich auch nicht. Mein Bruder Razor in Florida hat Verbindungen zum Orden.«

»Und man hat nichts dagegen, dass wir hier sind?«

Er schüttelte den Kopf. »Man war damit einverstanden, dass wir herkommen.«

»Warum?«

»Weil ich durch Razor mitteilen ließ, dass du eine Stammesgefährtin bist und du und Riley in Gefahr wärt, würdet ihr in Parrish Falls bleiben.«

Sie verzog den Mund, als sie begriff. »Mein Mal scheint mit ein paar ungeschriebenen Vorteilen einherzugehen. Was hat der Orden zu Travis' Tod gesagt? Wird er helfen können, sobald die Polizei sich um die Sache kümmert?«

»Ich habe noch keinem von dem Mord erzählt – außer dir.«

Sie runzelte die Stirn. »Das verstehe ich nicht. Wann hast du denn alles arrangiert, damit wir herkommen, wenn keiner davon weiß?«

Knox räusperte sich. »Heute Morgen.«

»Du meinst, ehe ich dir erzählt habe, dass Travis mich im Diner bedroht hat?« Ihre Miene wurde noch skeptischer. »Ehe du losgezogen und ihn umgebracht hast, hattest du bereits beim Orden angerufen, um alles dafür zu arrangieren, mich aus meinem Haus wegzubringen?«

»Ich wollte wissen, ob ich die Möglichkeit hätte, dich an einem sicheren Ort unterzubringen, Leni.«

Langsam schüttelte sie den Kopf. »Das hast du hinter meinem Rücken getan. Du wusstest, was du getan hattest, ehe wir heute Nacht miteinander geschlafen haben. Ehe du mich getröstet und all die netten Dinge gesagt hast … wie gern du mich hättest und dass du mich nicht verletzen wolltest.«

Nichts davon ließ sich leugnen, und da spielte es auch keine Rolle, wie falsch oder feige ihm das jetzt alles erschien. Und so gerechtfertigt ihre Empörung auch sein mochte, zu erfahren, dass er geplant hatte, sie aus Parrish Falls wegzubringen – er wusste auch, dass er ihr noch sagen musste, was es für sie und Riley wirklich bedeutete, den Orden miteinbezogen zu haben.

Und für ihn auch, wenn der Moment kam, da er sie gehen lassen musste.

Er fluchte leise. »Ich musste deinen und Rileys Schutz planen. Ich habe nur getan, was ich für das Beste hielt.«

»Richtig. Und du hast nichts gesagt, weil du genau wusstest, was ich über ein Verlassen meines Hauses dachte … dass ich dann nicht da wäre, wenn … falls Shannon wieder nach Hause käme.«

»Leni … was das angeht.« Es gab so vieles, was sie wissen musste. Er hatte ihr heute Nacht nur Unerfreuliches mitzuteilen, doch von alldem waren die Wahrheit über ihre Schwester und der Schmerz, der damit einhergehen würde, das, was er am meisten verabscheute, ihr zu sagen. »Ich weiß, was mit Shannon passiert ist. Ich habe gesehen, was Travis getan hat.«

Leni sah ihn nur an, und einen Moment lang holte sie noch nicht einmal mehr Luft. Ein Teil ihrer Wut ging in der Furcht um ihre Schwester auf. »Du hast seine Sünden gesehen. Du hast gesehen, wie er sie misshandelt hat?«

Er nickte. »Sie war nicht die Erste. Er hat Frauen – auch junge Mädchen – regelmäßig verletzt. Er hätte damit nicht aufgehört. Aber bei Shannon ist er weitergegangen.«

Leni schluckte. »Was meinst du damit? Sag es mir.«

»Er hat alles arrangiert, um sie loszuwerden. Du hattest

recht. Sie ist nicht einfach weggegangen und hat es dir überlassen, dich um ihren Sohn zu kümmern. Travis hat sie weggeschafft.«

»Was?« Ihre Hand fuhr an die Lippen, ihre Finger zitterten. »Wo ist sie?«

»Ich weiß es nicht. Und Travis wusste es auch nicht. Es war ihm egal. Ich konnte nur erkennen, dass er ihre Entführung über die Grenze nach Quebec arrangiert hatte. Das war seine Rache, weil sie ihn angezeigt hatte.«

»Oh mein Gott.« Alle Farbe wich aus Lenis Gesicht. »Ich wusste, dass er hinter ihrem Verschwinden steckte, aber ich wollte es nicht glauben. All die Jahre, alles, was sie bei Riley verpasst hat … alles nur seinetwegen.«

»Er wird jetzt niemandem mehr wehtun können. Und wir werden Shannon finden.«

»Wie denn?« Leni sah ihn mit bekümmert fragendem Blick an. »Sie könnte überall sein. Mittlerweile ist sie bestimmt tot, Knox. Oder schlimmer noch, in so einer schrecklichen Verfassung, dass sie sich wünscht, sie wäre tot.«

»Wir werden herausfinden, was passiert und wo sie hingekommen ist. Ich werde erst Ruhe geben, wenn wir die Antworten darauf haben. Und dann werde ich sie, egal wie, zu dir nach Hause bringen, Leni.« Er räusperte sich. »Egal, wo du bist, werde ich sie zu dir zurückbringen.«

»Wovon redest du überhaupt? Was meinst du denn, wo ich sein werde?«

Er trat zu ihr, wobei er bei jedem Schritt Tonnen von Blei hinter sich herzuschleppen schien. »Das hängt vom Orden ab. Du bist eine Stammesgefährtin. Eine ungebundene Stammesgefährtin, die in höchster Gefahr schwebt. Sie werden dich irgendwo hinbringen wollen, wo du und Riley auf jeden Fall sicher sein werdet.«

»Sicher vor was? Travis ist tot.«

»Ja. Aber du und ich wissen, dass seine Familie seine Ermordung nicht einfach hinnehmen wird. Die wollen Blut sehen. Wenn sie merken, dass man dir nichts anhaben kann, werden sie versuchen, dir in jeder anderen Weise Schaden zuzufügen. Du kannst nicht nach Parrish Falls zurück, Lenora. Es tut mir leid.«

Ihr Blick wurde kühl. »Es tut dir leid?«, fragte sie höhnisch. »Das ist doch das, worauf du die ganze Zeit hinauswolltest, seit du das verdammte Mal auf meinem Bauch gesehen hat.«

»Alles was ich will, ist deine Sicherheit. Als ich das mit dem Safe House in die Wege geleitet habe, habe ich nur an dich und Riley gedacht. Ich habe nur getan, was ich für das Beste hielt.«

»Für wen? Dich selbst?«

»Glaubst du das wirklich?«

»Ich weiß nicht, was ich glauben soll. Als meine Schwester Travis zu unbequem wurde, hat er sie weggeschickt. Jetzt machst du das Gleiche mit mir.«

»Den Teufel tu ich. Ich versuche dich zu beschützen. Ich versuche euch beide zu beschützen.«

»Indem du uns dem Orden aufhalst?«

Er stieß einen Fluch aus, denn er wusste, dass ihr Vorwurf ein Körnchen Wahrheit enthielt. So sehr ihm auch ihr Wohlergehen am Herzen lag, hatte ihn doch auch Angst – seine Angst – zu diesem Schritt getrieben. Diese Form der emotionalen Schwäche war ihm fremd, aber er spürte sie bis ins Mark, wenn er auch nur daran dachte, Leni zu verlieren. Und er war jetzt dabei, sie zu verlieren, merkte er.

»Das ist es nicht, was ich will, Lenora. Das war es nicht, was ich wollte, als ich heute Morgen diesen Anruf getätigt habe.«

Ihre Brust hob und senkte sich unter ihren schnellen Atemzügen, während sie ihn anstarrte. »Was willst du dann, Knox?«

Er dachte an all die Momente, die sie miteinander verbracht hatten; von dem Augenblick an, als er ihr Diner betreten und sie ihn mit einem herzlichen Lächeln freundlich begrüßt hatte. All die Unterhaltungen, die sie geführt hatten – sowohl die kontroversen als auch die liebevollen. All ihre atemlosen Seufzer und die Lustschreie, die er mit seinen Küssen aufgesogen hatte.

Was wollte er?

Alles.

Bis in alle Ewigkeit, wenn sie dazu bereit war.

Aber durch den Mord an Travis heute Abend hatte er einen Krieg entfacht, von dem er wusste, dass die Parrishs ihn führen würden. Und dadurch hatte er dafür gesorgt, dass Leni und Riley mit ihm zusammen ins Fadenkreuz geraten waren.

Was er wollte, spielte jetzt keine Rolle mehr.

Sie konnte nicht nach Hause zurück, und das würde sie ihm vielleicht niemals verzeihen.

Darüber hinaus konnte er das, was sie über Shannon gesagt hatte, nicht außer Acht lassen. Es gab Schicksale, die waren weit schlimmer als der Tod oder irgendwelche Verletzungen. Nur weil Lenis Gabe sie vor körperlichem Schaden bewahrte, gab es doch anderes, was man ihr antun konnte, sodass sie sich vielleicht irgendwann wünschte, sie wäre tot.

Die Furcht, die mit dieser Vorstellung einherging, ließ ihm das Blut in den Adern gefrieren.

Leni sah ihn an, während er gequält schwieg. Sie schüttelte den Kopf. »Du kannst es noch nicht einmal aussprechen, Knox.«

Er wollte es. Verdammt, er wollte ihr alles sagen, was er von ihr wollte. Ihre Vergebung. Ihr Vertrauen. Ihre Liebe.

Die ewige Blutsverbindung mit ihr.

All das wollte er.

All die Dinge, die er jetzt nicht aussprechen konnte, spülten wie eine riesige Flutwelle über ihn hinweg.

Ein leises Rufen ertönte aus dem Schlafzimmer, in dem Riley untergebracht war. »Tante Leni, wo sind wir? Ich habe Angst.«

Leni warf Knox noch einen letzten Blick zu, dann wandte sie sich ab und ging zu dem Kind.

21

Sie blieb insgesamt zwei Stunden bei Riley, bis seine Unruhe schließlich in einen tiefen Schlaf überging und sie von seinem Bett gleiten konnte, ohne dass er aufschreckte und aufwachte.

Leni war erschöpft. Allerdings weniger durch die Aufregung nach ihrer Flucht aus Parrish Falls als durch die Auseinandersetzung mit Knox. Vor allem dadurch.

Es verletzte sie so unsäglich, dass er sie offensichtlich loswerden wollte. Letztendlich war es natürlich ihre Schuld, dass sie geglaubt hatte, dass da etwas zwischen ihnen wäre. Etwas, das über sein Pflichtgefühl gegenüber einer Frau – jeder Frau –, die mit dem Mal aus Träne und Halbmond geboren war, hinausging.

Sie war diejenige, die einen Fehler begangen hatte, indem sie zugelassen hatte, dass er ihr etwas bedeutete – indem sie sich in ihn verliebt hatte.

Sie hatte noch nie einen Mann geliebt. Sie hatte noch nie diesen Schmerz gespürt, der aus einer Mischung aus Verlangen und Zuneigung bestand und der sich jedes Mal in ihr regte, wenn Knox in der Nähe war. Sie hatte noch nie das Bedürfnis verspürt, jemanden neben sich zu haben. Aber jetzt, da sie ihn kannte, wollte sie gar nicht daran denken, wie alles gewesen war, ehe er in ihr Leben getreten war.

Aber jetzt musste sie mehr tun als nur darüber nachzudenken. Knox hatte ihr diesen Weg gewiesen, als er seinen Bruder angerufen hatte. Früher oder später würde der Orden kommen, um dafür zu sorgen, dass seine Wünsche ausgeführt wurden.

Wäre Knox einfach ohne eine Erklärung gegangen, hätte sie das weniger verletzt als dieser Wunsch, sie abzuschieben.

Trotzig schluckte sie, um den Kloß loszuwerden, der ihr im Hals steckte. Er war da, seit sie erfahren hatte, was Travis mit Shannon gemacht hatte, und war seit ihrem Streit mit Knox immer größer geworden.

Sie würde nicht anfangen zu weinen oder sich selbst zu bemitleiden. Jetzt nicht. Es spielte keine Rolle, wie sehr sie wegen des Schicksals ihrer Schwester litt und was sie meinte, mit Knox zu haben.

Sie musste an Riley denken – an seine Sicherheit, an seine Zukunft.

Das hatte ihr gereicht, ehe sie Knox kennengelernt hatte. Und es würde ihr wieder reichen.

Es würde ihr reichen müssen.

Leni drückte einen sanften Kuss auf die Stirn des kleinen Jungen und bewegte sich dann vorsichtig von seinem Bett weg. Sie schloss die Tür leise hinter sich und merkte erst, dass Knox vor ihr stand, als sie den Kopf hob und in seine ernsten, blauen Augen schaute.

Sie sah ihn fragend an. »Wie lange stehst du hier schon?«

»Eine Weile. Ist alles in Ordnung?«

Nichts hätte sich verkehrter anfühlen können, aber Leni wusste, dass er nach Riley fragte und es ihm nicht um das Gefühlswirrwarr ging, in das sie Knox' undurchdringliche, ausdruckslose Miene stürzte. »Er war unruhig und hatte Angst, weil er an einem ihm völlig fremden Ort ist. Er ist noch nie woanders als in seinem eigenen Bett aufgewacht.«

Knox nickte ernst. »Er ist ein intelligenter Junge. Ich bin mir sicher, dass er damit klarkommt.«

»Das wird er wohl müssen, oder?« Sie setzte sich in Bewegung, blieb aber stehen, als Knox sich demonstrativ räusperte.

»Razor hat vom Orden gehört. Er sagte mir, dass morgen nach Sonnenuntergang ein Team aus Boston kommen wird.«

Die Krieger kamen so schnell? Leni hob das Kinn und zwang sich zu einem Tonfall, in dem eine Leichtigkeit mitschwang, die sie nicht verspürte. »Was für eine Erleichterung das für dich sein muss. Das sind ja keine vierundzwanzig Stunden mehr, die du mich ertragen musst.«

»Leni –«

Sie unterbrach ihn mit einem leisen Schnauben. »Also, wenn ich noch mal richtig drüber nachdenke ... warum warten? Es gibt keinen Grund für dich zu bleiben. Riley und ich sind doch schon dadurch in der Obhut des Ordens, dass wir hier in diesem Haus sind, nicht wahr? Tu dir keinen Zwang an, Knox. Du kannst jederzeit gehen. Ich wäre dir sogar dankbar, wenn du das tätest.«

Sie wollte wieder an ihm vorbei, doch dieses Mal hielt er sie auf, indem er sie am Arm festhielt. »Verdammt noch mal, Lenora.«

Statt sie loszulassen, zog er sie näher an sich. So nah, dass sie die Hitze spürte, die sein großer Körper ausstrahlte, und die bernsteinfarbenen Funken sehen konnte, die in seinem ungeduldigen, verärgerten Blick aufflammten.

»Lass mich gehen, Knox.«

»Das sage ich mir schon, seit ich dich das erste Mal gesehen habe.« Obwohl sein Gesicht vor mühsam beherrschter Wut angespannt war, ließ die Unsicherheit seinen jetzt lodernden Blick weich werden. Er hob die freie Hand und streichelte ihre Wange. »Ich weiß nicht, wie ich dich gehen lassen soll, Leni.«

Seine Berührung drohte sie all ihrer Kraft zu berauben. Sie wollte die sanfte Wärme seiner Fingerspitzen an ihrer Haut genießen und die Lust, die damit einherging und ihr den

Verstand umnebelte. Doch stattdessen drehte sie den Kopf weg.

»Allmächtiger.« Er stieß einen unterdrückten Fluch zwischen zusammengebissenen Zähnen hervor. »Ich will dich nicht gehen lassen.«

Leni wappnete sich gegen das Gefühl, das in seiner Stimme mitschwang. »Nun, was für ein Glück für dich – der Orden wird dir morgen Abend dabei helfen.«

»Ich gebe einen Scheißdreck auf den Orden. Hier geht es nur um dich und mich, Leni.«

»Nein, tut es nicht. Nicht mehr. Dafür hast du gesorgt, als du deinen Bruder um Hilfe gebeten hast, mich aus deinem Leben zu entfernen.«

»Das ist nicht das, was ich getan habe. Das ist nicht das, was ich wollte.« Feuer loderte in seinen verwandelten Augen, als er sie ansah. »Ich versuche dir zu sagen, dass du mir wichtig bist, Leni. Und Riley ist mir auch wichtig.«

»Tu das nicht.« Sie schüttelte den Kopf. Sie widerstand der Versuchung, ihm zu glauben. Sie konnte sich das nicht leisten, wenn alles, was er sagte, morgen Abend, wenn der Orden sie und Riley abholte, bedeutungslos würde. »Das kannst du jetzt leicht sagen. Zu dumm, dass du nicht so empfunden hast, ehe du mich hergebracht hast und –«

»Verdammt noch mal, Frau. Ich versuche dir zu sagen, dass ich dich liebe.«

Selbst in ihren eigenen Ohren hörte es sich rau an, als sie tief Luft holte. Knox griff jetzt nach ihren Armen und hielt sie erbarmungslos fest.

»Du gehörst mir, Lenora. Das werde ich den Leuten vom Orden sagen, wenn sie morgen herkommen. Ich lasse dich nicht gehen. Welchen Ort auch immer sie für den sichersten für dich und Riley halten – da werde ich auch hingehen.« Sein glühender Blick glitt forschend über ihr Gesicht. »Die einzige Frage ist nur, ob ich das dem Orden als dein blutsverbundener Gefährte sage oder als der Mann, der alles in seiner Macht Stehende tun wird, um eines Tages dieser Ehre würdig zu sein?«

Gott stehe ihr bei, aber sie war nicht in der Lage zu sprechen. All der Kummer und die Unsicherheit, die sie beherrscht hatten, seit sie im Safe House des Ordens angekommen waren, schmolz unter der Ernsthaftigkeit von Knox' Worten dahin. Nicht nur unter seinen Worten, sondern auch angesichts des Schwurs, den sie in seinen Augen glühen sah.

Er hob die Hände und umfasste zärtlich ihr Gesicht. »Ich weiß, was dich mein Handeln gekostet hat, Leni. Durch die Ermordung von Travis Parrish heute Abend habe ich dir dein Zuhause, deine Arbeit und deine Lebensgrundlage genommen … Allmächtiger, indem ich dir von den Sünden erzählt habe, die ich bei diesem Mistkerl sah, habe ich dir den Glauben und die Hoffnung auf eine wohlbehaltene Rückkehr deiner Schwester genommen.«

»Nein, Knox.« Leni schüttelte langsam den Kopf. »Ich musste wissen, was du über Shannon erfahren hast. Du hast mir gar nichts genommen, als du mir die Wahrheit gesagt hast.«

Er stieß einen Fluch aus. »Aber es geht doch darum, dass ich dir all das zurückgeben will. Wirklich alles. Stattdessen hast du jetzt alles, was du je besessen hast, verloren – meinetwegen.«

Überwältigt von ihren Gefühlen hob sie eine Hand und legte sie an seinen angespannten, kantigen Kiefer. »Wenn ich Parrish Falls verlassen muss, um woanders – irgendwo anders – eine Zukunft mit dir zu haben, ist das alles, was ich brauche. Dich, Knox, und den kleinen Jungen, der in dem Zimmer hinter mir schläft.« Sie schob die Hand um seinen Hals und zog ihn zu einem Kuss an sich. »Knox, ich liebe dich. Ich fing an, mich in dich zu verlieben, als du im Diner Dwight meinetwegen entgegengetreten bist.«

Er reagierte mit einem Knurren, und das bernsteinfarbene Feuer in seinen Augen explodierte. Sie war nicht darauf vorbereitet, wie besitzergreifend er sie küsste. Der Kuss versengte sie, entzündete ein Feuer in ihren Adern und ließ heißes Verlangen in ihren Schoß schießen.

Als er die Lippen von ihr löste, verbrannte sein feuriger Blick sie fast. »Du gehörst mir, Lenora.«

»Ja.« Sie hatte nicht genug Luft, um mehr darauf zu erwidern. Es war das einzige Wort, zu dem sie in der Lage war, da ihre Sinne völlig von ihrem Verlangen – und ihrer Liebe – für diesen Stammesvampir vereinnahmt waren.

Er gehörte ihr.

Knox reagierte mit einem Knurren. Triumph schimmerte in seinen Augen und den kurz aufblitzenden Spitzen seiner Fänge. Er nahm sie hoch und ging mit ihr auf den Armen den Flur entlang zu einem der großen Schlafzimmer am anderen Ende.

Es war weit genug entfernt, um das unschuldige Kind, das am anderen Ende des Ganges schlief, nicht zu stören.

Nachdem er die Tür leise hinter ihnen geschlossen hatte, trug Knox Leni zu dem Doppelbett und entkleidete sie geschickt und schnell, voller Ungeduld. Als sie nackt vor ihm lag, küsste er jeden Zentimeter ihrer entblößten Haut – angefangen bei ihrer Stirn bis hin zu den Zehenspitzen, sodass sie am Ende atemlos zitternd und so erregt vor ihm lag, dass es an ein Wunder grenzte, sie nicht mit den frischen, weißen Laken verschmelzen zu sehen.

Seine eigene Kleidung legte er mit der gleichen raschen Effizienz ab.

234

Leni setzte sich auf und rutschte bis an die Bettkante, als er sich für sie auszog. Sie konnte ihren hungrigen Blick nicht unterdrücken, genauso wenig wie sie in der Lage war sich zurückzuhalten, die Hände auszustrecken, um die Finger über seinen herrlichen Körper und das wunderschöne Muster seiner Glyphen gleiten zu lassen.

Nachdem sie hatte befürchten müssen, vielleicht nie wieder so mit ihm zusammen zu sein, erwachte alles Weibliche in ihr mit dem wilden Verlangen, sich zu nehmen, was ihr gehörte, als sie Knox nackt und vor animalischer, männlicher Energie pulsierend vor sich stehen sah.

Sie streichelte seine Männlichkeit und fuhr die eleganten Bögen und Windungen nach, die sich wie mehrfarbige Ranken vom starken Heft fast bis zur Spitze erstreckten.

Leni fuhr sich mit der Zunge über die Lippen und betrachtete ihn fasziniert und voll überwältigendem Verlangen. »Ich liebe es, dich anzuschauen, Knox. Ich liebe den Gedanken, dass all das mir gehört.«

Er reagierte mit einem rauen Stöhnen, das tief aus seiner breiten, muskulösen Brust kam, und endete abrupt mit einem Zischen, als Leni ihn an sich zog und ihn tief in ihren heißen Mund nahm. Der Geschmack seiner seidigen Haut auf ihrer Zunge entfachte eine noch heißere Flamme in ihr. Der salzige Tropfen, der durch ihre Kehle rann, als sie ihn ganz in den Mund nahm, sorgte dafür, dass sich das Verlangen in ihrem Schoß zu heißhungriger Gier zusammenzog.

Sie ließ sich Zeit und genoss das Gefühl, wie er sich über ihre Zunge bewegte, ihren Mund und ihren Hals füllte, wie er bald einen anderen Teil von ihr ausfüllen würde, der sich so nach ihm sehnte. Die Muskeln auf der Rückseite seiner Oberschenkel spannten sich an, als sie ihn mit einer Hand dort packte und ihn mit der anderen über die ganze Länge streichelte.

Er stieß einen leisen, kehligen Fluch aus, und ein Zucken ging durch seine Männlichkeit. Seine Glieder und der Torso vibrierten vor ungebändigter Kraft, seine Lust kam als ersticktes Knurren über seine Lippen, während er ihren Hinterkopf umfasste und sie ihn leckte und saugte, bis seine Erregung sich immer mehr steigerte.

»Verdammt«, stieß er mit rauer Stimme hervor. »Das fühlt sich zu gut an, Baby.«

Sie wollte weitermachen, ihn mit dem Mund zur Erlösung bringen, doch er riss sich mit einem leisen Ächzen von ihr los. Dann waren seine Hände unter ihren Armen. Er hob sie hoch und legte sie aufs Bett zurück. Mit zitternden Händen spreizte er ihre Beine, ehe sich sein dunkler Kopf zwischen ihre Schenkel senkte.

Leni keuchte, als sein Mund sich auf ihren Schoß legte und er sich erbarmungslos langsam ihrer festen Knospe widmete.

Sie konnte den Höhepunkt nicht mehr zurückhalten, der sich allein durch seinen Geschmack auf ihrer Zunge aufgebaut hatte. Jetzt schlug die Woge aus Erregung und Verlangen über ihr zusammen. Sie zuckte an Knox' Mund, als die Erlösung sie umarmte und sie in eine samtige Welle reinster Lust zog.

Als sie eine Weile später die Augen öffnete, sah sie, dass Knox, der immer noch zwischen ihren Schenkel ruhte, sie beobachtete; ein befriedigtes Lächeln funkelte in seinem bernsteinfarbenen Blick.

»Ich könnte dich die ganze Nacht anschauen«, murmelte er, und der tiefe Klang seiner Stimme erfüllte Leni bis ins Mark. »Das erste Mal, wenn wir ganz allein sind, werde ich genau das tun.«

Leni lächelte. »Versprechungen, nicht als Versprechungen.«

»Ich mache sie nicht, wenn ich sie nicht halten kann.« Er

grinste und kam hoch, um sich auf sie zu legen. »Und jetzt muss ich in dir sein.«

Sie nickte und gab ein zittriges Keuchen von sich, als er in sie eindrang. Er sah ihr tief in die Augen, als er sich zu bewegen begann, bis zum Ende in sie eintauchte und dann so langsam wieder aus ihr herausglitt, dass sie vor Verlangen fast wahnsinnig wurde.

Bei jeder Bewegung brannte das Feuer in seinen verwandelten Augen, die so hell loderten wie glühende Kohlen, heißer. Die Pupillen waren zu schmalen Schlitzen verengt, die im immer heftigeren Glühen kaum mehr zu erkennen waren.

Seine Dermaglyphen pulsierten in unterschiedlichen Farben, sattes Blau, Burgunder und Gold. Sie hatte diese Farbtöne jedes Mal gesehen, wenn sie sich küssten oder sich liebten, und war davon ausgegangen, dass sie das Verlangen und den Erregungszustand eines Stammesvampirs widerspiegelten.

Doch jetzt war da noch eine andere Farbe, die bei Knox' Glyphen immer deutlicher hervortrat.

Die Nuance zwischen einem dunklen rötlichen Violett und tiefem Schwarz schien sich immer mehr herauszubilden. Knox' Fänge waren auch deutlich weiter hervorgetreten und füllten seinen Mund, während er immer wieder in einem unermüdlichen Tempo in ihren Körper stieß.

Er schaute ihr nicht mehr in die Augen, sondern sein Blick war jetzt auf ihre wild pochende Halsschlagader gerichtet.

Sie erkannte, dass die Qual, die von seinem schönen Gesicht abzulesen war, etwas Animalisches hatte. Es war nicht nur sexuelles Verlangen, sondern noch ein anderes Bedürfnis, das ihn mit der gleichen Intensität beherrschte.

»Knox.« Sie hob die Arme und strich mit der Rückseite ihrer Finger über seine erhitzte Stirn. »Seit den Verbrennungen hast du keine Nahrung mehr zu dir genommen, nein, sogar länger noch.«

Seine Antwort war ein wortloses Knurren, während sich seine Hüften weiter an ihr bewegten. Er riss den hungrigen Blick von der Stelle los, wo dicht unter der Haut ihr Puls pochte, und sie konnte seinen großen Durst im endlosen Feuer seiner Augen erkennen. Er war am Verhungern.

Sie drehte den Kopf auf dem Kissen und bot ihm die Seite ihres Halses dar. Er stieß wieder ein Knurren aus – leise, überirdisch, nichts Menschliches wohnte seiner Stimme mehr inne.

»Es ist nicht Nahrung, die ich von dir will«, sagte er mit belegter Stimme. »Ich gebe mich mit nicht weniger als einer Verbindung mit dir zufrieden, Lenora, wenn du denn bereit bist, sie mit mir einzugehen.«

Sie lächelte zu ihm auf. »Ich bin bereits mit dir verbunden, Knox. In meinem Herzen weiß ich, dass ich schon lange dir gehöre. Ich habe nur darauf gewartet, dass du kommst und mein Herz in Besitz nimmst.«

Er gab wieder nur einen Laut von sich, dieses Mal so besitzergreifend und jubelnd, dass es sie erstaunte. Trotzdem hätte nichts sie auf das Gefühl vorbereiten können, das sein Mund in ihr auslöste, als er sich voller Leidenschaft auf ihre Vene legte. Einen Moment später gab ihr zartes Fleisch nach, als sich die Spitzen seiner Fänge in ihren Hals bohrten. Sie versanken tief in ihrem Fleisch, und sein Biss war ein unbeschreiblicher Schock für jede Faser ihres Seins.

Schmerz und Lust verbanden sich zu einer flimmernden Kette von Gefühlen, als er begann, ihr Blut in den Mund zu saugen. Ihr Herz nährte ihn Schlag um Schlag, während alle Teile ihres Körpers durch das erotische Saugen seines Mundes zum Leben erwachten.

»Oh Gott«, keuchte sie, während er weiter aus ihrer Vene trank.

Statt sich ausgelaugt zu fühlen, spürte sie, wie beim Akt des Nährens Energie in ihren Körper strömte. Sie fühlte sich erfüllt.

Kraftvoll.

Getragen wurden diese Gefühle von der unglaublichen Liebe, die sie für diesen Mann empfand, der sich gerade im Blute mit ihr verbunden hatte.

»Knox«, wisperte sie, als die Gefühle sie überwältigten.

Er leckte über die kleinen Wunden an ihrem Hals, und sein Atem strich dabei heiß über ihre Haut. »Du schmeckst so gut. Dein Blut ist so einzigartig wie du selbst. So klar und frisch wie ein Zedernwald im Winter und doch so süß und warm wie Sahne. Am liebsten würde ich die ganze Nacht von deinem Blut trinken.«

Das wollte sie auch. Sie stöhnte, als sich sein Mund von ihrem Hals löste.

Und jetzt war da noch ihr eigener Durst, der wie eine Trommel in ihrem Körper widerhallte.

»Ich kann dich jetzt in mir spüren, Leni. Dein Blut, dein Band. Allmächtiger. Es ist atemberaubend. So strahlend hell und stark – genau wie du.« Er hob den Kopf und suchte ihren vor Erregung ganz benommenen Blick. »Ich kann deine Liebe spüren. Der Himmel weiß, dass ich die nicht mehr verdiene als alles andere von dir. Aber du gehörst jetzt mir, Lenora. Mir ganz allein.«

Er stieß weiter in sie, während er sprach, und wurde immer schneller, immer drängender, wobei er auch ihr Feuer immer weiter entfachte – ein Feuer, das sich durch seinen Biss noch intensiviert hatte. Sie schloss die Augen und konnte das erstickte Stöhnen, das über ihre Lippen kam, nicht zurückhalten.

Er zog sie fest an sich und drang ganz tief in sie ein. Leni bäumte sich unter ihm auf und nahm alles, was er ihr gab. Sie brauchte mehr. Sie brauchte jetzt alles von ihm.

Als hätte sie ihren Wunsch laut ausgesprochen, erhöhte Knox sein Tempo noch weiter. Sie konnte sich nur noch an ihm festhalten, als er sie über die Schwelle zu einer blendenden, glückseligen Erlösung und einer Lust trug, die keine Grenzen kannte.

22

Er würde niemals genug bekommen von dieser Frau.

Seiner Frau.

Seiner Stammesgefährtin.

Von Lenis Blut zu trinken und zu spüren, wie sich die Verbindung in seinem Innern entfaltete, war mehr gewesen, als er sich je hatte vorstellen können. Er zweifelte daran, dass er sich jemals als ihrer würdig erweisen konnte, selbst wenn er hundert Leben hätte, um es ihr zu beweisen.

Die Ewigkeit stand ihm jetzt offen. Er wollte jede einzelne Sekunde nutzen, um sicherzustellen, dass sie es nie bedauern würde, ihn in ihr Leben gelassen zu haben.

Ihre Liebe und Vergebung waren zwei weitere Gaben, die er wohl kaum verdiente, die er aber entschlossen war zu behalten.

Knox beobachtete, wie sie nach der Erlösung langsam wieder auf die Erde zurückkehrte. In seinen Adern hallte ihre Lust wider, als er sich immer noch steif, obwohl er gekommen war, in ihr bewegte. Er wollte immer noch mehr von der Frau, die ihm gleich von Anfang an so offen, so ehrlich begegnet war.

Als sie die Augen öffnete, umfing ihn ihr Blick so liebevoll wie ihre Arme. Sie lächelte zu ihm auf. »Fühlt sich so Glück an? Ich glaube, ich habe dieses Gefühl nie richtig kennengelernt.«

Er senkte den Kopf und gab ihr einen innigen Kuss, während seine Hüften sich weiterbewegten. »Ich weiß nicht, was Glück ist. Das war nichts, was ich je wollte oder brauchte. Aber das hier brauche ich. Ich will es mit dir zusammen.«

»Ich gehöre jetzt dir«, sagte sie, und ihr Lächeln wurde breiter. »Und du gehörst mir, Knox.«

»Ja, das stimmt.« Er spürte über die Blutsverbindung, wie ernst es ihr mit diesen Worten war. Aber als er in ihre wunderschönen, haselnussbraunen Augen sah, schüttelte er langsam den Kopf. »Ich bin in Dragos' Labor aufgewachsen und wusste nicht, was es bedeutet, eine Familie zu haben. Ich wusste überhaupt nicht, was Gefühle sind. Keiner von uns tat das. Wir wollten nichts fühlen, denn im Hunter-Programm bedeuteten Emotionen den Tod. Man überlebte nur, wenn man wie eine Maschine war, und so hielt ich mich daran. So wie alle.«

»Ich finde die Vorstellung unerträglich, dass du das hast durchmachen müssen«, murmelte Leni und streichelte sein Gesicht. »Und ich bin so froh, dass du es überlebt hast, Knox.«

Ihr Ernst – ihr zärtliches Mitgefühl – hüllte ihn über die Verbindung in Wärme. Wo er sich einst gegen dieses Wohlgefühl gewehrt haben mochte, hieß er es jetzt willkommen. Himmel, er brauchte es, und zwar mehr, als er zugeben wollte.

»Ich habe mal jemanden in mein Leben gelassen«, erzählte er leise. »Als sie starb, verfiel ich wieder in meine alten Gewohnheiten. Ich kapselte mich ab. Ich schloss alle aus – auch meine Brüder, die mit mir zusammen geflohen waren, um außerhalb des Zuchtprogramms ein neues Leben aufzubauen. Im Laufe der Zeit redete ich mir ein, dass ich niemanden brauchte, dass ich keine Bindung an einen Ort oder eine Person wollte. Doch dann lernte ich dich kennen, Lenora.«

Er strich mit dem Daumen über ihre weichen Lippen. Dann konnte er nicht widerstehen und beugte sich nach unten, um sie zu küssen. Sie schmolz dahin, während ihre Finger sich in sein Haar schoben und ihn festhielten.

Er stieß ein trockenes, tonloses Lachen aus. »Du hast alles vernichtet. Du hast mich vernichtet.«

Ihre Augen wurden ganz groß, und sie runzelte die Stirn. Über die Verbindung spürte er, wie Zweifel in ihr erwachten, und er hätte sich am liebsten einen Tritt versetzt, dass er sie auch nur für eine Sekunde verunsichert hatte.

»Was ich damit sagen will, ist, dass du mich verändert hast, Leni. Du hast mehr als das getan. Du hast mich gerettet.«

Sie sah ihn mit einem zärtlichen Lächeln an. »Du hast mich auch gerettet.«

»Nein.« Er schüttelte den Kopf. »Du warst nie diejenige, die gerettet werden musste – und das nicht nur wegen deines Mals. Du bist die stärkste Frau, die ich je kennengelernt habe. Du hast das reinste Herz, den unerschütterlichsten Glauben.« Er atmete tief durch, und es war ihm unangenehm, dass er noch nicht einmal die richtigen Worte fand, um all die Gefühle zu beschreiben, die sie in ihm auslöste. Und trotzdem hatte er ihr gerade das eine genommen, das sie jetzt mit keinem anderen mehr teilen konnte, solange sie lebten. »Du erweckst in mir den Wunsch, der Gefährte zu sein, den du verdienst. Ich will der Liebe und Vergebung würdig sein, die ich durch dein Blut spüre.«

Leni runzelte die Stirn. »Du musst dir nichts verdienen, Knox.«

»Doch, das muss ich«, stieß er hervor. »Ich habe dir heute Abend zu viel genommen. Ich verspreche dir, dass ich eine Möglichkeit finde, das wiedergutzumachen.«

Zärtlich streichelte sie seine Wange. »Es gibt nichts mehr, was ich mir wünsche, was du mir nicht bereits gegeben hast. Deine Liebe, Knox. Das bedeutet mir alles.«

Er küsste sie wieder, und jeder dröhnende Schlag ihres Herzens riss die Überreste der Mauern ein, die ihn, solange er denken konnte, geschützt hatten. Bei Leni war keine dieser Mauern hoch oder stark genug gewesen, um sie abzuhalten und daran zu hindern, ihm – noch ehe er heute Nacht seinen Mund auf ihre Ader gedrückt hatte – ins Blut zu gehen.

»Du hast meine Liebe«, raunte er an ihren Lippen. »Du wirst sie immer haben. Du und Riley – ihr beiden. Heute Nacht biete ich dir an, dich mit mir zu verbinden.«

Sie wich ein wenig zurück, und Emotionen ließen ihre Augen schimmern. Da war ein zögerlicher Ton in ihrer Stimme, und dieser Anflug von Unsicherheit bohrte ein Loch in seine Brust. »Es wäre für immer, Knox. Wenn ich von deinem Blut trinke, gibt es kein Zurück … niemals. Ich werde eine Fessel sein, die du niemals abstreifen kannst.«

Oh Himmel. Das waren seine eigenen Worte, die jetzt auf ihn zurückfielen, und auch wenn sie mit Lenis sanfter Stimme ausgesprochen worden waren, trafen sie ihn doch wie ein Schlag ins Gesicht. Er hasste sich dafür, dass er sie zu ihr gesagt hatte. Er hatte nicht so grausam sein wollen. Furcht hatte ihn dazu getrieben – Furcht vor dem, was er für die außergewöhnliche Frau fühlte, die ihm bereits mehr gegeben hatte, als er sich je hätte wünschen können.

»Für immer, meine wunderschöne Lenora.« Er strich mit den Fingern über die Rundungen ihrer hübschen Wange und ihres zarten Kiefers. »Das bedeutet das Band. Ich weiß das, und ich würde mich bei dir nie mit weniger begnügen – wenn du mich haben willst.«

Ihr stockte der Atem, als unendliche Freude durch ihren Körper strömte. Er spürte es und schwelgte in dem Gefühl. Er leistete im Stillen den Schwur, dass er sie selbst bis zum letzten Atemzug lieben würde.

Während er ihr tief in die Augen sah, hob er das Handgelenk an seinen Mund. Seine Fänge gruben sich unterhalb der Handfläche ins Fleisch und durchbohrten die Vene, die an seinem Unterarm entlanglief.

Blut tropfte auf ihren nackten Busen, während er darauf wartete, dass Leni ihre Entscheidung traf.

Es erfüllte ihn mit Erleichterung, dass sie kaum zögerte, sondern gleich nach seinem Arm griff und die Stelle, wo das Blut hervortrat, an ihren Mund führte. In dem Moment, in dem sich ihre Lippen auf sein Handgelenk legten, ging ein heftiges Zucken durch seinen ganzen Körper. Er stieß ein ersticktes Knurren der Lust aus, und jede Sehne seines Körpers spannte sich an, als Leni den ersten Schluck von seinem Blut nahm.

Verdammt! Er hatte ja keine Ahnung gehabt, was ihn erwartete. Er war nicht auf den Stromschlag vorbereitet gewesen, der ihn durchzuckte, als sie trank und sich die Verbindung zwischen ihnen endgültig schloss.

Seine Adern summten immer noch hell durch die Macht ihres Blutes, doch jetzt strömte noch mehr Energie zwischen Leni und ihm. Er sah es in ihren Augen, während sie seinen ehrfürchtigen Blick festhielt und an seiner Vene saugte. Er spürte es in der Verbindung, die kräftiger wurde und heftig und heiß pulsierte, während die zarten Fäden ihres Bundes zu einem unzerstörbaren, ewigen Band wurden.

Seine Liebe zu ihr überwältigte ihn.

Sein Verlangen, das schon vorher grenzenlos zu sein schien, wurde zu einem unendlichen Begehren entfacht.

Er stieß fest zu und ächzte, als ihr enger Schoß ihn fest umschloss und massierte. Sie stöhnte, während sein Becken sich gegen ihres drückte und jede Bewegung von mehr sehnsüchtiger Verzweiflung erfüllt war. Er konnte nicht nah genug an sie herankommen, konnte nicht tief genug in sie eindringen.

Und über ihre Verbindung konnte er das gleiche unersättliche Verlangen in Leni spüren.

Mit einem erstickten Knurren löste er sein Handgelenk von ihren köstlich saugenden Lippen und verschloss schnell die Wunden, indem er kurz darüberleckte.

Er senkte den Kopf und nahm ihren Mund mit einem leidenschaftlichen Kuss in Besitz. »Du bist jetzt mein. Für immer.«

»Ja«, wisperte sie, und ihre Liebe umhüllte ihn durch die Vereinigung ihres Blutes und ihrer Körper. »Und du bist mein, Knox.«

Er reagierte mit einem Knurren, denn er war längst nicht mehr in der Lage zu sprechen. Da war jetzt nur noch die Lust, die ihm seine Lenora schenkte, ihre Wärme, die ihn umschloss und ihn zu einer Erlösung verlockte, die er nicht mehr unter Kontrolle hatte.

Lenis Höhepunkt krachte über ihn hinweg, ehe seiner sich Bahn brach. Knox schwelgte in dem Gefühl, wie sie sich ihm völlig hingab.

Die köstlichen Zuckungen ihres Körpers wären Belohnung genug gewesen, doch ihre Verzückung durch die Blutsverbindung zu spüren, ließ seinen Höhepunkt mit der Gewalt eines Erdbebens über ihn kommen. Er brüllte vor Lust und drehte Leni auf den Bauch, um gleich wieder von vorn anzufangen.

»Du bist mein«, keuchte er an der zarten Beuge zwischen Hals und Schulter, als er wieder in sie eindrang.

Leni entwich ein zitterndes Seufzen. »Oh Gott, ja, Knox, hör nicht auf.«

Er hatte nicht die Absicht, das zu tun.

Besitzergreifende Gier, die mächtiger war als jeder Sturm, brauste über ihn hinweg. Sie war sein. Nichts – und niemand – würde sich dem jetzt noch in den Weg stellen.

Früher oder später würde er wegen des Mordes an Travis Parrish Rede und Antwort stehen müssen, aber er würde bereitwillig alles tun, was der Orden oder die Polizei von ihm verlangten.

Und was die restlichen Parrishs anging – die konnten zur Hölle gehen, das war ihm egal.

Und sollten sie je versuchen, sich Leni oder Riley zu nähern, war Knox bereit, sie höchstpersönlich dorthinzuschicken.

23

Am nächsten Morgen öffnete Leni den Kühlschrank in der Küche des Hauses und betrachtete den Überfluss der zur Verfügung stehenden Lebensmittel. Alles, was sie sich nur wünschen konnte, war vor ihrer Ankunft aufgefüllt worden, sodass alles bereit für sie war.

Das Gleiche galt für das Badezimmer und die Dusche. Und in den Schlafzimmern gab es sogar jeweils einen ganzen Schrank voll mit brandneuer Alltagskleidung in verschiedenen Größen, in der Garderobe im Windfang befanden sich dicke Jacken und Stiefel – ein paar sogar in Kindergröße.

Riley hatte die Wintersachen vor ihr entdeckt. Sein erster Tagesordnungspunkt, als er aus dem Bett hüpfte, war, ihr das Versprechen abzunehmen, dass sie nach dem Frühstück einen Schneemann bauen würden.

Leni nahm einen Karton mit Milch und ein Paket Eier aus dem Kühlschrank. »Was für Pfannkuchen hättest du gern, junger Mann? Mit Blaubeeren oder mit Erdbeeren?«

»Blaubeeren!«, krähte Riley.

»Kommt sofort.«

Sie waren allein in der geräumigen Küche. Nach einer berauschenden Nacht in Knox' Armen war Leni mit dem Gefühl erwacht, als könnte sie es mit der ganzen Welt aufnehmen. Und zwar nicht nur wegen der Blutsverbindung, die sie innerlich immer noch summen ließ und jede Faser ihres Seins stärkte, sondern auch weil ihr die unglaubliche Gabe von Knox' Liebe zuteilgeworden war.

Ruhe und Zufriedenheit erfüllten sie, während sie alle Zutaten und die Gerätschaften zusammentrug, die sie brauchte, um Riley sein Frühstück zu machen. Sie selbst brauchte nichts, so wohlig gesättigt fühlte sie sich. Sie hungerte nach gar nichts an diesem Morgen – sie fieberte nur der nächsten Gelegenheit, sich wieder in Knox' Armen zu verlieren, entgegen.

Ihr Gefährte.

Ein leises Lächeln breitete sich auf ihrem Gesicht aus, während sie Rileys Pfannkuchen zubereitete und dann den Teller zum Tresen trug, wo der Junge bereits wartete. Er stürzte sich förmlich auf den kleinen Stapel und summte und hüpfte dabei auf seinem Stuhl herum, während er aß.

»Lass dir Zeit, junger Mann. Und vergiss nicht, auch etwas Orangensaft zu trinken.«

Er nickte und griff mit vom Sirup klebrigen Fingern nach dem Glas. Kurz darauf ertönte ein melodischer Klingelton, und Leni horchte auf. Das Geräusch kam aus ihrer Handtasche, die sie nach ihrer Ankunft im Wohnzimmer gelassen hatte.

Shit. Ihr Handy.

Sie eilte zum Telefon und wusste aufgrund des Klingeltons, dass Carla dran sein würde. »Hi, ich wollte dich auch gerade anrufen.«

»Wo bist du, Leni?« Ihre Freundin klang mehr als nur ein bisschen besorgt. »Ist Riley bei dir?«

»Ja, ist er.«

»Gott sei Dank. Es ist Montagmorgen, und als er nicht in die Schule kam …«

»Shit.« Leni zuckte zusammen, als ihr der Fluch vor Riley herausrutschte. Es gab etwas viel Schlimmeres, was sie Carla gleich erzählen musste. Sie ging mit dem Handy ins Zimmer nebenan und schloss die Tür hinter sich. Trotzdem sprach sie nur im Flüsterton. »Letzte Nacht ist was passiert.«

»Wem sagst du das«, erwiderte Carla und klang verängstigt. »Travis Parrish ist tot, Len. Der Barkeeper vom *Tall Timbers* hat seine Leiche letzte Nacht auf dem Parkplatz hinter der Kneipe gefunden. Jemand hat ihn erwürgt. Nach allem, was die Leute sagen, klingt es so, als wollte da jemand ganz sichergehen, dass Travis tot wäre. Sein Kehlkopf sähe aus, als wäre er von einem Schraubstock zusammengedrückt worden, und dabei ist ihm auch gleich noch das Rückgrat gebrochen worden.«

Leni konnte kein Bedauern aufbringen angesichts der Brutalität, mit der Travis zu Tode gekommen war. Nicht nach dem, was er Shannon angetan hatte; nicht nachdem Knox ihr erzählt hatte, wie viele andere Frauen Travis misshandelt hatte. Sie verspürte nur Dankbarkeit, dass ihm nie wieder eine Frau zum Opfer fallen würde.

»Ich weiß, dass er tot ist.«

Am anderen Ende der Leitung wurde es einen Moment lang ganz still. »Das war Knox, nicht wahr?« Carla wartete nicht auf Lenis Bestätigung. »Oh Gott, Leni. Sheriff Barstows Deputys sind, während wir miteinander reden, auf der Suche nach ihm und drehen dabei jeden Stein einzeln um. Nach dir sucht man auch. Geht es dir und Riley gut? Wo seid ihr?«

»Es geht uns gut. Wir sind an einem sicheren Ort.«

Carla atmete erleichtert auf. »Bitte, bleibt dort, bis hier wieder Ruhe eingekehrt ist. Ich habe mir Sorgen um dich gemacht. Dwight und Jeb Parrish reden davon, einen Trupp zu organisieren, um nach euch zu suchen. Leni, die sind auf Blut aus.«

Obwohl es für Leni eigentlich nicht überraschend kommen sollte, dass Travis' Brüder bereits einen Rachefeldzug planten, legte sich ein eiskalter Klumpen Furcht auf ihren Magen. »Man wird uns nicht finden. Knox hat uns in einem Safe House des

Ordens untergebracht. Der Orden lässt Leute aus Boston kommen, die uns heute Abend nach Sonnenuntergang abholen.«

»Der Orden?« Carlas Stimme wurde etwas ruhiger. »Wo gehst du hin?«

»Ich weiß es noch nicht.«

»Verdammt, Mädchen. Da ist die Kacke wirklich am Dampfen, oder?«

»Ja, das ist sie.«

»Aber dir geht's gut?«

»Ja, alles in Ordnung«, beruhigte Leni sie. »Es geht mir sogar besser als nur gut, Carla. Knox und ich … wir sind jetzt zusammen. Wir lieben uns. Letzte Nacht hat er mein Blut getrunken und ich seins.«

»Ach, du heiliger Strohsack. Willst du damit sagen, dass ihr …«

»Ja, wir sind eine Blutsverbindung eingegangen«, bestätigte Leni und wurde ganz aufgedreht, als sie es nur aussprach. »Trotz allem, was zurzeit abgeht, bin ich in meinem ganzen Leben noch nie so glücklich gewesen.«

»Das hört man dir an«, sagte Carla. »Aber das letzte Mal, als wir uns gesehen haben, klangst du auch schon froh. Du verdienst es, glücklich zu sein, Leni. Egal wie und wo. Das meine ich ernst.«

»Ich weiß, dass du das tust. Danke.«

Sie hatte Mühe gehabt, mit der Vorstellung klarzukommen, Parrish Falls verlassen zu müssen, und sagte sich, dass es egal war, wo sie landete, solange sie nur mit Knox und Riley zusammenblieb. Doch sich unter Umständen damit abfinden zu müssen, auch ihre beste Freundin zu verlieren, löste jetzt Schmerz in ihr aus.

»Ich melde dich bei dir, sobald ich kann, Carla. Das ist kein Lebewohl.«

»Das will ich dir geraten haben, du Schnepfe.« Ihre Freundin lachte, denn sie wusste genau, wie man die Anspannung aus einer Situation nahm. »Ich erwarte eine Einladung zu deiner Hochzeit. Macht man das bei Stammesvampiren überhaupt?«

Leni lächelte. »Ich weiß es nicht. Ich werde es herausfinden und es dich dann wissen lassen.«

»Tu das. Und wenn du schon dabei bist, sag Knox, dass er mir ein Date mit seinem heißesten Bruder verschaffen soll.«

Leni lachte. »Ich liebe dich, weißt du das eigentlich?«

»Ja, weiß ich doch. Ich liebe dich auch, meine Süße.« Carla schniefte ein bisschen. »Ich vermisse dich schon jetzt.«

»Ich dich auch.«

Sie beendeten das Gespräch, und als Leni in die Küche zurückkam, fand sie dort Knox vor, der zusammen mit Riley auf sie wartete. Er trug einen gelassenen Gesichtsausdruck zur Schau, aber sie konnte seine Sorge spüren. Sie fühlte sie über die Verbindung, die sie jetzt miteinander teilten.

Er trat zu ihr und schlang die Arme um sie. »Geht's dir gut? Ich hab mit Razor telefoniert, als ich spürte, wie dein Puls schneller wurde. Riley sagte, du hättest einen Anruf von Carla erhalten.«

»Und sie hat ein schlimmes Wort gesagt«, petzte der Kleine.

»Es geht mir gut«, beruhigte sie ihren besorgten Gefährten. »Amos Barstow ist mit ein paar seiner Männer in Parrish Falls, und Dwight und Jeb Parrish suchen nach uns.«

Knox gab ein ungerührtes Brummen von sich. »Du hast ihr nicht gesagt, wo wir sind, oder?«

»Nein. Nur dass wir an einem sicheren Ort sind, der dem Orden gehört.« Sie hob eine Hand, um die Falte zu glätten, die sich über seine Stirn zog. »Carla ist meine Freundin, Knox. Ich würde ihr mein Leben anvertrauen.«

Er nickte, doch seine Miene blieb ernst, während er die Finger in ihr Haar schob und sie fester in seine Arme zog.

Riley schaute von seinem stark dezimierten Pfannkuchenstapel auf. »Ist Tante Leni deine Freundin, Knox?«

Das leise Lachen, mit dem Knox reagierte, vibrierte an ihrer Wange. »Ja, Kumpel. Das ist sie.«

Leni legte den Kopf in den Nacken und lächelte zu ihrem Gefährten auf. Sie wurde mit einem leichten Kuss belohnt. Die Berührung löste einen neuen Schwall von Erregung bei ihr aus.

Auf seinem Hochsitz am Tresen hielt Riley sich die Augen zu und stöhnte laut. »Wollt ihr euch den ganzen Tag küssen?«

»Vielleicht«, knurrte Knox. Zu Leni sagte er leise: »Du schmeckst noch süßer als sonst.«

»Blaubeeren«, erwiderte sie. »Die Küche dieses Dunklen Hafens besitzt alle nur denkbaren Vorräte. Genau wie fast alle anderen Räume auch.«

Er grinste. »Interessant. Wir sollten nachher vielleicht noch nach ein paar anderen Geschmacksrichtungen suchen. Allerdings bezweifle ich, dass ein Aroma dabei ist, welches ich so sehr mag wie Zedern zusammen mit süßer, warmer Sahne.«

Seine Hand glitt zu ihrem Hintern, ohne dass der kleine Junge am Tresen etwas davon mitbekam. Weder das heiße Glühen in seinen blaugrauen Augen noch die steife Wölbung, die sich gegen ihren Bauch drückte, waren misszuverstehen.

»Ich bin fertig!«, rief Riley und schob den leeren Teller weg. »Können wir jetzt draußen spielen, Tante Leni?«

Knox sah sie mit fragend hochgezogenen Augenbrauen an. Er äußerte sein Missfallen zwar nicht, aber seine Miene veränderte sich leicht und zeigte jetzt eine gewisse Skepsis.

»Ich habe es ihm versprochen«, sagte Leni. »Wir gehen nur ein bisschen in den Garten. Ich bin ja dabei und werde ihn die ganze Zeit nicht aus den Augen lassen.«

Knox wirkte nicht voll und ganz überzeugt, nickte aber leicht. Sie stellte sich auf die Zehenspitzen und drückte einen Kuss auf seinen angespannten Kiefer.

»Dann wollen wir dich jetzt mal sauber machen, Riley.«

Ein paar Minuten später waren beide in dicke Winterjacken gehüllt und trugen Fäustlinge und Stiefel. Leni ging mit Riley auf die bewaldete Rückseite des Hauses, wo sich eine Holzterrasse entlang des lang gestreckten Gebäudes befand. Sie begannen damit, Körper und Kopf eines rundlichen Schneemanns zu rollen.

Leni hörte nicht einmal, als sich jemand näherte.

Sie merkte erst, dass sie und Riley nicht mehr allein waren, als ein weich geworfener Schneeball den fluffigen Daunenrücken des Jungen traf.

Verwirrt fuhr sie herum, um zu sehen, von wo der Angriff gekommen war.

Knox stand hinter ihr auf der Holzterrasse. Er war von Kopf bis Fuß in eine UV-abweisende schwarze Kampfmontur und Handschuhe sowie eine schusssichere Maske und dunkle Sonnenbrille gehüllt.

Sofort entspannt, lächelte Leni mehr als nur ein bisschen erfreut.

»Du hast recht«, sagte er und deutete auf seine tageslichttaugliche Ausstattung. »Im Haus gibt's alles, was man sich nur vorstellen kann.«

Er kam von der Terrasse runter, um mit seinen behandschuhten Händen wieder Schnee aufzunehmen. Der Schneeball, den er warf, kam direkt auf sie zu, doch Leni blockte ihn sofort mit ihrer Gabe ab. Mitten im Flug stoppte er und prallte von dem sie schützenden Energiefeld ab, um dann auf den Boden zu fallen, ohne sie berührt zu haben.

»Mit dir macht das keinen Spaß«, murrte Knox.

Sie grinste. »Letzte Nacht hast du etwas anderes gesagt.«

Schnell bückte sie sich, nahm etwas Schnee und drückte ein eigenes Wurfgeschoss zusammen. Sie warf, obwohl sie wusste, dass sie nicht einmal den Bruchteil einer Chance hatte, ihn zu treffen. Er wich dem Schneeball mühelos schnell und geschmeidig aus.

Dann senkte er den Kopf und sprang von der Terrasse, um sie anzugreifen.

Leni kreischte kurz auf und bekam gleich darauf einen Lachanfall, als er sie unter sich im Schnee begrub. Mit einem Kampfschrei stürzte Riley sich auf die beiden, um dann mit ihnen zusammen in Gelächter auszubrechen.

Leni klammerte sich an die Normalität des Augenblicks – an die Vollkommenheit eines ganz alltäglichen Vormittags, den sie mit den beiden verbrachte, die ihr am wichtigsten waren.

Sie klammerte sich an Knox und an das Versprechen, welches sie über die Verbindung spürte und das ihr sagte, sie würden ihren Weg durch das finden, was sie ab dem kommenden Abend erwartete.

24

Leni döste neben Knox auf dem großen Sofa im Wohnzimmer, ihr Kopf ruhte an seiner Schulter. Ihre Finger waren mit seinen verwoben, seit sie sich vor zwei Stunden hingesetzt hatten. Fast schien es so, als könnte sie es nicht einmal im Schlaf ertragen, ihn loszulassen.

Er würde sich ganz bestimmt nicht darüber beschweren.

Lenis Gegenwart gab ihm einen größeren Seelenfrieden, als er sich je hatte vorstellen können, und er wollte sich nicht eine Sekunde des vollkommenen Tages entgehen lassen.

»Sie verpasst die beste Stelle«, flüsterte Riley, der auf Knox' anderer Seite saß.

Der Junge hatte eine Schüssel mit Popcorn auf dem Schoß, und sein Blick hing wie gebannt an dem großen Fernseher über dem Kamin, auf dem ein Superheldenfilm lief.

Das Feuer war am Erlöschen, aber aufzustehen, um Holz nachzulegen, würde Leni stören, und Knox war völlig zufrieden damit, dass sie sich noch ein bisschen länger ausruhte.

Für immer, dachte er und senkte den Kopf, um der schlafenden Schönheit ins sommersprossige Gesicht zu schauen.

Knox konnte nicht verhindern, dass sein Blick wieder zu der großen Standuhr in der Ecke des Raumes ging. So hoch oben im Norden mitten im Winter wurde es früh Nacht. Die Sonne war vor fast drei Stunden untergegangen, was bedeutete, dass das Team der Bostoner Kommandozentrale des Ordens bereits unterwegs war. Mittlerweile würden sie wohl nur noch wenige Stunden bis zum Safe House brauchen.

Den größten Teil des Tages hatte er vermieden, darüber nachzudenken. Aber jetzt, da die Ankunft näher rückte, konnte er sich kaum mehr auf etwas anderes konzentrieren.

Während er Lenis Arm streichelte, nahm er mit seinen übernatürlichen Sinnen das Herannahen eines Fahrzeugs wahr. Sein ganzer Körper spannte sich an, und Argwohn machte sich in ihm breit, noch ehe die Strahlen zweier Scheinwerfer in der Dunkelheit auftauchten.

Ein großer SUV rumpelte die Auffahrt hoch.

Die blendend hellen Scheinwerfer kamen immer näher, als der dunkle Wagen auf das Haus zurollte. »Wach auf, Baby.«

Leni stöhnte leise, hob dann aber den Kopf von seiner Schulter. »Jemand da? Ist der Orden so früh?«

»Nein.« Sanft, aber unnachgiebig schob er sie weg. »Für den Orden ist es zu früh. Bleib hier.«

Sie setzte sich sofort auf und griff nach der Fernbedienung, um den Fernseher stumm zu stellen. Als Riley protestierte, gab sie ein ganz leises Zischen von sich und bat ihn, eine Minute lang still zu sein. »Da muss sich jemand verfahren haben, mein Schatz. Knox kümmert sich darum, und dann sehen wir den Film weiter, ja?«

Aber das war niemand, der sich verfahren hatte.

Knox wusste es und sie auch. Er spürte Lenis nervöse Unruhe, ihre ängstliche Beklommenheit, als er zur Haustür ging – bereit, jeden zu erledigen, der es geschafft hatte, ihnen aus Parrish Falls zu folgen und sie hier aufzuspüren.

Auch wenn es für den Eindringling tödlich endete.

Der Wagen stand im Leerlauf vor dem Haus, und das grelle Licht der Scheinwerfer fiel durch das Fenster direkt auf Lenis ängstliches Gesicht.

Knox streckte die Hand nach dem Riegel der schweren Eingangstür aus.

Seine Finger hatten sich noch nicht darum geschlossen, als der gesamte Eingang nach innen explodierte und die Tür mit solch einer Wucht aufsprang, dass Knox nach hinten geschleudert wurde.

Eine riesige Gestalt betrat das Haus. Der Mann bewegte sich schnell und geradewegs auf Leni und Riley zu.

Die beiden sahen den Stammesvampir nicht kommen.

Er bewegte sich mit übernatürlicher Geschwindigkeit, war nur als ein blitzartiger schwarzer Schemen wahrzunehmen.

Doch Knox sah ihn.

Er sah genug, um zu erkennen, dass es genau wie er ein Gen-Eins-Vampir war – noch dazu ein Jäger.

Die große Pistole in der Hand des Killers sah er ebenfalls.

Mit der gleichen übermenschlichen Geschwindigkeit, den gleichen Reflexen, sprang Knox auf und stürzte sich auf den Eindringling.

Im selben Moment knallte es zweimal kurz hintereinander – zwei Kugeln, die in schneller Folge abgefeuert wurden. Beide zielten direkt auf Lenis Kopf.

Nein. *Verdammt, nein!*

Knox' Brüllen hallte in seinem Schädel wider. Seine Angst war zu groß, als dass er sich hätte beherrschen können. Für seine Wut galt das Gleiche.

Aber noch während er wie ein Geschoss durch den Raum flog, beobachtete er voller Verblüffung, wie die Kugeln des Killers gegen den Schutzschild – Lenis Stammesgefährtinnengabe – schlugen und wirkungslos zu Boden fielen.

Der Killer ließ sich davon nicht beeindrucken, sondern wollte blitzschnell nach Riley greifen.

Doch seine Hand krachte gegen die unsichtbare Mauer, die Lenis Gabe errichtet hatte.

Allmächtiger! Ihre Energie schützte nicht nur sie, sondern auch den Jungen.

Knox hatte keine Zeit, um sich mit der wunderbaren Wandlung ihrer Gabe zu beschäftigen. Im selben Moment rammte er den Mistkerl, der gekommen war, um sie zu töten, von hinten. Durch die Wucht des Aufpralls verlor der Hunter die Pistole. Sie fiel klappernd zu Boden und rutschte aus seiner Reichweite.

Der Mann war Knox in Größe und Kraft ebenbürtig. Brüllend warf er Knox von seinem Rücken ab. Mit gefletschten Fängen und vor Wut lodernden Augen ließ er die Fäuste fliegen und traf Knox mitten ins Gesicht. Knox ging zu Boden, und das Knacken brechender Knochen hallte in der schrecklichen Stille des großen Raumes wider.

Leni stieß einen entsetzten Schrei aus.

Es war Knox zuwider, dass sie und Riley diese Seite von ihm sahen. Er hasste das kalte Entsetzen, das dieser Kampf in Leni auslöste, während sie ihren weinenden Neffen schützend im Arm hielt. Ihre Furcht sickerte in seine Blutbahnen und heizte das wütende Inferno an, das in jeder Faser seines Körpers loderte.

Als der Mann wieder auf ihn losging, setzte Knox dem Mistkerl den Fuß auf die Brust und stieß ihn zurück. Sein Gegner taumelte, und Knox sprang auf. Er ließ Schlag um Schlag auf Gesicht und Schädel des Killers hageln.

Knochen und Knorpel knackten. Blut spritzte aus der aufgeplatzten Haut, und Knochensplitter traten aus den tiefen Wunden hervor, die Knox ihm zugefügt hatte.

Und trotzdem ging der andere weiter auf ihn los.

Erbarmungslos. Unaufhaltsam. Eine Maschine, die nur auf eine Sache programmiert war: Töten.

Er holte nach Knox aus, und beide Männer wichen den Schlägen aus, während sie austeilten, beide waren entschlossen, bis zum bitteren Ende zu kämpfen. So waren sie aus-gebildet worden. Das hatte Knox mit all seinen Halbbrüdern gemein, die in Dragos' höllischem Labor geboren und aufgezo-gen worden waren.

»Wer hat dich geschickt?«, fuhr er ihn an, obwohl er die Bestätigung des Hunters von etwas, das er bereits wusste, gar nicht brauchte.

Seine Fähigkeit, die Sünden des anderen zu sehen, war so-fort da gewesen, als seine Fäuste ihn berührt hatten.

Die Parrishs hatten diesen Killer angeheuert.

Er wollte nicht darüber nachdenken, wie es dem Stammes-vampir gelungen war, sie so leicht aufzuspüren. Doch als er mit dem nächsten Hieb das Gesicht des Killers traf, kehrte das ungute Gefühl zurück, das er gehabt hatte, als Leni mit ihrer Freundin telefonierte, und wurde zu einer trostlosen Gewiss-heit.

Genau wie Leni hatte er nicht an Carlas Loyalität gezweifelt.

Der Hunter hätte sie wohl auf jeden Fall umgebracht, ob sie ihm nun erzählt hatte, was sie wusste oder nicht.

Und der Killer hatte nur das Handy der Frau gebraucht, um den Anruf zu Lenis Aufenthaltsort zurückzuverfolgen.

Knox' rasender Zorn wurde zu kalter Wut, als er daran dach-te, wie sehr Leni wegen des sinnlosen Verlusts ihrer Freundin leiden würde. Er versetzte dem anderen einen weiteren bru-talen Schlag, dann packte er den Arm des Vampirs und drehte ihn mit Gewalt auf dessen Rücken.

Der Mann wirbelte auf dem Absatz herum und benutzte den unbrauchbaren Arm als Hebel. Dadurch befreite er sich gerade lang genug, um Knox auf den Couchtisch zu werfen, der vor dem Sofa stand. Das schwere Möbelstück aus Holz und Glas brach unter seinem Gewicht zusammen, und Knox lande-te auf dem Boden.

Der Hunter griff nach dem Kaminbesteck, das neben dem Feuer hing.

Mit einem der Schürhaken ging er wieder auf Knox los. Von seinen langen Fängen tropften Speichel und Blut, in seinem wilden Blick stand reine Mordlust.

Er ließ das spitze Ende des Metallteils wie einen Hammer nach unten sausen. Knox rollte zur Seite und dann gleich wieder in die andere Richtung, als der Vampir noch einmal versuchte, ihn aufzuspießen.

Knox schlug den Schürhaken weg und sprang mit einer geschmeidigen Bewegung auf.

Doch kaum stand er, nahm der große Mann ihn in den Schwitzkasten. Knox wehrte sich mit aller Kraft gegen den erbarmungslosen Griff, und schließlich gelang es ihm, sich zu befreien. Mit einem lauten Knurren stemmte er sich gegen seinen Gegner.

Der Vampir flog ein paar Schritte nach hinten, ehe er wieder Fuß fasste. Keuchend und mit seinem lodernden Blick voll animalischer Wut senkte er den Kopf wie ein Bulle und stürzte sich mit einem wilden, außerirdischen Brüllen auf Knox.

Knox griff nach dem Schürhaken, der neben ihm lag. Sobald sich seine Finger um den Griff schlossen, holte er aus und stieß die Waffe mitten in den Schädel des angreifenden Hunters.

Der Schlag war tödlich – selbst für die stärksten seiner Art. Der große Mann fiel auf die Knie und war tot, noch ehe sein Körper auf dem Boden aufschlug.

25

Leni hatte sich nicht von der Stelle gerührt, ihre Arme lagen nach wie vor fest um Riley, den sie an sich drückte, nachdem Knox die Leiche des Stammesvampirs gepackt und nach draußen geschafft hatte.

»Die Sonne wird morgen früh den Rest erledigen«, sagte er zu ihr, als er wieder ins Haus kam.

Sie nickte nur, denn noch war sie der Stimme nicht wieder mächtig.

Riley klammerte sich an sie, sein kleiner Körper zitterte unkontrolliert. Das arme Kind stand offensichtlich unter Schock und war nach dem, was es mit angesehen hatte, außer sich vor Entsetzen. Leni fühlte sich auch nicht sonderlich.

Sie konnte sich nicht vorstellen, dass sie je in der Lage sein würde, die Erinnerung an den Moment auszulöschen, als sie in die kalten Augen des Killers geschaut hatte, während dieser mitten auf ihr Gesicht gezielt und abgedrückt hatte. Obwohl sie durch ihre Gabe vor Verletzungen geschützt gewesen war, hatte dies das Entsetzen über den Angriff nicht mindern können.

Und sie versuchte immer noch herauszufinden, wie sie in der Lage gewesen war, auch Riley in diesem Moment zu schützen.

Trotz ihrer Panik hatte Leni gespürt, wie eine neue Kraft in ihr zum Leben erweckt worden war. Auch jetzt spürte sie diese Kraft. Sie wohnte ihr inne und vibrierte selbst jetzt im Ruhezustand vor Energie.

Sie spürte die unglaubliche Gegenwart der Blutsverbindung, die sie mit Knox teilte. Nicht eine Sekunde lang waren sie getrennt gewesen – weder während des Angriffs noch jetzt. Knox' Kraft hatte auch sie gestärkt. Durch seine Liebe war sie gestählt worden. Heute Abend hatte er ihr das Leben gerettet.

Er hatte ihnen allen das Leben gerettet.

So bemerkenswert ihre Fähigkeit auch sein mochte, stellte sich doch die Frage, wie lange sie einem erbarmungslosen Killer, dessen Brutalität und tödliche Professionalität der von mindestens zehn Normalsterblichen entsprachen, hätte standhalten können.

Knox schloss die beschädigte Eingangstür und kam auf sie zu. »Das sollte sicher genug sein, bis der Orden da ist.« Sein schönes Gesicht war von trocknendem Blut und dunklen, geschwollenen Platzwunden gezeichnet. Eine Augenbraue hatte einen Riss, und seine Augen glühten immer noch. Hinter der eingerissenen Oberlippe schimmerten seine im Kampffieber hervorgetretenen Fänge lang und spitz.

Doch seine Berührung war unendlich sanft, als er sie an sich zog und einen Kuss auf ihren Scheitel drückte. »Geht's dir gut?«

»Ja«, stieß sie mit erstickter Stimme ganz leise hervor. Sie hob den Kopf, und ihr brach fast das Herz, als sie seine schrecklichen Wunden aus der Nähe sah. »Es geht mir gut. Riley und ich sind beide unverletzt. Aber du …«

Er schüttelte stirnrunzelnd den Kopf. »Mach dir meinetwegen keine Sorgen. Ich werde ganz schnell wieder gesund werden.«

Und genauso war es auch. Die Platzwunden, Risse und zerschmetterten Wangen- und Kieferknochen heilten vor ihren Augen.

»Das ist die Macht deines Blutes, das ich in mir habe, Leni.«

Er strich mit den Lippen über ihren Mund. »Mein Blut wird dich ebenfalls stärker machen.«

»Das hat es bereits getan. Dadurch war ich in der Lage, durch meine Gabe auch Riley abzuschirmen, nicht wahr?«

Er nickte. »Ich bin so froh, dass du das konntest.«

Der Ernst, der in seiner tiefen Stimme mitschwang, bestätigte, wie knapp sie dem schrecklichen Schicksal entgangen waren, den Jungen zu verlieren.

Heute Abend waren sie der Möglichkeit, alles zu verlieren, entsetzlich nahe gekommen.

In einem von Furcht erfüllten Winkel ihres Herzens wusste sie, dass das Schlimmste noch nicht vorbei war.

Knox hockte sich vor Riley hin. »Na, wie hältst du dich, Kumpel?«

Statt zu antworten, schob sich der Junge an Lenis Bein entlang hinter diese, während seine kleinen Hände den lockeren Stoff ihrer Pyjamahose umklammerten.

»He«, sagte Leni und griff hinter sich, um ihn aus seinem Versteck zu locken. »Du brauchst doch keine Angst vor Knox zu haben, mein Schatz. Er tut uns nichts.«

»Niemals«, schwor Knox. »Keiner bedeutet mir mehr als ihr beide. Du glaubst mir doch, Riley, oder?«

Der kleine blonde Kopf nickte in stummer Bejahung. Er sah Knox lange an, dann trat er vor und umarmte den großen Mann ganz fest.

Erleichterung durchströmte Leni, als sie den liebevollen Umgang der beiden beobachtete. Doch das minderte nicht die Panik, die sich in ihr breitgemacht hatte.

Als Knox wieder hochkam, sah sie die gleiche Trostlosigkeit in seinem ernsten Blick.

»Wenn es nun noch mehr sind?«, fragte sie mit tonloser Stimme.

Grimmig schüttelte er den Kopf. »Es war nur der eine. Die Parrishs hatten ihn angeheuert. Das habe ich gesehen, kaum hatte ich den Mistkerl berührt.«

Es schockierte sie nicht zu hören, dass Travis' Familie einen Killer losgeschickt hatte, um sie zu töten. Sie hatte ihr Entsetzen über den Vorfall heute Abend gerade überwunden, aber etwas begann an ihr zu nagen, verwirrte sie.

Und dann wurde ihr immer kälter, als ihr langsam etwas klar wurde, was sie doch nicht wahrhaben wollte.

»Woher wussten die, wo wir sind? Wie hat man uns finden …« Sie brachte plötzlich kein Wort mehr heraus, als sich ihr Hals vor Kummer zusammenzog.

Oh Gott. Carla.

Sie brauchte den Namen ihrer Freundin nicht laut auszusprechen. Und wenn, dann hätte das Rileys Angst nur noch größer werden lassen. Knox' düstere Miene bestätigte, was sie nicht auszusprechen ertrug.

Carla war tot.

»Bist du dir sicher?«, fragte sie, während ihre Stimme vor Kummer brach.

Knox bestätigte es mit einem düsteren Nicken. »Die Parrishs haben den Hunter zuerst da hingeschickt. Sie hat nichts gesagt, Leni. Aber es hätte sowieso nichts geändert.«

Leni wollte es nicht glauben, aber die Wahrheit stand in Knox' ernsten Blick geschrieben.

Ihre Freundin war tot.

»Es ist meine Schuld. Ich hätte ihr heute Morgen nichts erzählen sollen. Wenn ich es nicht getan hätte …«

Knox schüttelte den Kopf. »Es hätte nichts geändert. Hunter jagen, Leni. Für sie zählt nur, die Zielperson zu eliminieren. Die scheren sich einen Dreck um das Gemetzel, das sie hinterlassen.«

Sie brauchte nicht zu fragen, warum er sich da so sicher war. Es war für sie unvorstellbar, dass er im gleichen Geschäft gewesen war wie der Stammesvampir, den er heute getötet hatte, doch sie hatte gewusst, dass Knox gefährlich war. Und jetzt hatte sie es sogar mit eigenen Augen gesehen.

Und während sie den kranken Wahnsinnigen verabscheute, der ihren Gefährten so viele Jahre im Rahmen seines brutalen Zuchtprogramms gefangen gehalten hatte, würde sie wohl nie dankbarer sein als jetzt, dass Knox diese gefährlichen Fähigkeiten besaß.

Wenn es nur eine Möglichkeit gegeben hätte, auch ihre Freundin zu schützen. Leni hätte sich am liebsten gehen lassen, als Knox sie zärtlich an sich zog, aber sie musste sich zusammenreißen. Für Riley. Für Knox.

Und für Carla musste sie sich auch zusammenreißen, denn Leni wusste, dass ihre beste Freundin das von ihr verlangt hätte.

Sie holte tief Luft, um sich zu fassen, und löste sich dann aus Knox' tröstlicher Umarmung. »Was machen wir jetzt?«

»Der Orden müsste in drei oder vier Stunden hier sein. Ich will, dass du mit Riley hierbleibst und auf das Team wartest. Ich werde dir mein Handy dalassen. Es ist eine Nummer darin gespeichert, über die du dich mit meinem Bruder Razor in Florida in Verbindung setzen kannst. Wenn du aus irgendeinem Grund schon früher mit den Kriegern vom Orden sprechen musst, ehe sie hier sind, kann er das in die Wege leiten.«

Leni gefiel nicht, was er sagte. »Was ist mit dir?«

Ein Muskel zuckte an seiner heilenden Wange. »Ich werde diesen Krieg zu den Parrishs tragen und ihn dann ein für alle Mal beenden.«

26

Es wäre schneller gegangen, wenn er zu Fuß zurück nach Parrish Falls gelaufen wäre, doch längst nicht so befriedigend, als wenn er mit dem schwarzen SUV, der dem von ihnen angeheuerten Killer gehört hatte, bei den Parrishs vorfuhr.

Knox legte die Strecke in Rekordzeit zurück. Er kochte vor Wut, während er Meile um Meile zwischen dem Safe House, wo er Leni und Riley zurückgelassen hatte, und dem Anwesen der Parrishs am Rande der Stadt zurücklegte.

Ehe er sich auf den Weg gemacht hatte, war er noch einmal zu Riley gegangen und hatte die Erinnerung des Jungen an den Angriff gelöscht. Alle Stammesvampire besaßen die Fähigkeit zur Gehirnwäsche, aber Knox führte sie sehr selten durch. Er empfand es als einen zu großen Eingriff, jemandem ein Stück seiner Vergangenheit zu stehlen, doch in Rileys Fall stand es außer Frage, dass es ein Segen wäre. Keiner sollte mit der Erinnerung an die widerwärtige Brutalität leben müssen, die es auf der Welt gab – am allerwenigsten ein unschuldiges Kind.

Knox wünschte nur, er hätte das Gleiche auch für Leni tun können.

Stünde es in seiner Macht, würde er ihr jeden Schmerz nehmen, den sie je hatte ertragen müssen, und sie vor allem bewahren, was die Zukunft unter Umständen bereithielt.

Heute Abend würde er sich jedoch mit kalter Rache zufriedengeben müssen.

Er fuhr langsamer, und die Reifen knirschten auf dem verharschten Schnee und Eis, als er sich dem geschlossenen Tor des Anwesens der Familie Parrish näherte, wo diese lebte und arbeitete. Das große Haus schimmerte friedlich in der winterlichen Dunkelheit. Warmes, gelbes Licht drang durch die zugezogenen Vorhänge nach draußen.

Einer der Parrishs – ein Mann, der zu jung war, um der Patriarch der Familie, und zu dünn, um Dwight zu sein – arbeitete draußen nahe des angeschlossenen Holzlagers. Er stand an der breiten Seite eines mit frisch gesägten Stämmen beladenen Sattelschleppers und überprüfte offensichtlich, ob alles gut gesichert war. Sein Atem dampfte im hellen Schein der Flutlichter, die am Außengebäude angebracht waren.

Er schaute über die Schulter und musterte den SUV, der am Tor stand. Die Hand des Mannes ging hoch, er grüßte, da er offensichtlich annahm, dass es der Hunter war, der von seinem Auftrag zurückkehrte.

Tja, er hatte nicht ganz unrecht.

Knox lächelte hinter der dunkel getönten Windschutzscheibe. Er betätigte einmal kurz das Fernlicht als Erwiderung und beobachtete, wie Travis Parrishs jüngerer Bruder ins Außengebäude lief und einen Knopf drückte, über den sich das Tor ferngesteuert öffnen ließ.

Knox fuhr hindurch. Ein leises Knurren kam aus seiner Brust.

So erfahren und fähig er auch sein mochte, hatte er doch den Akt des Tötens nie genossen.

Heute Abend würde er eine Ausnahme machen.

27

Knox war noch keine Stunde weg, aber das Warten fühlte sich bereits wie eine Ewigkeit an.

Dass Riley keine Erinnerungen an den Angriff hatte, machte die ganze Tortur etwas erträglicher für Leni, aber nichts würde je ihre Trauer wegen Carlas Tod auslöschen.

Oder ihr die Sorge um Knox nehmen.

Er musste mittlerweile in Parrish Falls angekommen sein. Sie wusste, dass er am Leben war. Seine Energie, die sich durch die Blutsverbindung auf sie übertrug, war wie Balsam für ihre Seele. Aber sie spürte auch die kalte Wut, die ihn beherrschte, und Leni bedauerte fast die Männer, gegen die sie sich heute Nacht richten würde.

Aber nur fast.

Die Parrishs verdienten Knox' Zorn voll und ganz für das, was sie Carla angetan hatten.

Auch in Leni kam Wut hoch, wenn sie an die letzten Momente im Leben ihrer Freundin dachte und an das Leid und die Furcht, die sie durchgemacht haben musste. Carla hatte nur deshalb sterben müssen, weil sie Lenis Freundin gewesen war. Trotz Knox' Bemühungen, Leni ihre Schuldgefühle zu nehmen, wusste sie nicht, ob sie es sich je vergeben würde, dass ihre Freundin durch sie ins Fadenkreuz der Parrishs geraten war.

Was Riley anging, befand der sich immer noch im Zentrum des Krieges, der um ihn tobte.

Jetzt nach Travis' Ermordung mehr denn je.

Und wenn sie auch nur daran dachte, dass der kleine unschuldige Junge heute Abend unter Umständen dieser Familie in die Hände hätte fallen können, fing ihr Blut vor Wut an zu kochen. Wäre Knox nicht ein so überragender Kämpfer gewesen, und hätten sich ihre Kräfte nicht dank der Blutsverbindung mit ihm verstärkt, wäre Riley jetzt längst fort.

Stattdessen saß er auf dem großen Sofa und spielte mit Fred und einem Schuhkarton voller Actionfiguren, die er in einem der Schlafzimmer gefunden hatte.

Während Riley nach der Löschung seiner Erinnerung durch Knox schlief, hatte Leni schnell das Wohnzimmer aufgeräumt. Den blutigen Teppich hatte sie aufgerollt und in einem anderen Raum verstaut, die Trümmer des zerbrochenen Couchtisches aufgesammelt.

Riley hatte kein Interesse mehr an dem Film gehabt, der vor dem Angriff gelaufen war, deshalb hatte Leni einen örtlichen Nachrichtensender eingeschaltet. Sie hatte den Ton etwas leiser gestellt, sodass er reichte, um die Stille aus dem großen, leeren Dunklen Hafen zu vertreiben.

Sie saß neben dem Jungen, während er spielte, und konnte nicht widerstehen, ihm das hellblonde Haar aus der Stirn zu streichen. Er ähnelte Shannon so sehr. Fröhlich und lebhaft, war er ein charmanter kleiner Schelm mit den großen blauen Augen ihrer Schwester und ihrem seidigen Haar.

Es schmerzte, ihn ohne sie aufwachsen zu sehen.

Und sosehr sie auch um Carla trauerte, so wäre sie auch immer zutiefst bekümmert wegen Shannon.

All die Dinge, die ihre Schwester niemals sehen, die sie nie über ihren wundervollen Sohn erfahren würde.

Leni räusperte sich. »Du spielst jetzt schon seit zwei Stunden, mein Schatz. Warum machst du nicht mal 'ne Pause, und ich bereite für dich ein Sandwich zu?«

»Okay.« Er sah mit seinen großen, unschuldigen Augen zu ihr auf. »Meinst du, es gibt hier Erdnussbutter?«

Leni lächelte. »Oh ja, das kann ich mir vorstellen.«

»Und Traubengelee?«

»Warum gehen wir nicht gucken?«

Sie erhob sich vom Sofa und ging in Richtung Küche. Sie war schon ein paar Schritte gegangen, als sie merkte, dass Riley ihr nicht folgte. Beunruhigt schaute sie zurück und sah, dass sein Blick wie gebannt am Fernseher hing, der über dem Kamin angebracht war.

»Rye?«

Sie kam wieder zurück, und auch ihr Blick wurde von der Nachricht angezogen, die gerade auf dem großen Bildschirm gebracht wurde. Es war die Sondermeldung eines lokalen Senders über ein Mädchen aus Quebec, das offensichtlich seit fast zwei Wochen vermisst wurde. Der Schnappschuss eines etwa zehnjährigen Mädchens mit hellbraunen Haaren und einem schüchternen Lächeln füllte den Bildschirm.

»Das ist sie«, sagte Riley und drehte den Kopf zu Leni.

»Das ist wer, Schatz?«

»Meine Freundin. Die Fred und ich im Wald unten am Fluss kennengelernt haben.«

Leni wurde plötzlich ganz kalt. »Was meinst du damit, du hättest sie kennengelernt? Redest du von der eingebildeten Freundin, die du an dem Morgen erwähntest, als du das Haus verlassen hattest, ohne mir etwas zu sagen?«

Er schüttelte stirnrunzelnd den Kopf. »Ich habe sie mir nicht eingebildet. Sie ist echt. Aber ich weiß nicht, wie sie heißt, weil …«

»… weil sie wegrannte, als du versuchtest, mit ihr zu reden«, führte Leni den Satz zu Ende, wobei ihre Stimme völlig ausdruckslos war, als sie sich daran erinnerte, was der Junge ihr an jenem Tag erzählt hatte – seine Worte, die sie als Hirngespinst abgetan hatte, weil sie aufgeregt und verängstigt gewesen war und keine Geduld gehabt hatte, auf sein Spiel einzugehen.

War ein vermisstes Mädchen durch die Wälder von Parrish Falls geflüchtet?

Sollte es so sein, wie um Himmels willen war die Kleine dann nach Parrish Falls geraten – so weit von ihrem Zuhause entfernt?

Leni griff nach der Fernbedienung und machte lauter. Das Foto des schüchternen Kindes war ausgeblendet und von einem kurzen Filmbericht abgelöst worden, in dem zu sehen war, wie Polizisten einen Waldstreifen oberhalb des Flusses in der Nähe von Parrish Falls absperrten, während der Wagen eines Gerichtsmediziners auf der schneebedeckten Straße wartete.

»Laut Behördenaussagen in Kanada wurde das Mädchen, dessen Leiche man gestern im Penobscot River gefunden hatte, das letzte Mal auf einem Rastplatz in der Nähe von St. Zacharie gesehen. Es wird angenommen, dass das zwölfjährige Französisch sprechende Mädchen Menschenhändlern zum Opfer gefallen ist«, las die Nachrichtensprecherin mit nüchterner Stimme vor. »Sollte jemand nähere Informationen zu dem Fall haben, wird er gebeten, sich mit der Polizei in Verbindung zu setzen.«

»Was ist Menschenhandel?«, fragte Riley.

Leni konnte nicht antworten. Ihr Kopf war voll widerwärtiger Vermutungen – und eine beunruhigende Sorge machte sich in ihr breit.

Was machte ein Kind, das an der Grenze in Höhe von St. Zacharie verschwunden war, in Parrish Falls?

Während sie darüber nachdachte, kam ihr wieder mit schrecklicher Klarheit in den Sinn, was Knox ihr erzählt hatte – was er entdeckt hatte, als er Travis Parrishs Sünden gewahr geworden war.

Travis hatte dafür gesorgt, dass Shannon weggeschickt wurde. Nein, sie war nicht weggeschickt worden.

Man hatte sie geholt.

Man hatte sie über die kanadische Grenze nach Quebec entführt.

Travis hatte dafür gesorgt. Travis, der Frauen gern wehtat, hatte Knox erzählt.

Frauen und jungen Mädchen.

Sie dachte an den seltsamen Blick, den Travis und sein Vater an jenem Sonntagnachmittag im Diner getauscht hatten, als Enoch erwähnte, Dwight und Jeb hätten eine Lieferung nach St. Zacharie erledigen müssen – eine eilige Lieferung, die während der schlimmsten Straßenverhältnisse des Jahres ausgefahren wurde.

Geld wartet nicht auf gutes Wetter.

Enoch Parrishs Bemerkung und Travis' Reaktion bekamen plötzlich eine neue, düstere Bedeutung.

Konnte es sein, dass die Parrishs in etwas so Widerwärtiges verwickelt waren?

Nach allem, was sie die letzten paar Tage erfahren hatte, war ihnen wirklich alles zuzutrauen.

Knox musste gewarnt werden.

Der Orden brauchte noch Stunden, um im Safe House anzukommen, die Krieger würden also zu spät eintreffen, um ihm zu helfen. Knox' Bruder Razor war sogar noch weiter entfernt. Die einzige Möglichkeit, die ihr also zur Verfügung stand, war, dem Polizeirevier ihren Verdacht mitzuteilen.

Sie stellte den Fernseher leise, holte schnell ihr Handy und tippte die Nummer ein, die sie jeden Tag am Kühlschrank im Diner hängen sah.

Die Zentrale meldete sich, und Leni begab sich mit ihrem Handy außer Hörweite von Riley. Sie berichtete eilig alles, was sie wusste und vermutete – angefangen bei dem Mädchen, das Riley im Wald gesehen hatte, bis hin zu der seltsam dringenden Fahrt der Parrishs an die Grenze. Dann erzählte sie dem Polizisten, der den Anruf entgegengenommen hatte, noch, was ihrer Schwester angetan worden war.

»Aber das ist nicht alles«, sagte sie in die Stille am anderen Ende der Leitung. »Die Parrishs haben heute Abend versucht, mich umzubringen. Sie hatten einen Auftragskiller angeheuert, einen Stammesvampir. Sie haben meine Freundin Carla Hansen umgebracht, und dann –«

In der Leitung ertönte ein seltsames Klicken, ehe sich eine bekannte Stimme in den Anruf einschaltete.

»Lenora?« Sheriff Barstows sonorer Bariton drang in ihr Ohr. Er klang besorgt, aber ihr entging nicht die Überraschung, die in seiner Stimme ebenfalls mitschwang. »Geht's dir gut? Das ganze verdammte Dezernat sucht nach dir.«

»Weshalb?«

»Weshalb? Hast du es denn nicht mitbekommen? Travis Parrish ist letzte Nacht kaltblütig ermordet worden. Wir haben Zeugen, die seinen Mörder identifiziert haben, Leni. Es war dieser gemeingefährliche Vampir, der dir an die Wäsche wollte.«

Sie zuckte angesichts der vulgären Bemerkung zusammen, die von einem Polizisten kam, den sie seit ihrer Kindheit kannte. »Knox ist mein Gefährte. Er hat nur Riley und mich beschützt.«

»Er ist schlicht und einfach ein Mörder. So wie du und der Junge aus der Stadt verschwunden seid, hatte ich große Angst, der Mistkerl könnte euch auch irgendwo tot zurückgelassen haben.«

»Nein, Amos. Knox ist hier nicht der Gefährliche, sondern die Parrishs. Die haben einen Killer – einen Stammesvampir – losgeschickt, um Knox und mich umzubringen und Riley mitzunehmen. Und meine Freundin Carla ist ihretwegen gestorben. Der Hunter, den sie auf mich angesetzt hatten, tötete sie, nachdem er von ihr erfahren hatte, wo ich mich aufhalte.«

Der alte Sheriff war am anderen Ende der überwachten Leitung einen Moment lang ganz still. »Das sind sehr schwere Vorwürfe, Lenora.«

»Aber es stimmt. Schick jemanden zu Carla nach Hause, wenn du mir nicht glaubst.«

»Das werde ich tun«, erwiderte Barstow mit ernster Stimme. Er atmete tief durch und klang sehr nachdenklich. »Was ist mit dem anderen Stammesvampir … Knox. Ist er jetzt bei dir, Leni?«

»Nein.«

»Wo ist er?«

Sie war sicher, dass der schlaue alte Polizist nicht länger als eine Sekunde brauchte, um sich diese Frage selbst zu beantworten, aber sie würde ihm die Antwort nicht geben.

»Du hast ziemlich viel durchgemacht, Lenora. Ich weiß, dass du bestimmt Angst hast, aber es wird alles bald vorbei sein. Das verspreche ich dir.« Barstows Stimme nahm einen beruhigenden Tonfall an, der aus irgendeinem Grund dafür sorgte, dass sich ihr die Nackenhaare aufstellten. »Bleib, wo du bist. Ich habe meine Männer bereits losgeschickt, damit sie dich hierher auf die Wache bringen.«

Das unangenehme Gefühl wich eisiger Kälte. »Ich habe dir nicht gesagt, wo ich bin, Amos.«

Ehe er sich irgendeine Erklärung einfallen lassen konnte oder versuchte, sie mit noch mehr gespielter Sorge zu beruhigen, beendete sie das Gespräch. Ihr Handy hatte jetzt keinen

Nutzen mehr für sie. Es würde Barstow und seinen Männern nur helfen, zu ihr und Riley zu finden.

Sie warf es weg und rannte ins Wohnzimmer zurück, um den Jungen zu holen.

Sie konnte nicht eine Minute länger auf die Ankunft des Ordens warten.

Sie mussten jetzt los.

Irgendwie musste sie eine Möglichkeit finden, Knox zu warnen und ihm mitzuteilen, was sie erfahren hatte.

Sie konnte nur hoffen, dass sie es schaffte, ehe Sheriff Barstow und seine Männer bei ihm waren.

»Riley, wir müssen jetzt gehen, mein Schatz.«

Er musste wohl gesehen haben, wie ernst sie es meinte. Er griff nach Fred, hüpfte vom Sofa und rannte zu ihr. Leni nahm die Jacken und ihre Handtasche, und dann rannten sie nach draußen zu ihrem Wagen. Nachdem sie Riley hinten auf seinem Sitz angeschnallt hatte, setzte sie sich hinters Steuer und ließ den Motor an.

Noch während der alte Wagen polternd zum Leben erwachte, holte sie das Handy hervor, das Knox ihr gegeben hatte, und drückte auf die Nummer, die sie hatte anrufen sollen.

Eine tiefe Stimme meldete sich. »Du rufst zu früh an, Bruder. Das heißt nichts Gutes.«

»Hallo … äh, Razor?« Sie hatte sich das Handy zwischen Ohr und Schulter geklemmt, während sie Gas gab und mit aufheulendem Motor auf die Straße fuhr. »Mein Name ist Lenora Calhoun …«

»Ich weiß, wer du bist. Sag mir, was ich für dich tun soll, Leni.«

28

Knox behielt den Parrish-Spross im Kegel seiner Scheinwer-fer, während er die Auffahrt hochfuhr. Das Bedürfnis, das Gas-pedal durchzutreten und den Mistkerl gegen den Sattelschlep-per und die Tonnen von Holz, mit denen er beladen war, zu rammen, war fast überwältigend, doch er behielt seine Wut im Zaum, während er näher kam.

Als der SUV langsam zum Stehen kam, trat Parrish auch schon auf der Fahrerseite an den Wagen heran. Er klopfte an die Scheibe und forderte Knox dazu auf, das Fenster zu öffnen. »Dwight und Vater sind im Haus. Sie werden dir gleich den Rest von deinem Geld ...«

Das Gesicht des Mannes erstarrte, als das Fenster aufging und er statt des bezahlten Auftragsmörders, den er eigentlich erwartet hatte, einen Fremden sah. Knox' funkensprühende Augen und die gefletschten Fänge ließen Parrish nach hinten taumeln.

»Oh, verdammt.«

Knox stieß die Tür auf und schleuderte den Mann dadurch zu Boden. Parrishs Stiefel bewegten sich, als würde er rennen, obwohl er doch mit dem Hinterteil auf der verschneiten Auf-fahrt saß.

Knox stieg aus dem Wagen.

»Heilige Scheiße!« Parrish rappelte sich auf und rannte da-von. Er schaffte es, im Laufen eine Pistole aus der Jackentasche zu ziehen, fuhr herum und feuerte einen schnellen Schuss ab. Der verfehlte Knox. Er floh weiter, während er noch weitere

Schüsse abgab, und wollte Deckung bei dem Außengebäude suchen.

Doch so weit kam er nicht.

Knox bewegte sich blitzschnell. Eben war er noch ein paar Meter hinter Parrish gewesen, und nun stand er direkt vor ihm.

Er verschwendete weder Mühe noch einen Gedanken an den Mann, sondern packte in Sekundenschnelle dessen Schädel mit beiden Händen und gab dem zerbrechlichen menschlichen Hals einen Ruck. Die Leiche fiel mit einem gedämpften Knall zu Boden.

Im selben Moment stürzte Dwight Parrish aus einer Seitentür des Hauses nach draußen. Mit einer großen, halb automatischen Pistole in der Hand blieb er unter der Überdachung stehen. »Jeb?«

Knox trat aus dem Schatten in den hellen Schein der Flutlichter.

»Jeb ist tot. Genau wie der Jäger, den ihr angeheuert hattet.« Er setzte sich in Bewegung und ging auf Dwight zu. »Du bist der Nächste.«

Dwight hob seine Waffe und gab eine schier endlose Salve von Schüssen ab. Ein paar der Kugeln trafen – die reichten aber nicht, um Knox aufzuhalten. Er marschierte über die Auffahrt und kam zielstrebig auf das Haus zu.

Dwight hatte ungefähr zwei Sekunden, um zu entscheiden, ob er weiter nutzlose Schüsse auf Knox abgeben oder in Deckung gehen wollte. Es überraschte nicht weiter, dass der Feigling sich für Letzteres entschied.

Mit einem panischen Fluch auf den Lippen machte er auf dem Absatz kehrt, stürzte ins Haus und verriegelte die Tür hinter sich.

Knox ließ sie mit einem Tritt aus den Angeln fliegen und folgte ihm ins Haus.

Nur den Bruchteil einer Sekunde, ehe die Ladung auf ihn zukam, sah er aus dem Augenwinkel das Aufblitzen eines Schusses aus einem Schrotgewehr. Er machte einen Hechtsprung zur Seite, sah aber gerade noch, dass der Schütze nicht Dwight, sondern ein alter Mann war.

Enoch Parrish.

Der gebeugte, grauhaarige Patriarch der Familie floh wie eine Ratte durch das Loch, wo mal die Seiteneingangstür gewesen war, welche Knox eingetreten hatte. Er ließ den flüchtenden Mistkerl gehen – erst einmal. Enoch würde nicht weit kommen.

Zuerst hatte Knox eine Rechnung mit dem Sohn des alten Mannes zu begleichen.

Mit einem Satz stürzte er sich auf den fliehenden Dwight und ließ ihn zu Boden gehen. Er drehte ihn auf den Rücken, umklammerte Parrishs Kehle und drückte den Mann nach unten. Kaum hatte er ihn mit seiner Hand berührt, stürmten Dwights Sünden und alles andere Widerwärtige auf ihn ein.

Das Leiden unzähliger junger Frauen und Mädchen.

Entführung, sexuelle Versklavung und Freiheitsberaubung. Gewissenloser körperlicher Missbrauch, der zu häufig in Mord geendet hatte, als dass Dwight noch wusste, wie viele Male genau.

Und während einige der Sünden Jahrzehnte zurücklagen, waren viele andere noch frisch.

Voller Zorn starrte Knox das Monster in Menschengestalt an. »Du kranker Abschaum. Ich hätte dich gleich am ersten Abend umbringen sollen. Ich hätte euch alle an jenem Abend umbringen sollen.«

»Fahr zur Hölle«, presste Dwight mit schnarrender Stimme hervor, da Knox ihm weiter die Kehle zudrückte.

»Du zuerst«, erwiderte Knox.

Er griff nach der Pistole, die Parrish fallen gelassen hatte, und setzte sie unter dem Kinn des Mistkerls an. Er drückte ab, und Dwights letzte Worte flogen zusammen mit der Hälfte seines Schädels weg.

Draußen im Holzlager wurde der Motor des Schwerlasters angelassen.

Knox stand auf und ging ruhig nach draußen, um sich um den letzten Parrish zu kümmern.

Enoch saß hinter dem Steuer des Sattelschleppers, und aus dem Auspuff stieg eine graue Rauchwolke auf, als der alte Mann den Motor auf Touren brachte. Knox war da, ehe der Laster sich überhaupt in Bewegung setzte.

Er riss die Fahrertür aus ihrer Verankerung, zerrte Enoch von seinem Sitz herunter und warf ihn zu Boden. Der alte Mann hatte ebenfalls eine Pistole bei sich. Knox schlug sie ihm aus der zittrigen Hand, als würde er eine Fliege verscheuchen.

Er brauchte nicht zu überlegen, ob Enoch Parrish schuldig war. Dass er an der Entscheidung beteiligt gewesen war, einen Hunter auf Leni anzusetzen, um sie zu ermorden und Riley an sich zu bringen, stand außer Frage. Aber Knox konnte den Dreckskerl nicht umbringen, ohne sich vorher zu versichern, was er alles getan hatte.

Der alte Mann unternahm einen panischen Versuch zu fliehen und bewegte sich wie ein Krebs rückwärts, während Knox über ihm aufragte. Knox setzte seinen Stiefel auf Enochs Brust und genoss das spröde Knacken alter Rippen, die unter seinem Absatz nachgaben.

»Komm hoch.« Er trat einen Schritt zurück und sah den Mann voller Zorn an. Als Parrish nur keuchend schnaufte und dem Befehl nicht nachkam, packte Knox ihn an seinem Flanellhemd und zog ihn hoch.

Parrish heulte vor Schmerz auf.

Der Schrei verstummte, als sich Knox' Finger um den Hals des alten Mannes legten und zudrückten.

»Allmächtiger«, zischte er mit zusammengebissenen Zähnen, als die Schleusen sich öffneten und preisgaben, welche verderbten Gräueltaten und unaussprechlichen Grausamkeiten Enoch in fast achtzig Jahren begangen hatte.

Hatten Dwight und Travis schon Widerwärtiges getan, so wirkten ihre Sünden im Vergleich zu denen ihres Vaters blass.

Enoch hatte sein Leben lang Missbrauch betrieben, und seine Brutalität hatte keine Grenzen gekannt. Seine Frau hatte darunter zu leiden gehabt, seine Kinder, Mädchen aus Parrish Falls und von anderswo. Und damit war es noch nicht genug.

Himmel, nicht einmal annähernd.

Enoch Parrish war der Anführer eines verdorbenen Kreises weiterer Täter, denen einer abging, wenn sie sich über junge Frauen hermachten, die weder die Macht noch die Möglichkeit besaßen, sich ihrer zu erwehren. Mittellose Frauen, Ausreißerinnen, verletzliche Mädchen, die sich an niemanden wenden konnten, die niemanden hatten, der ihnen half.

Parrish hatte fast sein ganzes Leben lang Menschenhandel betrieben, hatte diese Unternehmungen jedoch gesteigert, als es mit dem Holzgeschäft bergab gegangen war.

Er und seine Söhne versklavten immer noch zusammen mit im Verborgenen arbeitenden abscheulichen Kumpanen hilflose junge Frauen, um ihren perversen Vergnügungen zu frönen.

Knox rammte den alten Mann mit dem Rücken gegen die rauen Stämme, die der Sattelschlepper hinter ihm geladen hatte. »Wo sind sie? Wo sind die Mädchen, die im Moment festgehalten werden? Verdammt noch mal, sag, wo sie sind.«

In der Ferne war das Heulen von Sirenen zu hören. Das

Licht von Scheinwerfern brach immer wieder zwischen den Bäumen hindurch, als anscheinend eine ganze Armee von Polizeifahrzeugen auf der zweispurigen Straße auf das Parrish-Anwesen zuraste.

Enoch wehrte sich gegen Knox' Griff, doch seine faltige, alte Miene blieb verschlossen, sein schmaler Mund eigensinnig stumm.

Knox wollte den Kerl umbringen. Oh, wie gern.

Doch zuerst brauchte er die Information.

Er musste Enoch Parrishs Opfer retten.

»Wo sind sie, du verdammter Dreckskerl?«

Und dann hörte er es. Einen leisen, erstickten Schrei, der aus dem Außengebäude kam. Außerdem hörte er ein Klopfen. Menschliche Ohren hätten es nicht wahrnehmen können, doch Knox' überirdische Sinne sprangen sofort darauf an.

Hinter ihm rollte jetzt das halbe Regiment des Bezirkssheriffs aufs Grundstück. Schnee und Eis wurden hochgeschleudert, als die Fahrzeuge sich so aufstellten, dass eine Flucht unmöglich war. Polizisten mit Pistolen sprangen aus den Autos und richteten die Waffen auf Knox.

Eine Stimme – die von Amos Barstow – forderte Knox über ein Megafon auf, sich zu ergeben. »Umdrehen und die Hände so halten, dass wir sie sehen können.«

Scheinwerfer richteten sich auf ihn und erhellten Enoch Parrishs grinsendes Gesicht.

»Jetzt bist du erledigt, Vampir.«

Jemand feuerte einen Warnschuss ab. Knox warf einen Blick über die Schulter und sah, dass Barstow der Schütze gewesen war.

»Mistkerl.«

»Lassen Sie ihn gehen«, rief der Sheriff über den Lautsprecher.

»Du hast meinen Freund gehört«, gackerte Enoch. »Lass mich gehen.«

Knox grinste höhnisch. »In Ordnung.«

Er ließ ihn los und griff im gleichen Moment nach dem Entriegelungshebel für die Seitenschiene, welche die Ladung auf dem Sattelschlepper hielt. Enoch Parrish schrie, als mehr als zwanzig Tonnen schwerer Baumstämme wie eine Lawine abgingen und ihn lebendig begruben.

»Bringt den Mistkerl um!«, brüllte Amos Barstow seinen Männern zu.

Ein Kugelhagel von einer ganzen Armee von Polizisten explodierte förmlich hinter Knox.

29

»Oh mein Gott. Nein!«

Leni fuhr gerade in dem Moment durch das Tor zum Anwesen der Parrishs, als Dutzende von Polizisten das Feuer auf Knox eröffneten. Schleudernd brachte sie ihren alten Wagen zum Stehen, ehe sie aus dem Auto sprang und auf die Polizisten zulief, deren Wagen breit gefächert im Schnee standen, als hätten sie sich auf einen Krieg eingestellt.

»Nein! Hört auf, auf ihn zu schießen, bitte!«

Aber sie hörten nicht auf. Amos Barstow hatte die Leitung des Einsatzes, und seine Stimme übertönte mithilfe des Megafons das laute Krachen der Schüsse.

»Wo ist dieser blutsaugende Mistkerl hin?«, brüllte er die Polizisten an. »Lasst ihn nicht entkommen!«

Leni konnte ebenfalls nicht erkennen, wo Knox hin war. Er hatte sich mit der ihm eigenen übernatürlichen Geschwindigkeit bewegt und war wie ein wabernder Schatten in der Dunkelheit verschwunden.

Aber er war nicht ohne Wunden davongekommen.

Sie konnte seinen Schmerz durch die Blutsverbindung spüren.

Einige der Kugeln hatten ihr Ziel nicht verfehlt. Doch er war am Leben.

Er lebte und tobte innerlich vor Wut. Sie konnte jedoch nicht erkennen, wo diese Wut herrührte.

»Aufhören«, bettelte Leni. »Das ist der Falsche. Knox ist nicht der Feind.«

»Halte dich da raus, Lenora.« Barstow warf einen verächtlichen Blick in ihre Richtung. »Du würdest alles sagen, um deinen Geliebten zu beschützen. Das wird nicht funktionieren. Der Vampir wird heute Nacht sterben. Wir haben gerade mit angesehen, wie er meinen guten Freund Enoch Parrish kaltblütig ermordet hat.«

»Du meinst, so wie ihr, du und die Parrishs, meine Freundin Carla Hansen ermordet habt? So wie du mich auch umgebracht hättest?«

Die Schüsse wurden weniger und hörten dann ganz auf. Ein paar der Polizisten sahen sie verwirrt an.

»Es stimmt«, sagte sie an Barstows Kollegen gewandt. »Enoch Parrish und seine Söhne hatten einen Killer – einen Stammesvampir – angeheuert, um mich und Knox loszuwerden und meinen Neffen an sich zu nehmen. Sheriff Barstow ist nicht dagegen eingeschritten. Und das ist noch nicht alles, was die Parrishs getan haben. Sie betrieben einen Menschenhändlerring. Es würde mich kein bisschen überraschen, wenn Amos davon gewusst haben sollte. Vielleicht war er sogar beteiligt.«

»Du hast ja wohl den Verstand verloren«, polterte der Sheriff los. »Das sind bösartige Lügen, die du da verbreitest, Lenora. Gefährliche Lügen.«

»Leni hat recht.«

Knox' tiefe Stimme ertönte vom Außengebäude des Holzhandels her. Er stand riesig und furchtlos im Angesicht so vieler auf ihn gerichteter Waffen im offen stehenden Eingang. Seine verwandelten Augen glühten wie Kohlen. Blut tropfte aus mehreren Schusswunden.

»Die Parrishs sind verantwortlich für Missbrauch und Ermordung von Dutzenden junger Frauen – und auch Kindern«, verkündete Knox grimmig. »Das Übel, das von ihnen ausging, hat heute ein Ende genommen.«

»Allmächtiger«, keuchte einer der Polizisten. »Er ist nicht allein. Schaut!«

Hinter Knox tauchte eine zarte, mitgenommen aussehende Frau in schmutziger abgerissener Kleidung auf. Eine weitere folgte ihr, und dann noch eine, die den Arm um die schmalen Schultern eines weinenden Mädchens von vielleicht zehn Jahren gelegt hatte. Noch mehr Frauen traten eine nach der anderen vor. Alle wirkten verhärmt, und man sah ihnen an, dass sie misshandelt worden waren.

Es handelte sich um die jüngsten Opfer des widerwärtigen Verbrecherrings, den die Parrishs angeführt hatten.

»Knox.« Leni holte tief Luft, und dann rannte sie auf ihn zu.

Er umarmte sie kurz. Dann nahm er ihre Hand in seine. Zusammen verließen sie das Gebäude und führten die traumatisierten Überlebenden ins Freie.

»Keiner schießt«, befahl einer der Polizisten. »Lasst sie alle rauskommen.«

Die Einheit gehorchte … alle, bis auf Amos.

Mit einem wütenden Brüllen hob er seine Waffe und drückte ab.

In rascher Folge schossen die Kugeln aus dem Lauf – und prallten gegen den unsichtbaren Schutzschild, den Leni mithilfe ihrer Gabe errichtet hatte.

Sie hüllte die ganze Gruppe in diesen Schild – Knox und sich selbst sowie die verängstigten Frauen und Mädchen, die bereits mehr durchgemacht hatten, als jemand ertragen sollte.

Amos' Kugeln fielen wie Regentropfen aus Metall in den Schnee.

Und im nächsten Augenblick hatte sich Knox' Faust wie ein Schraubstock um seinen Hals gelegt, und er baumelte in der Luft.

»Du hast es gewusst«, knurrte er, während er den Sheriff mehrere Zentimeter über dem Boden hängen ließ. »Du bist über Jahrzehnte zusammen mit deinem Vater, so wie er vorher auch schon alleine, an den Gräueltaten beteiligt gewesen. Du hast den Parrishs geholfen, ihre Opfer über die Grenze zu schaffen. Du hast dir deinen Anteil aus dem Handel mit dem Fleisch Unschuldiger genommen.«

»Lügen!«, heulte Amos. »Alles Lügen!«

»Ihr könnt jede einzelne von diesen Frauen fragen, ob es eine Lüge ist«, knurrte Knox. »Wer war sonst noch daran beteiligt?«

»Knox«, sagte Leni und sah die Frauen – fast ein Dutzend waren es – an, die das Ganze schweigend beobachteten. Ein paar hatten die Finger erhoben und deuteten auf zwei Untergebene von Amos.

Sie zeigten auch auf Amos und verdammten ihn einhellig.

Während einer der Polizisten ein paar Männern befahl, sich der beiden anzunehmen, die identifiziert worden waren, stieg in Leni Stolz auf.

Sie war nicht nur stolz auf ihren unglaublichen Gefährten und sein Eingreifen, das heute Nacht so vielen das Leben gerettet hatte, sondern auch wegen der unverwüstlichen Kraft, die sie in den Gesichtern der Frauen und Mädchen sah. Diese Frauen und Mädchen bekamen einen ersten Geschmack von Freiheit, von Triumph nach so viel unaussprechlichem Leid.

Sie würden Zeit brauchen, aber sie waren am Leben und würden mit dem Erlebten fertigwerden.

Dank Knox würden es alle schaffen.

Zwei große Polizisten traten entschlossen zu Amos. Der Polizist, der das Kommando hatte, nickte beifällig und klopfte Knox lobend auf die Schulter. »Ab jetzt übernehmen wir.«

Knox ließ Amos los und übergab ihn seinen Kollegen, die ihrem ehemaligen Commander Handschellen anlegten und ihn abführten.

Erst dann stieß Leni einen leisen Schrei aus, der die ganze Zeit in ihrem Hals festgesteckt hatte, und warf sich in die offenen Arme ihres Gefährten.

30

Knox drückte einen Kuss auf Lenis Scheitel, während sich die Einheit des Bezirks um alles Weitere kümmerte.

Amos Barstow war zusammen mit den beiden Beamten, die in seine Verbrechen verwickelt gewesen waren, auf den Rücksitz eines Einsatzfahrzeugs verfrachtet worden. In der Nähe standen ein paar Krankenwagen, die vor einigen Minuten eingetroffen waren, um sich um die Frauen und Mädchen zu kümmern. Den Käfig, aus dem sie befreit worden waren, hatten die Parrishs unter dem Boden des Holzlagers eingebaut. Jetzt saßen die Überlebenden in Decken gehüllt in den warmen Fahrzeugen, wo sie von Sanitätern versorgt wurden.

Leni, die neben Knox stand, hatte man auch eine Decke umgelegt. Sie teilte sich die Wärme mit Riley, den sie auf dem Arm hatte.

Einer der Sanitäter kam zu ihnen, um sie zu untersuchen. Ein anderer hatte Riley bereits eine Kleinigkeit zu essen und etwas Wasser besorgt. Die Sorge des Sanitäters galt Knox. »Sind Sie sicher, dass wir nichts für Sie tun können, Sir? Klingt so, als wären Sie heute Abend ziemlich unter Beschuss genommen worden.«

»Mir geht's gut«, erwiderte Knox.

Und das stimmte auch. Ihm ging es mehr als gut. Die schlimmsten Schusswunden waren bereits verheilt, und er hielt seine Stammesgefährtin im Arm. Er konnte sich nichts anderes vorstellen, was er noch brauchen könnte.

Als spürte sie seine tiefe Zufriedenheit, lächelte Leni zu ihm auf.

Denn, ja, sie konnte sie natürlich spüren.

Sie spürte sie genau wie seine innige Liebe zu ihr.

Der Sanitäter räusperte sich. »Na gut. Wir werden uns in Kürze auf den Weg machen.«

Als er zu den Krankenwagen zurückging, fuhr ein großer schwarzer Landrover mit einem Nummernschild aus Massachusetts durch das offene Tor aufs Grundstück. Nicht weit entfernt von Knox und Leni hielt er an.

Zwei Stammesvampire in Kampfmontur stiegen aus. Der Beifahrer – ein Mann mit eisblauen intelligenten Augen und militärisch kurzen, blonden Haaren – hatte das Auftreten eines Anführers. Sein Begleiter, der hinter dem Steuer gesessen hatte, war schwarzhaarig und riesig. Es handelte sich ganz offensichtlich um einen Gen-Eins-Soldaten, dem die geschmeidige Anmut einer Großkatze und die Aura eines Killers, der im Verborgenen zuschlug, anhafteten. Für Knox bestand kein Zweifel daran, dass es ein ehemaliger Hunter war.

Knox erstarrte. »Was will denn der Orden hier?«

»Ich habe Razor gebeten, sie nach Parrish Falls zu schicken«, sagte Leni. »Ich rief ihn an, nachdem ich das Safe House verlassen hatte, um dir zu folgen.«

Einerseits war er dankbar für die Umsicht seiner Gefährtin, andererseits wäre er froh gewesen, hätte er sich nie mit dem Orden abgeben müssen. Falls die beiden Krieger seine Fähigkeiten, sich um Leni und Riley zu kümmern, infrage stellten oder erwogen, sie zu ihrer eigenen Sicherheit irgendwo anders hinzubringen, würde es heute Abend einen weiteren Kampf geben.

Der Krieger mit den helleren Haaren kam mit ernster Miene auf sie zu. »Du musst Knox sein. Und du bist bestimmt Lenora.«

»Leni«, sagte sie und lächelte ihn freundlich an.

»Ich bin Sterling Chase, Leiter der Kommandozentrale in Boston.« Er deutete auf den beeindruckenden Mann, der neben ihm stand. »Das ist der Captain meines Teams, Nathan.«

Knox begrüßte beide mit einem Nicken.

»Sieht so aus, als wären wir zu spät«, meinte Chase und schaute sich um. »Du hast das alles allein erledigt?«

»Nein.« Knox schüttelte den Kopf. »Ich hatte einen Partner, meine Gefährtin Leni.«

Um die Lippen des Commanders spielte ein leichtes Grinsen. »Gute Arbeit … von euch beiden.«

Der Hunter – Nathan – streckte ihm die Hand entgegen. »Schön, dich kennenzulernen, Bruder.«

Knox nahm die Hand und stieß den Atem aus, den er die ganze Zeit angehalten hatte. »Gleichfalls.«

Alle Sünden, die der frühere Auftragsmörder begangen hatte, alles, was er bedauerte, offenbarte sich Knox durch die kurze Berührung, doch es waren alte Narben auf Nathans Seele, denn im ruhigen Blick des Kriegers sah er eine ehrenwerte Gesinnung. Und er sah ein stillschweigendes Verständnis – eine Seelenverwandtschaft. Diese Verbundenheit konnte es nur zwischen Knox und einem anderen seiner im Labor geborenen Brüder geben.

Nathans Blick ging zu Leni. »Es sieht ganz so aus, als hätte mein Bruder die passende Partnerin gefunden.«

»Danke«, sagte sie leise, während ihre Arme sich fester um Knox legten. »Ich habe auch den passenden Partner gefunden.«

Chase nickte. »Razor hat uns auf dem Weg hierher über alles in Kenntnis gesetzt. Der Orden ist dankbar für die Arbeit, die ihr geleistet habt, und die Informationen, die ihr uns habt zukommen lassen. Ihr habt heute Abend nicht nur das Leben all dieser Frauen gerettet, sondern wir hoffen, dass ihr uns und der Polizei helfen könnt, den ganzen Ring zu zerschlagen.«

»Ich tue gern, was immer in meiner Macht steht«, erwiderte Knox.

Wenn sie über die Parrishs die Leute fanden, mit denen sie jenseits der Grenze und sonst wo zusammengearbeitet hatten, würden sie vielleicht auch herausfinden, was Shannon widerfahren war.

Nach den Abscheulichkeiten, die er in den Herzen der Parrishs gesehen hatte, war es Knox eigentlich zuwider, darüber nachzudenken, wohin diese Antworten unter Umständen führten. Aber er wusste, dass Leni sie brauchte.

Irgendwann – wenn er alt genug war – würde Riley sie auch brauchen.

»Das weiß ich sehr zu schätzen«, sagte Chase. Er gab erst Leni die Hand und schüttelte sie freundlich, dann Knox. »Unser Dank ist dir gewiss. Und dieser Dank kommt auch von ganz oben … von Lucan Thorne.«

Knox nickte ernst.

»Weißt du was?«, meinte Chase dann noch, als er seine Hand losließ. »Ich wäre mehr als gewillt, dir einen Platz in unserem Team in Boston anzubieten, oder auch gern bereit, beim Commander in Montreal ein gutes Wort für dich einzulegen, wenn dir das lieber ist.«

Knox lachte leise. »Danke, aber nein. Ich habe bereits meinen Platz gefunden.« Er hob Lenis Kinn mit den Fingern an. »Und der ist hier in Parrish Falls bei meiner außergewöhnlichen und wunderschönen Gefährtin.«

Epilog

»Claude, möchtest du noch mehr Kaffee?« Leni stand hinter dem Tresen, dessen Hocker mit Gästen besetzt waren, und hielt eine Kanne mit frischem Kaffee in der Hand. Sie winkte Mable, der Frau des alten Mannes, zu. »Wie ist das Blaubeertörtchen?«

»Das beste in ganz Maine, Liebes. Deine Mom und deine Großmutter wären sehr stolz auf dich.«

Leni lächelte. »Ich komm gleich noch mit ein bisschen Vanilleeis vorbei. Das Törtchen sieht fürchterlich einsam aus, finde ich.«

Mable kicherte. »Das liegt nur daran, weil mir mein Mann gleich die erste Kugel weggegessen hat.«

Sie juchzte, als Claude die Hand ausstreckte und sie liebevoll kniff.

Leni überließ das ältere Pärchen seiner Turtelei und machte schnell noch eine letzte Runde bei den anderen Gästen, ehe es an der Zeit war, den Diner zu schließen.

Es war ein herrlicher, warmer Augustabend. Die Sonne war gerade erst untergegangen. Sie liebte die blaue Stunde – diesen Übergang vom Sonnenuntergang zur Nacht. Doch nicht nur wegen der beruhigenden Stimmung, die damit einherging, wenn die Bäume vor dem Diner in sanftes Zwielicht gehüllt wurden, sondern auch weil es bedeutete, dass bald ihre Abendbegleitung eintreffen würde, um mit ihr nach Hause zu gehen.

Sie konnte ihr Lächeln nicht zurückhalten, als das Glöckchen an der Tür klingelte und Knox und Riley hereinkamen.

Der kleine Junge, der er noch vor einem halben Jahr gewesen war, war über den Sommer fast drei Zentimeter gewachsen und hatte seitdem auch Fred und seine ausgedachten Freunde aufgegeben, als aus dem drolligen Kind allzu schnell ein wissbegieriger, sensibler Junge geworden war, der seinen jetzigen besten Freund Knox anbetete und verehrte.

Aber Rileys Umarmungen waren immer noch die besten, die Leni kannte.

Sie schlang die Arme um seine Schultern, als er zu ihr rannte, um sie zu begrüßen. »Du wirst langsam richtig fett«, verkündete er und legte seinen Kopf an die Rundung ihres Bauches. »Wie lange braucht das Baby eigentlich noch, um auf die Welt zu kommen?«

Sie lachte. »Nur noch ein paar Monate.«

Knox trat zu ihr, hob ihr Gesicht und gab ihr einen Kuss. »Hallo, Liebste.«

Sie schmolz an seiner Brust dahin – wie immer. Nach dem Trauma, das sie beide durchgemacht hatten, genoss sie jeden Tag, jede Sekunde, die sie mit Knox zusammen war ... und die Nächte.

Ganz besonders die Nächte.

Er beendete den Kuss mit einem leisen Knurren, das nur für ihre Ohren bestimmt war. Seine starken Arme umschlossen sie, und die Hitze und der Duft, den er ausströmte, machten sie ganz verrückt vor Verlangen. Selbst in ihrem schwangeren Zustand konnte sie von ihrem Gefährten, mit dem sie die Blutsverbindung eingegangen war, nicht genug bekommen.

»Findest du mich auch fett?«, fragte sie flüsternd.

Er schüttelte den Kopf, und bernsteinfarbene Funken tanzten in seinen blaugrauen Augen. »Du siehst wunderschön aus.

So schön, dass ich wohl die nächsten zehn Jahre dafür sorgen werde, dass du ständig schwanger bist.«

»Was bedeutet schwanger?«, fragte Riley und hüpfte auf einen der Hocker am Tresen.

Leni und Knox begannen zusammen mit mehreren Gästen, die seine Worte ebenfalls gehört hatten, zu lachen.

Sie zweifelte nicht eine Minute daran, dass ihr Gefährte in der Lage war, dafür zu sorgen. Dafür praktizierten sie das, was dafür notwendig war, häufig genug.

Angesichts seiner Vergangenheit hatte sie befürchtet, dass Knox vielleicht nicht erpicht darauf wäre, eine Familie zu gründen. Doch stattdessen war der Vorschlag von ihm gekommen. Er wollte zusammen mit ihr Wurzeln schlagen und mit ihr in der Stadt leben, die seit ihrer Geburt ihr Zuhause war.

Und jetzt würden sie in nur drei Monaten auch noch ihren Sohn in Parrish Falls willkommen heißen.

Knox strich ihr über das offene Haar und zog sie an seinen festen, allzu verführerischen Körper. »Habe ich dir heute schon gesagt, dass ich dich liebe?«

»Das hast du«, sagte sie leise. »Aber das hindert dich auf keinen Fall daran, es weiter zu tun.«

»Ich liebe dich«, sagte er und sah sie voller Ernst und so innig an, dass sich ihr Herz zusammenzog.

»Ich liebe dich auch, Knox. Für immer.«

Riley stöhnte theatralisch. »Oh Mann. Jetzt fangen sie gleich wieder an sich zu küssen.«

Knox lachte leise. »Gewöhn dich lieber daran, Kumpel. Deine Tante Leni zu küssen, ist meine Lieblingsbeschäftigung.« Seine Augen fingen an zu lodern, und hinter seinen sinnlichen Lippen schimmerten seine Fänge. »Eine meiner Lieblingsbeschäftigungen, sollte ich wohl lieber sagen.«

Er senkte schon den Kopf, um sie wieder zu küssen, hielt dann aber inne, als ein großer schwarzer Rover auf den Parkplatz des Diners fuhr.

»Das sind Männer vom Orden«, sagte er, und sie spürte über die Blutsverbindung seine plötzliche Anspannung.

»Hast du mit ihnen gerechnet?«

Er schüttelte den Kopf. »Nein.«

Sie hatten zwar regelmäßig Kontakt mit Sterling Chase aus Boston, doch der große blonde Krieger, der jetzt aus dem Wagen stieg, war ein anderer Mann. Er wurde von einer großen, atemberaubend schönen Frau begleitet, deren kohlschwarzes Haar zu einem kinnlangen Bob geschnitten war. Die Frau bewegte sich ebenfalls wie eine Kriegerin und war wie ihr Begleiter in schwarzes Leder gekleidet. Der einzige Unterschied war, dass sie ein Kind auf dem Arm hatte.

Und dann stieg noch eine Frau hinten aus dem Wagen.

Zierlich, mit blonden Haaren und hellblauen Augen, die genau den gleichen Farbton wie die von Riley hatten.

Leni stockte der Atem. »Oh mein Gott. Das kann doch nicht …«

Aber sie war es tatsächlich.

»Shannon.«

Leni wollte zu ihr hinlaufen. Sie wollte aus dem Diner rennen, ihre Schwester in die Arme ziehen und sie nie wieder loslassen. Aber sie blieb wie angewurzelt stehen. Mit ängstlich pochendem Herzen beobachtete sie, wie die zarte Frau ein paar Schritte vom Wagen wegging.

Es war so lange her.

Shannon hatte so viel durchgemacht.

Knox hatte mit den Kommandozentralen in Boston und in Montreal zusammengearbeitet und getan, was er konnte, um den Kriegern dabei zu helfen herauszufinden, was mit ihrer

Schwester passiert und wo sie gelandet war, nachdem Travis sie hatte entführen lassen.

Man hatte Leni geraten, sich nicht allzu viel Hoffnung zu machen, dass man Shannon lebend wiederfinden würde – ganz zu schweigen davon, ob sie in der Lage sein würde, wieder ein normales Leben zu führen.

Aber jetzt war sie da.

Endlich wieder zu Hause.

Knox zog Leni eng an sich und gab ihr mit seiner Gegenwart Kraft, während sie eine Ewigkeit, wie ihr schien, darauf wartete, dass ihre Schwester mit dem Paar aus Montreal in den Diner kam.

Das Glöckchen an der Tür klingelte, und Shannon zuckte bei dem Geräusch zusammen.

Dann hob sie den Blick und sah in Lenis Augen, die voller Tränen waren.

»Leni.« Shannons Hand zitterte, als sie sie an die eingerissenen, bleichen Lippen hob. Sie stieß einen erstickten Schrei aus, tat erst einen Schritt und dann noch einen, um dann plötzlich loszurennen und Leni ganz fest an sich zu ziehen.

»Ach, Shannon, ich habe dich so sehr vermisst.«

Ihre Schwester weinte, und auch Leni konnte die Tränen nicht mehr zurückhalten. Es schien, als würden sie einander endlos lange festhalten, ehe Shannon sich schließlich von ihr löste.

Sie trat einen Schritt zurück, schaute Lenis Bauch an und warf dann einen fragenden Blick auf den riesigen Gen-Eins-Vampir an Lenis Seite.

»Das ist mein Gefährte, Knox.«

Knox lächelte und sagte mit sanfter, beruhigender Stimme. »Ich fühle mich geehrt, dich endlich kennenzulernen.«

Shannon nickte ihm zu und sah dann mit rot geränderten

Augen zum Tresen, wo der siebenjährige Junge saß, den sie das letzte Mal als Baby gesehen hatte. Doch keiner wäre je auf die Idee gekommen, daran zu zweifeln, dass es ihr Kind war.

Der Laut, den sie von sich gab, war eine Mischung aus übergroßer Freude und abgrundtiefem Kummer.

»Riley«, sagte Leni sanft. »Hatte ich dir nicht versprochen, dass sie eines Tages wieder nach Hause kommen würde?«

»Meine Mama?«

Leni nickte. Riley süßes kleines Gesicht verzog sich kurz, aber dann fing er unter Tränen an zu strahlen. Er sprang vom Hocker und rannte zu seiner Mutter, um sie dann mit einer seiner Umarmungen zu beglücken, die es immer geschafft hatten, dass sich Lenis Probleme in Luft auflösten.

Sie hoffte, dass ihre Schwester auch diese heilende Kraft spürte.

Leni rückte näher an Knox heran, während sie Shannons Wiedersehen mit ihrem Sohn beobachteten.

Shannon hatte Riley wieder, und sie war zu Hause.

Und was Leni und Knox anging, so hatten sie jetzt alles, was sie je brauchen würden.

Eine Familie, ein Zuhause und eine Liebe, die ewig währte.